# Dorothy May Mercer

# El Inmigrante y

# La

# Moneda Dorada

# Libro Tres – La Serie

# McBride

Edición en Español

ISBN 13: 978-1-62329-077-1

ISBN 10: 1-62329-077-5

Traducción de la Versión Original en Inglés

Traducción en Español por Alexandro T. Ruiz

© Derechos de autor de la Edición en Inglés 2011,

Derechos de autor de la Edición en Español 2017 por Mercer Publications & Ministries, Inc. U.S.A.

**Visítanos en <u>www.mercerpublications.com</u>**

La Serie McBride está dedicada a todos los honorables hombres y mujeres que protegen y prestan servicio en la madre patria, especialmente a quienes han sacrificado sus vidas en el desempeño de su deber.

El Libro Tres está dedicado a los hombres y mujeres que sirven en la Patrulla Fronteriza de los Estados Unidos.

## RECONOCIMIENTOS

Como de costumbre, no habría podido escribir este libro, ni ningún otro, sin la ayuda y el apoyo de mi maravilloso y fiel esposo David Neal Mercer, que responde el teléfono, me envía chistes, compra, me mantiene organizada, me alimenta demasiado bien, sirve como mi confidente, corrector, editor y asesor, y se queda fuera de mi vista mientras trabajo.

La siguiente novela es un trabajo de ficción; producto enteramente de mi imaginación, y no tiene relación con ninguna persona, viva o muerta.

La Autora

# NOVELAS ALTAMENTE RECOMENDADAS DE ESTE AUTOR

**"Unidad oo6 Respondiendo"**
Libro Uno, La Serie McBride
Ve aquí: http://amzn.to/2h9keVe
**Grabación Disponible**

en Amazon.com.

**Ve Aquí:** http://amzn.to/2jOGmqt
**"La Caza de la Cocaina"**
Libro Dos, La Serie McBride

Ve Aquí: http://amzn.to/2jKIEsh
**Grabación Disponible en Amazon.com.**

**"El Immigrante e la Moneda Dorada"**

## Libro Tres, La Serie McBride
## Disponible en versiones Ebook y Print

## Versión audible disponible

## Grabación en Producción ahora mismo:
## "El Immigrante e la Moneda Dorada"
## Libro Tres, La Serie McBride

Disponible ahora:
**"La Guerras Cartel,"** Libro Cuatro, La Serie McBride

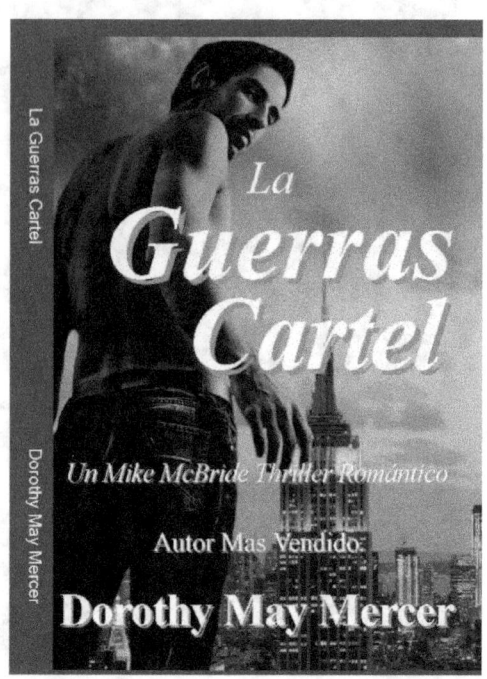

Disponible en impresión, Ebook y Audible

# Disponible en versiones Ebook y Print

**Muy pronto:** Versión audible

**"La Pandilla Busto"** Libro Cinco, La Serie McBride

## Índice de Contenidos

*Prólogo* _____ 13
   Fiesta de Despedida _____ 13
*Capítulo 1* _____ 18
   Mike y Leroy _____ 19
*Capítulo 2* _____ 33
   Intento de Entrega_____ 33
*Capítulo 3* _____ 43
   En el Paseo Marítimo _____ 43
*Capítulo 4* _____ 53
   Efectos Colaterales _____ 53
   Leroy y Doreen _____ 58
   Mike y Juliette _____ 63
*Capítulo 5* _____ 70
   En camino al Sur_____ 70
*Capítulo 6* _____ 77
   La Espera _____ 77
*Capítulo 7* _____ 85
   En los cabos sueltos _____ 85
*Capítulo 8* _____ 111
   En espera _____ 111
*Capítulo 9* _____ 117
   La Moneda Dorada _____ 117
*Capítulo 10* _____ 131
   Ciudad de México _____ 131
*Capítulo 11* _____ 149
   Problemas de Mujeres _____ 149
*Capítulo 12* _____ 171
   ¡Sorpresa! _____ 171
*Capítulo 13* _____ 176
   El Inspector y su Copiloto _____ 176
*Capítulo 14* _____ 185
   Francisco_____ 185
*Capítulo 15* _____ 195
   Mike y sus Amigos _____ 195
*Capítulo 16* _____ 217
   El Bus al Infierno _____ 217
   El Bus hacia el Cielo _____ 223

*Capítulo 17* _____ *230*
   Mike y el Capitán Baker _____230
   La Rata _____235
*Capítulo 18* _____ *240*
   La Montaña Alta _____240
   Augie da un paso al frente. _____246
*Capítulo 19* _____ *252*
   Resentimiento Convertido en Odio _____252
   Espantoso _____253
   Ciudad Juárez, Chihuahua _____258
*Capítulo 20* _____ *263*
   Relaciones en la Ciudad de Carson _____263
*Capítulo 21* _____ *277*
   El Plan _____277
   Misión Cumplida _____278
   Juárez _____281
*Capítulo 22* _____ *289*
   Cupido Usa Pantaloncillos. _____289
   ¿Reno, Vegas o Juárez? _____304
*Capítulo 23* _____ *314*
   Venganza _____314
*Capítulo 24* _____ *317*
   El Paso _____317
*Capítulo 25* _____ *327*
   El Tren de Mulas _____327
*Epílogo* _____ *341*
   Cena del Domingo en donde Gracie _____341
*Bibliografía* _____ *350*
*La Guerra de los Carteles—Adelanto* _____ *355*
   Un Topo en la Casa Blanca _____355
   Casa _____359

## Prólogo
### Fiesta de Despedida

Francisco Pisarro alcanzó la mano de Consita bajo la mesa. Ella bajó la mirada mientras un rubor de doncella le subía por las mejillas. Con la otra mano tocó el anillo de amistad que colgaba de una cadena, acurrucado entre sus pechos. Miró a Francisco bajo sus gruesas pestañas. *Oh, Francisco, ¿cómo podré soportar que nos separemos?* Su amado le dio un apretón en la mano como si pudiese leer sus pensamientos. "Sé valiente," parecía decir.

Una fresca brisa de montaña llevaba las canciones de la noche y olores del bosque. Una fogata ardiente se defendía de las profundas sombras y de los reflejos de la docena de pares de ojos marrones oscuros reunidos alrededor de la mesa tallada a mano. Desde el otro extremo, Consita oyó la voz profunda de su tío mientras se levantaba para comenzar con el primero de muchos brindis. Consita sabía que la alegría continuaría hasta bien entrada la noche, ya que cada uno de los bienaventurados recibía alegrías, palmadas en la espalda y grandes tragos en las copas de vino casero cuidadosamente cultivado y guardado solo para las ocasiones más especiales, como bodas, funerales y despedidas como esta.

Los habitantes de la pequeña aldea de montaña, aislada en lo alto de las Serranías Azules, en las montañas de América del Sur, se habían reunido para desearle un paso seguro a uno de sus pocos jóvenes. Todas sus esperanzas y sus sueños estaban fijados en el éxito de su peligroso viaje hacia el norte, a la tierra prometida de la oportunidad. Desde su nacimiento, toda su familia había ahorrado, una moneda pequeña a la vez, hasta reunir lo suficiente para enviar uno de los suyos.

Al principio, se entendía que el padre sería el que haría el sacrificio que proporcionaría el camino para salir de generaciones de pobreza demoledora; pero a medida que pasaban los años, el cuerpo del padre sucumbió a los estragos del tiempo y se hizo evidente que ya no podía hacer el viaje. Como su hijo mayor, Francisco, creció hasta hacerse hombre, el manto cayó sobre él.

Una vez al año, cuando el agente se acercaba, los aldeanos escuchaban con asombro mientras él describía las maravillas de la tierra mágica que estaba en el norte. Los jóvenes pedían que se los llevara en el próximo viaje, mientras los ancianos de la aldea se burlaban y cuestionaban la veracidad de sus historias. "¿Cómo podría un tren atravesar las montañas más accidentadas del hemisferio occidental?" "¿Qué es este trabajo que lo espera?" "¿Tendrá un permiso de trabajo?" "¿Cómo podemos saber dónde estará?" "¿Dónde se quedará?" "¿Por qué el viaje cuesta tanto?" "¿Estará a salvo?"

El agente respondía a cada consulta con paciencia. "El tren es cómodo y tiene aire acondicionado. Cada cliente tiene su propio asiento acolchado durante el día día y una litera espaciosa por la noche. Una selección de varios trabajos bien pagados está disponible. Nuestra empresa tramitará sus permisos de trabajo. Los empleadores hacen filas para competir por los trabajadores fuertes y saludables del sur. Los trabajadores del Norte son suaves, enfermizos y mimados. Ellos no saben cómo trabajar en la forma que lo hacen sus fuertes chicos de la montaña. Los empleadores proporcionan viviendas para sus trabajadores, con cocinas grandes con refrigeradores bien surtidos con cubitos de hielo ilimitados y lavavajillas automáticos que lavan todo por ustedes. Baños blancos relucientes con agua caliente y fría, duchas, inodoros que funcionan, habitaciones con colchones muy gruesos," entonaba el agente haciendo gestos con las manos ante los oohs y ahs de las mujeres jóvenes y las sonrisas de los chicos.

Cada año hablaba en términos más llamativos sobre las escuelas y hospitales gratuitos, de los millones de automóviles, de las calles más anchas que una docena de chozas, de edificios tan altos como montañas, de enormes supermercados con miles de bienes y de vastas exhibiciones de cientos de frutas y verduras de todo el mundo.

"Las horas de trabajo están limitadas a 8 horas al día, cinco días a la semana con vacaciones pagadas cada año. Francisco volverá a verlos con frecuencia," le prometió el agente. "Él les traerá muchos regalos y oro para todo el mundo con lo que pagará mil veces por su inversión."

El agente terminó preguntando, "¿Ya están listos para enviar a alguien?"

Cada año los ancianos sacudían tristemente la cabeza, "No señor, no hemos ahorrado suficiente dinero."

Este año, cuando el agente hizo la pregunta, se encontró con sonrisas a través de los dientes y los asentimientos de aprobación. "Tenemos el dinero," contestó el portavoz del pueblo.

"¿Y quién es el afortunado, el joven fuerte al que has elegido ir?"

"Francisco Pisarro."

"Tráiganmelo," dijo el agente. "Debo inspeccionarlo para ver si vale la pena. Además, debo ver el dinero. Recibiré la mitad ahora y la mitad cuando Francisco sea entregado con éxito a la tierra llamada Arizona."

El mayor mandó a un muchacho a buscar a Francisco. Mientras tanto, abrió una bolsa de cuero y extrajo un paquete lleno de monedas de oro. Los ojos del agente brillaron al caer sobre las monedas. "¿Dónde encontraste esto?" preguntó. El anciano se encogió de hombros mientras las monedas desaparecían en la bolsa de cuero. Golpeó las manos para que Francisco se acercara y se dirigió a él en su lengua materna. "Tú acompañarás al agente a una de las chozas y te desnudarás para su inspección. Muéstrale tu grueso pelo, tus músculos y tus sólidos dientes."

El agente sintió los músculos abultados de Francisco, comprobó sus dientes para detectar signos de decaimiento y su cabello en busca de piojos. Examinó su piel en busca de cualquier señal reveladora de enfermedad y escuchó su corazón y sus pulmones mientras tosía. El agente asintió satisfecho y dejó que Francisco se pusiera la ropa.

Volviendo a los ancianos, el agente dijo, "Tomaré unas monedas conmigo ahora como un signo de buena fe. Mañana volveré a primera luz para buscar la parte restante de la cuota y recoger al joven. Asegúrense de que esté listo para partir al amanecer."

El portavoz de la aldea entrecerró los ojos, "También tendré una moneda suya," dijo.

"Ah, muy sabio de su parte," sonrió el agente. "Tenga la seguridad de que estaré aquí como lo prometí. Sin embargo, para probar mi buena fe te dejaré mi valioso anillo, por la noche. Eso es todo."

El anciano examinó el pesado anillo de oro y observó el gran rubí rodeado de diamantes más pequeños. Asintió y lo dejó caer en las entrañas de su bolsa de cuero. A su vez, extrajo unas pequeñas monedas de oro y las colocó en la mano extendida del agente.

Palpando las monedas, el agente se inclinó ligeramente, "Hasta mañana, entonces," dijo.

"Hasta mañana," dijo el anciano, sin cambiar su expresión. Los aldeanos observaron en silencio mientras el agente avanzaba por el sendero.

# Dorothy May Mercer

A Mike McBride Novel, Book 3

English Edition

# El Inmigrante y

# La

# Moneda Dorada

## Capítulo 1
<u>Mike y Leroy</u>

Martha Vining, la despachadora de la noche del Departamento de Policía de la Ciudad de Carson, bostezó y habló en su micrófono, "Llamando a despacho a la unidad doble-o 6."

"Unidad doble-o seis respondiendo, cambio," respondió Mike.

"Vayan a Peach Street y Desert Ridge," dijo Martha, "pelea doméstica en curso."

"Vamos en camino," dijo Mike. "¿Algo más?"

"Vecino en el apartamento contiguo reporta sonidos de gritos y chillidos, cuerpos golpeándose. Dice que pelean mucho. Cree que han estado bebiendo todo el día. Apartamento 2B, 1093 Peach Street, edificio de 2 pisos, 8 unidades. Es un delincuente reincidente."

"Entendido, apartamento 2B en 1093 Peach Street. Cambio y fuera," dijo el Teniente Detective Michael McBride, Jr. Miró a su compañero, Leroy Bratowski, al volante. "Bueno, ¿qué opinas, Brat?"

"Odio estas patrullas de sábado por la noche," dijo Leroy, "especialmente cuando hay luna llena."

"Sí, justo después del día de paga, además. Los cheques del bienestar salieron ayer."

"Eso y el sustento de los hijos," replicó Leroy con tristeza, pensando en el gordo cheque que había enviado a su ex esposa Lorraine hacía dos días.

"Eso también," dijo Mike con cierta simpatía, aunque nunca había oído a Leroy quejarse de que Lorraine gastaba el dinero en novios y/o en bebidas alcohólicas. "¿Tus hijos todavía están bien?" preguntó Mike, esperando así cambiar el tema.

"Oh, sí, son geniales. Lorraine dice que están creciendo demasiado rápido; pero no crecen lo suficientemente rápido para mí."

"Ya veo," Mike hizo una pausa. "Gira aquí a la derecha."

"Vale," dijo Leroy mientras daba un giro a la rueda. "¿Qué tan lejos crees que sea?"

"Otras cinco o seis cuadras, diría yo," respondió Mike. "Entonces, ¿cómo te va con Doreen?"

"¿Doreen quién?"

"Vamos, Brat. Sabes muy bien cuál Doreen. La Doreen, a la que le estuviste cayendo durante nuestros tres días en Hawaii, ¿recuerdas? La Doreen de la boda de Sam y Suzanne, esa misma."

"Ah, *esa* Doreen," dijo Leroy, fingiendo inocencia. "Supongo que todo bien con ella."

"Por lo que vi, estaban locos el uno por el otro," dijo Mike, no más que para burlarse un poco de burla de su socio y amigo de mucho tiempo.

"Dudo que hayas visto demasiado, pues tenías la cabeza enterrada en Juliette Carolle... um... bueno, debemos estar llegando," dijo Leroy, mirando por la ventana. "¿Es este?"

"1093," dijo Mike. "Sí, detente cuando puedas."

Leroy encontró un sitio para estacionarse entre dos coches. Con mucha experticia se ubicó allí, apagó el motor y guardó las llaves. Los dos policías subieron por la acera, entraron en el edificio y subieron las escaleras hasta el 2B. Mike tocó el timbre, se paró a un lado y esperó. Nadie respondió. Tocó de nuevo y golpeó fuertemente en la puerta esta vez. Aún sin respuesta. Golpeó fuertemente una tercera vez, "Policía, abra," gritó.

El pomo giró despacio. La puerta se abrió un poco. "Policía, abra," repitió Mike. La puerta se abrió tanto como permitía la cadena de seguridad. No había nadie a la vista. "Abra la puerta," dijo Mike, "Policía de la Ciudad de Carson."

"Demasiado fah," sonó una voz pequeña desde el suelo.

"¡Es un niño!" dijo Mike bajando la voz. "Oh, no quise asustarte," dijo. "Ve a buscar a tu mamá o papá por mí, por favor."

Unos pequeños pies regordetes y descalzos se fueron hacia la parte trasera del apartamento.

Pasaron los minutos. Pronto, Mike oyó que los pasos volvían. Un rostro mugriento miraba a través de la pequeña abertura de la puerta. Era una niña pequeña, que parecía tener unos 3 años, con pantalones de pijama desgastados, con el cabello desaliñado y mocos saliendo de su nariz. Grandes ojos azules miraron a Mike.

"¿Y bien?" preguntó Mike.

Sacudió la cabeza y se metió un dedo en la boca y otro en la nariz.

"¿Qué significa eso?", Preguntó Mike, "Por favor, no solo agites la cabeza. ¿Dónde están tus padres?"

"Bueno, señor," dijo la niña, mientras se levantaba.

"¿Entonces? ¿Les dijiste que vinieran a la puerta?"

Ella sacudió su cabeza.

"¿Por qué no?"

"Porque," ella murmuró alrededor de su pulgar.

"¿Por qué?"

"Pueee," dijo la niña.

Mike suspiró. "¿Tocaste la puerta?"

"Un-huh," ella asintió.

Mike hizo un gesto para que Leroy fuera al lado. "Vea qué tiene que decir el vecino," instruyó.

Volviendo a la niña, le dijo "¿Así que crees que tu mamá y papá están durmiendo?"

"No lo sé," dijo la niña.

Leroy estaba teniendo más éxito con el vecino, un hombre de mediana edad vestido con pantalones casuales y una camiseta que decía "El mejor tío del mundo".

"Sí, fui yo quien lo llamó al 911," dijo el vecino. "Ellos estaban dándose muy duro justo después de llamé," dijo. "Supongo que decidieron besarse y reconciliarse. Lo siento, oficiales, no quise molestar, pero estaba un poco preocupado, la forma en que él estaba golpeándola, la hacía gritar y todo. Nunca sé qué hacer. Y me preocupé por esta pequeñita de aquí," indicó a la niña, mirando solemnemente hacia ellos.

"Está bien," dijo Mike. "Hiciste lo correcto."

"¿Qué pasa con la niña?" preguntó el vecino.

"¿Qué pasa con la niña?" preguntó Mike de vuelta. "¿Tiene qué decir algo más sobre eso?"

"Bueno, solo creo que es demasiado joven para quedarse sola así, mientras sus padres están bebiendo. Quizás no es asunto mío."

"¿Sola? ¿Está seguro?"

"Oh sí, muchas veces. Sucede con regularidad. A veces está sola allí todo el día. Ni siquiera estoy seguro de que sepa ir al baño. Quiero decir, mírela. A veces huele mal."

"Ya veo," dijo Mike. "Bueno, señor, usted tiene todo el derecho y la obligación de informar a los servicios de protección a la infancia. Su trabajo es investigar este tipo de casos."

"Bueno, no lo sé. Sabe, odio involucrarme. ¿No puede contárselo?"

"Sí, señor, podemos hacer eso. Necesitaremos darles su nombre y dirección. ¿Está dispuesto a hablar con ellos sobre lo que ha observado? Pueden mantener su nombre confidencial, si eso es lo que usted quiere."

"Eso suena bien, oficial. ¿Dónde firmo?"

"Todo lo que necesito es tu nombre y número de teléfono. Tenemos su domicilio aquí. Un trabajador social se pondrá en contacto con usted." Mike entregó un portapapeles al hombre.

El hombre escribió rápidamente. "Añadí el teléfono de mi oficina, también," dijo mientras le devolvía el portapapeles.

Mike y Leroy estaban a punto de darse la vuelta cuando se dieron cuenta de que la niña había cerrado la puerta y regresado a su apartamento. Oyeron una serie de sonidos de rasgado en el interior del apartamento seguido del sonido de la cadena siendo liberada. Escucharon un ruido sordo y más ruidos. Entonces el pomo de la puerta comenzó a girar lentamente.

Leroy y Mike retrocedieron cuando la puerta se abrió lentamente. Esperaban ver a un adulto, no a un enano.

"Bapa," dijo una voz pequeña y levantó los brazos al vecino.

"Oh, cariño, Bapa no puede cargarte ahora. Estás toda hedionda y húmeda. ¿Abriste la puerta sola, Tracey?"

Ella asintió con la cabeza, "Uh-huh."

"¿Qué edad tiene esta bebé?" preguntó Mike.

"Tiene apenas dos años y medio," dijo Bapa "y es inteligente como un rayo. Por cierto, mi nombre es Dean Lewis, pero ella piensa en mí como un abuelo. Ven mi problema, oficiales. Vivo solo. Lo que me gustaría hacer es llevar a esta dulce niña a mi apartamento, darle de comer y darle un baño; pero, a estas alturas y a esta edad, no puedo hacer eso o podría ser enviado por molestar a un menor."

"Quizá haya una mujer en alguno de los otros apartamentos que pueda ayudarlo. Entonces estaría cubierto," sugirió Leroy.

"Nunca pensé en eso." Dean vaciló, mirando su reloj. "Es tarde. ¿Han notado luces en cualquiera de los otros apartamentos?"

"En realidad, no, no lo hicimos. Sabe qué, entraré con usted. Mientras tanto, mi compañero, aquí, irá a la patrulla y pedirá ayuda. Podemos hacer que una oficial nos acompañe aquí en unos minutos. ¿Cuál es el nombre de la gente en este apartamento? ¿Tiene un número de teléfono de ellos?" preguntó Mike.

"Bueno, creo que el apellido es Richardson, o algo así. No, no sé cuál es su número."

"Eso está lo suficientemente cerca." Mike se volvió hacia Leroy. "El despacho puede buscarlo." Leroy se movió para marcharse y Mike se volvió hacia Dean.

"Ahora, señor Lewis, traiga un poco de cereal para esta pequeña. ¿Tiene cereal?"

"Claro que tengo. Ven aquí, Tracey, Bapa y este buen oficial te traerán algo de comer."

"Quiero mi Buffie," gimoteó Tracey.

"¿Quién es Buffie?" preguntó Mike sintiéndose más que un poco desquiciado.

"Ese es su animal de peluche. Ella nunca va a ninguna parte sin Buffie," explicó Dean. "Bueno, Tracey, puedes traer a Buffie. Dos pequeños pies gordos se alejaron. Se detuvieron por un instante. Cuando regresaron su propietaria estaba arrastrando un mugriento conejo regordete por el suelo."

"Dejemos las dos puertas abiertas, en caso de que los padres se despierten y empiecen a buscar a su hija. He tenido que hacer esto más de una vez," explicó Dean mientras guiaba el camino hacia su inmaculada cocina. "Bueno, Tracey, cariño, siéntate con Buffie y te traigo un plato de Frosty-O's."

Tracey se dejó caer en medio del suelo de la cocina. Dean echó una pequeña cantidad de cereal en un recipiente de plástico. Mojó una toalla de papel limpio en agua tibia y agregó un poco de jabón. Tracey sabía la rutina. Ella se obligó al sujetar las patas de Buffie. Dean fingió lavar a Buffie. Luego se acercó a las manos de Tracey, una a la vez, terminando por envolver su nariz. "Ahora sopla para Bapa," le ordenó Dean. Tracey le dio un ligero soplido. Dean la secó con una segunda toalla y los arrojó a la basura.

"Todo limpio," dijo Dean.

"Ay," Tracey mostró ambos lados de sus manos y sonrió. "O's, O's," pidió Tracey mientras señalaba hacia el plato.

"Aquí tienes," dijo Dean. "Di, gracias, abuelo."

""Gracias, Bapa," dijo Tracey mientras cogía un puñado de cereal, lo aplastaba en su boca y derramaba la mitad en el suelo.

"Ya ves por qué nos sentamos en el suelo para comer," dijo Dean mientras sonreía a Mike.

"Tiene sentido," dijo Mike. "No hay mucho problema si la comida cae."

"Exacto," dijo Dean. "Se ahorra en limpieza."

"¿Dónde aprendiste todo esto?" preguntó Mike conversando. "¿Tienes hijos?"

"No, solo me gustan los niños. Me crié en una gran familia, nueve hermanos y hermanas."

Mike soltó un silbido cuando Leroy entró desde fuera. "Los refuerzos están en camino," dijo Leroy. "También tengo el número de teléfono aquí," le entregó un trozo de papel a Mike.

"¿Puedo usar el teléfono?" preguntó Mike.

"Por supuesto. Aquí tienes." Dean le entregó el teléfono a Mike.

Mike marcó el número y esperó mientras sonaba.

"Lo oigo sonar," dijo Leroy mientras escuchaba la puerta.

El teléfono siguió sonando. Después de una docena de repiques, el contestador automático se activó. Mike colgó y esperó unos minutos, dándole a la máquina la oportunidad de reiniciarse. Luego volvió a marcar. El mismo resultado. Después del tercer intento, Mike dejó un mensaje: "Sr. y Sra. Richardson, les habla el Detective Teniente Michael McBride Jr. del Departamento de Policía de la Ciudad de Carson. Si escuchan esto, por favor, atiendan el teléfono. Tenemos a su hija con nosotros. Necesitan despertar y venir a buscarla. Salió del apartamento sola. ¿Están ahí? Atiendan, por favor." Mike negó con la cabeza. "No sirve de nada. Solo tendremos que esperar a que se despierten. Tan pronto como llegue esa oficial, pondremos a la pequeña Tracey en la bañera. Creo que tenemos un par de pañales en ese equipo de emergencia en la parte trasera de la patrulla, Leroy."

En pocos minutos Leroy regresó con los pañales y una mujer policía que respondía al nombre de Brenda

Goodfellow. Brenda no perdió tiempo en hacerse cargo de la pequeña niña. Las dos fueron a la parte trasera del apartamento, tomadas de la mano, arrastrando a Buffie por detrás.

"Bueno, ¿qué te parece, Bratowski, tenemos una causa probable para entrar en el apartamento de Richardson?" preguntó Mike.

"Vaya, Mike, no veo donde hay ningún crimen en progreso, o cualquier razón para pensar que podría haber gente que necesita nuestra ayuda. ¿Tú sí?"

"¿Menor descuidado, tal vez?" ofreció Mike.

"Bueno, sí, pero la niña no está en peligro. Eso no nos da una razón para entrar en el apartamento de alguien en medio de la noche. ¿Por qué no lo llamamos de nuevo?"

"Buena idea," dijo Mike marcando de nuevo el teléfono. Después de la espera habitual, colgó y volvió a intentarlo. Sin respuesta.

"Tal vez podríamos entrar en bajo sospecha de mala conducta. Después de todo tenemos una queja de un vecino que oyó gritos," reflexionó Leroy.

"Tienes razón," respondió Mike. "Estoy empezando a tener un mal presentimiento sobre esto, ¿no?"

"¿Qué quieres decir?" preguntó Leroy.

"Bueno, en serio, me parece extraño que las luces estén encendidas, la bebé está corriendo, todo está en silencio y no pueden oír este teléfono sonar."

"Si, tienes razón."

"Voy a pedir una orden," dijo Mike. Colocó una cinta en el recinto.

"Policía de la Ciudad de Carson," dijo una voz. "Habla Kransberger."

"Krans, habla Mike McBride. Estoy aquí con Leroy Bratowski. Estamos investigando una perturbación doméstica. Encontramos todo tranquilo, las luces están encendidas, la puerta está abierta y una niña de dos años está desatendida. Las personas no responden las llamadas telefónicas, ni al timbre de la puerta ni a tocar la puerta misma. Solicitar una orden para entrar en el apartamento para investigar. Tal vez alguien necesite ayuda. Tenemos que conseguir ropa para la niña y ponerla a dormir. Ahora tenemos una mujer oficial con la niña."

"Muy bien, McBride. Pondré tu solicitud ante el juez de guardia y volveré a llamarte."

Mike le dio el número. "Estaremos en este número, o en nuestra patrulla. Llámame lo antes posible."

"Entendido, McBride." Kransberger repitió el número y colgó.

Ambos hombres sacaron taburetes y se sentaron a esperar. Leroy se apoyó en el mostrador. "¿Dónde se fue Lewis?"

"¿No está con la oficial Goodfellow?" preguntó Mike.

"No lo vi irse con ella," respondió Leroy.

Justo en ese momento, Brenda caminaba llevando a Tracey envuelta en una toalla, oliendo como un bebé debe oler. "Nos sentaremos aquí en la mecedora durante un rato," dijo Brenda mientras tomaba la silla, abrazaba a Tracey y Buffie de cerca y empezaba a retozar.

""¿No estaba contigo el señor Lewis?" preguntó Leroy.

"No, pensé que estaba aquí." Los tres se miraron.

"Oh-oh, ¿a dónde fue Bapa?" dijo Tracey y empezó a fruncir el ceño. "Quiero a Bapa."

"Sh," consoló Brenda. "Todo está bien. Bapa volverá pronto. Descansa tu cabeza en Brenda y te contaré una historia.

"Histodia," balbuceó Tracey mientras se acomodaba. Un pulgar rosado se hundió en su boca cuando Brenda empezó, "Había una vez... una hermosa princesa..." Mientras Brenda seguía balanceándose y contando su historia, los párpados de Tracey se hicieron pesados. Pronto, los párpados ligeramente púrpura cerraron y las suaves pestañas tocaron las mejillas regordetas. Brenda sonrió, se balanceó y tarareó suavemente.

El teléfono apenas tuvo tiempo de chillar antes de que Mike lo descolgara. Mike le dio la espalda a la escena doméstica, colocó su mano sobre su boca y respiró suavemente, "McBride".

"Tengo tu orden," dijo el Oficial Kransberger. "Permiso limitado para entrar en el apartamento para ofrecer asistencia, únicamente. No está permitida ninguna invasión de privacidad o la búsqueda de pistas."

"Muchas gracias," dijo Mike, "eso es todo lo que necesitamos."

Mike y Leroy salieron por la puerta y cruzaron el pasillo en cuestión de segundos. Entraron en el apartamento barriéndolo con la mirada de derecha a izquierda. "Las órdenes de los jueces no dijeron nada acerca de no mirar," dijo Leroy.

"Bien, mira y no toques," convino Mike. "¡Uf! Esos olores me dicen algo."

"Casa sucia. No se ha limpiado en semanas," dijo Leroy.

"Tal vez nunca," dijo Mike.

"Oh-oh," dijo Mike entrando en la cocina. Platos sucios, cajas de pizza vacías, bebidas alcohólicas y contenedores para llevar llenaban cada superficie disponible. Sus zapatos hacían sonidos pegajosos con cada paso. Basura apilada, pañales usados, olores de leche azucarados y cosas peores, asaltaron sus narices. Una papelera estaba hasta el tope y a punto de desbordarse. Mike sacó un lápiz y sacudió cautelosamente un montón de escombros. "Leroy, mira esto."

Leroy asintió. Creo que conocemos el problema.

"Sí," dijo Mike, "Crack cocaína, marihuana, alcohol, tal vez incluso preparaban algo de metanfetamina. Combinación letal." Instintivamente, Mike se agachó y desabrochó la cubierta de su arma. Poniendo la mano ligeramente sobre la pistola, señaló hacia el fondo del apartamento y susurró. "Vamos."

Cautelosamente, se dirigieron hacia el vestíbulo. "Whoa, ¿qué es esto?" Mike se detuvo frente a una figura solitaria sentada con la espalda contra la pared y la cabeza entre las piernas. "¿Lewis?"

Dean Lewis levantó la cabeza revelando un pañuelo blanco presionado a su boca y nariz. Se quedó mirando sin comprender, respirando pesadamente, su rostro fantasmalmente blanco, gotas de sudor en su frente.

"Hombre, ¿estás bien?" preguntó Leroy, estúpidamente. Obviamente, el hombre no estaba bien.

"Enfermo," Lewis apretó entre dientes apretados. De repente, estrechó ambas manos sobre su boca, se levantó de un salto y se dirigió al cuarto de baño. Los sonidos de los vómitos se produjeron, seguido de enrojecimiento y más vómitos.

"Va a sobrevivir," observó Leroy, respirando por su boca.

Mike logró esbozar una débil sonrisa y se apoyó contra la pared. "Lo mejor es respirar profundamente y esperar a que tus nervios olfativos se ajusten al olor."

"Es exactamente lo que pensaba," observó Leroy mientras ocupaba un lugar en la pared junto a Mike.

"Sí, aprendí eso en la escuela de detectives." Mike bromeó.

"Funciona como un encanto," replicó Leroy.

"Siempre."

"Seguro que sí."

"Ten fe."

"Estoy creyendo, duro como un paracaidista haciendo su primer salto."

"Vaya truco," dijo Mike mientras el color desaparecía de su rostro.

"Huele como la cena de Acción de Gracias en la casa de la Abuela."

"Tarta de manzana saliendo del horno."

"Pavo y aderezo."

"Tarta de calabaza, también."

"¿Listo?"

"¿Quieres ir primero?"

"Claro, primero después de ti."

Mike sacó su arma con la mano derecha. La otra mano cubierta por su bolsillo alcanzó la manija de la puerta y se volvió. "No toques nada," advirtió, tanto para él como para Leroy. Mike empujó la puerta con el pie y retrocedió mientras se abría lentamente. "Nada sorprendente aquí," dijo Mike mientras guardaba su arma. "No tienes que mirar, Brat. Saca a Lewis de aquí y asegure las instalaciones. Llama al carro de la morgue. Aquí tenemos un par de cadáveres."

Mike tomó nota de los cuerpos, con todos sus sentidos detectivescos en plena alerta. Las botellas vacías de bebidas alcohólicas diseminadas en la cómoda, la pipa de marihuana, la parafernalia de crack y las agujas de heroína eran pruebas de que una fiesta sexual salvaje se celebraba aquí. La condición y la posición de los cuerpos desnudos cerraron el escenario. Solo una cosa puede causar esa mueca, la distorsión sombría de los miembros y la decoloración y llagas en la piel. Había muy poco relleno entre la piel y los huesos. Excepto por el color espantoso, los cuerpos le recordaron a Mike los grises fotografías tomadas de cuerpos apilados en las cámaras de gas alemanas durante la Segunda Guerra Mundial.

Mike examinó cuidadosamente cada centímetro de espacio en la habitación mientras esperaba. Se quedaría allí mientras el fotógrafo de la policía, los expertos forenses y el médico forense hacían su trabajo. Leroy y la oficial Goodfellow se encargarían del señor Lewis y de la niña, mientras más oficiales aseguraban el apartamento y preguntaban a los vecinos. Mike confiaba en que la decisión sería la muerte por sobredosis accidental, autoinfligida; pero la policía haría un trabajo minucioso de reunir todas las pruebas antes de que la decisión se volviera definitiva.

## Capítulo 2
### Intento de Entrega

En una noche oscura y sin luna, dos Guardacostas de los Estados Unidos, el Monitor y el Merrimac, se trasladaron silenciosamente al Puerto de San Francisco. Remolcadores tripulados por personal militar eficiente, más del necesario para hacer el trabajo, los impulsaron. Las banderas se enrolaban, las luces se apagaban y todas las manos estaban en sus puestos, usando sus uniformes de camuflaje. Sus dos Capitanes-Lynne Lycombe-Burns y su esposo Billy Burns, conocido por ella como "Burnzee"- no esperaban ningún problema, pero no se arriesgaron con su valiosa carga.

Solo unas pocas manos de confianza sabían la naturaleza exacta de la carga secreta que estaba guardada en una habitación segura a bordo del Merrimac y custodiada por media docena de marinos fuertemente armados. Entre los que la conocían estaban las tripulaciones de los barcos Defender que habían capturado el submarino de cocaína y su carga de seis toneladas de cocaína con un valor de calle de tres cuartos de mil millones de dólares estadounidenses. El Capitán Burns había impuesto un silencio de comunicación en su viaje de vuelta desde las islas desconocidas del flanco occidental de México. Capturaron el submarino cerca de la base submarina secreta escondida en un grupo de islotes deshabitados. No se les permitía el acceso a Internet a los solitarios marineros a bordo, por lo que ni una sola palabra debía salir.

El Capitán Burns contaba con el hecho de que el cártel de la costa oeste de la droga no tenía idea de que su submarino con droga se encontraba en la bodega del Merrimac; con todo su equipo en el bergantín del barco. Cuando el submarino no pudiera presentarse a su cita, Burns esperaba que supusieran que se había perdido en el mar. El interrogatorio de los prisioneros y el submarino, en sí mismo, revelarían importantes secretos de los métodos del cártel. De igual modo, el conocimiento del submarino y su ubicación le darían a la DEA un frente definido en la guerra contra las drogas.

Burns asumía que, una vez la misión fuese completada, él y su esposa, Lynne Lycombe-Burns, Capitán de su nave hermana, el Monitor, serían reasignados a las aguas de Centro América para rastrear y capturar a la flota entera de submarinos con droga, sacando así la operación de la comisión. El Capitán Burns, sonrío satisfecho ante esa perspectiva, así como por el hecho de que su permiso de 24 horas para bajar a tierra estaba por empezar. *Ni siquiera pienses en eso, Burnzee. Mantén tu mente en el objetivo, a la mano. Todo en los tiempos establecidos, todo en los tiempos establecidos*, pensaba el Capitán Burns.

Mientras tanto, en la cubierta de la nave hermana, Monitor, el capitán Lynne Lycombe-Burns estaba teniendo pensamientos similares. Habían pasado tres meses desde que habían estado juntos, aunque se comunicaban todos los días. Había sido difícil mantener la radio en silencio durante su viaje de regreso a San Francisco. Se moría de ganas de ver a Burnzee, y sentía curiosidad por saber todo acerca de la misión secreta del Merrimac. Su esposo le había solicitado por radio que le proporcionara una escolta desde las costas del sur de México, hasta la costa de San Francisco. No tenía idea de por qué él necesitaba protección, pero estaba feliz de proporcionársela.

Imponer silencio en Internet a sus tripulantes ya era bastante malo, pero ahora también tenía que negarles que se fueran a tierra. "Su atención, por favor," los altavoces de todo el Monitor resonaron. "Es su Capitán quien les habla. No habrá permiso para ir a tierra en este momento. Mantendremos el silencio en Internet y teléfono hasta nuevo aviso. Asegúrense de que todos los dispositivos electrónicos permanezcan apagados. Nuestra misión secreta en este momento es estar de guardia para nuestra nave hermana, El Merrimac. Esto continuará hasta que The Merrimac complete su misión. Gracias por su paciencia y su cooperación. Eso es todo."

A bordo del Merrimac, el Capitán Burns dio la bienvenida a un trío de visitantes a su camarote. "Bienvenidos al Merrimac, señora, caballeros. Por favor tomen asiento. ¿Puedo ofrecerles algo de beber?"

"Nada para mí," dijo Lars Caruthers, del Equipo Especial de Narcóticos del Departamento de Policía de San Francisco.

"Ni para mí," dijo Nola Kingston, agente de la DEA a cargo de las operaciones del distrito.

"Estoy bien," dijo el Vicealmirante Lee, comandante de la sección de los Estados Occidentales de la Guardia Costera de los Estados Unidos.

"Nola, ¿ya conoces al Almirante Lee?"

"Nos hemos conocido," dijo Nola.

"Ya he tenido el placer, ¿cómo está usted Agente Kingston?"

"Almirante, señorita Kingston, permítanme presentarles al teniente Lars Caruthers del Equipo Especial de Narcóticos del Departamento de Policía de San Francisco. Lars, ella es la señorita Kingston de la Agencia Antidrogas de los Estados

Unidos, a cargo de la oficina de San Francisco y el Almirante Lee, Guardacostas de los Estados Unidos."

"¿Cómo estás?" dijo Nola mientras le ofrecía la mano. "Por favor, llámame Nola."

"Un placer conocerte, Nola. He escuchado muchas cosas buenas sobre tu trabajo. Por favor, llámame Lars." Él tomó su mano, sonrió, y la miró directamente a sus ojos.

*Hmm* pensó Nola mientras inclinaba su cabeza ligeramente en señal de reconocimiento, mientras se recordaba a sí misma revisar su cuarto dedo de la mano izquierda más tarde.

Volviéndose hacia el Almirante Lee, Lars tomó la mano que este le ofrecía. "Por fin nos conocemos," dijo Lee. "Por favor, llámenme Buck, todos."

"Por favor, siéntense." Burns se aclaró la garganta, "Mi esposa vendrá más tarde. Los he invitado aquí esta noche para pedirles ayuda con la entrega y disposición de un gran cargamento de drogas ilegales. Creo que la captura de este envío es un gran avance en la guerra contra las drogas en los Estados Unidos. Puede significar una interrupción de los medios de entrega a los puertos de entrada de la costa oeste. Si podemos poner fin a esta ruta de suministro, se tratará de un golpe al cártel de la droga de la costa oeste, encabezado por John Jacobs, también conocido como Jo Jacobs y Joseph la Rata."

"Ahora, como deben saber, John Jacobs está bajo acusación en San Francisco. Lars y otros miembros de su departamento han estado íntimamente involucrados en sacar adelante esa acusación. Supongamos que nos puedes poner al corriente de eso, Lars."

"Bueno, como ustedes saben, después de una larga operación en cooperación con la Policía de la Ciudad de

Carson, pudimos identificar a John Jacobs por primera vez. Hasta entonces, no sabíamos mucho sobre la jerarquía del Cártel de la Costa Oeste," explicó Lars. "Los atrapamos trayendo cocaína por medio de un submarino. Pudimos aprehenderlos en el acto, confiscar los bienes y arrestar a varios de los pandilleros. Más tarde, John Jacobs fue capturado por el teniente Mike McBride del Departamento de Policía de la Ciudad de Carson. Jacobs está a la espera de juicio, libre bajo fianza. Estamos en el proceso de construir un caso contra Jacobs. El submarino de cocaína se escapó. Supongamos que puede seguir a partir de aquí, Capitán."

"Oh, creo que mi esposa ya está aquí." El Capitán se levantó y caminó hacia la puerta. La abrió, dejó entrar a Lynne y la saludó con un gran abrazo y un beso y una sonrisa aún más grande.

Lynne le dio un saludo enérgico, "Solicito permiso para subir a bordo, Señor," sonrió de oreja a oreja.

"Cariño, ya estás aquí," dijo Burns. Dirigiéndose a sus invitados que estaban de pie, "Caballeros, señorita, permítanme presentarles a mi esposa, Capitán Lynne Lycombe-Burns, capitán de nuestra nave hermana El Monitor."

"Llámenme Lynne," dijo mientras cada uno se presentaba a su vez.

"Por favor, siéntate aquí a mi lado," dijo Burns. "No creo que a nuestros visitantes les importe. Han pasado tres meses. Estaba a punto de explicar lo que el Merrimac ha estado haciendo."

"Bien," dijo Lynne. "Quiero oír esto."

"Bueno, después de que el submarino con droga escapó de San Francisco, lo seguimos hacia el sur hasta América

Central, donde tuvimos un poco de buena suerte. Descubrimos una base submarina oculta, donde la cocaína es descargada de yates civiles y cargada nuevamente en submarinos. Desde allí los submarinos lo llevan a América."

"¿Oh, en serio? Eso es increíble," dijo Lynne.

"Continúe," dijo el Almirante Lee.

"Con uno de nuestros satélites militares centrado en la sub-estación de vigilancia, pudimos capturar un submarino de cocaína sin ser descubiertos. Actualmente, tenemos el submarino, a su tripulación y seis toneladas de cocaína a bordo del Merrimac."

"Esa es una noticia maravillosa," dijo Lars. "Mis más sinceras felicitaciones. Este será el clavo final en el ataúd de John Jacobs, y, tal vez, podamos derribar al cártel entero. Por supuesto, todavía tienen las rutas de suministro terrestre, trayéndolo a través de la frontera a espaldas de los hombres."

"Sí, eso es cierto," dijo Nola, "también han tenido cierto éxito en el uso de aviones pequeños aterrizando en lugares remotos. Pero la patrulla fronteriza ha sido muy útil para detener el contrabando en los vehículos que pasan por los cruces fronterizos y para interceptar algunos de los trenes de mulas."

"Ah, sí," dijo Burns, "pero el tema es este; digamos que un submarino transporta seis toneladas de cocaína, valoradas en tres cuartos de un billón de dólares. Comparen eso con el número de hombres que se necesita para cargar eso en sus espaldas a través de pantanos infestados de serpientes y arenas ardientes."

"Ya veo lo que piensas," dijo Lars. "Sería una verdadera presión para el cártel si pudiéramos interceptar por completo los envíos submarinos."

"Creo que podemos hacerlo," dijo Burns, "pero todo depende de mantenerlo absolutamente en secreto. Los espías e informantes de Jacobs están en todas partes. Todo lo que tenemos que hacer es empezar a descargar esa cocaína en los camiones y se correría la voz. Por eso les pedí ayuda."

"Escalofriante," dijo Nola.

"¿Alguna sugerencia?" preguntó Burns.

"Sin duda al cártel le gustaría recuperar esa cocaína," observó Buck Lee, "y el submarino, también, ya que estamos."

Todos miraron al Almirante Lee. "Claramente nuestro objetivo número uno es reducir y/o eliminar el uso de drogas ilegales en los Estados Unidos."

"Me gusta eso," dijo Nola.

"¿Suponiendo que lleváramos la cocaína a nuestro almacén y la usemos como evidencia?" preguntó Lars. "Eso nos ayudaría a construir nuestro caso contra John Jacobs."

"Jacobs podría ir a la cárcel, pero no haría daño al cártel. Simplemente conseguirían un nuevo jefe," dijo Lee.

"¿Qué tal si destruímos los submarinos? ¿Eso retardaría el flujo de drogas?"

"Bueno, eso puede ser, pero solo temporalmente. Probablemente podrían construirlos más rápido de lo que podíamos destruirlos."

"Estoy de acuerdo," dijo Buck Lee. "Para mí es claro que ninguna persona o departamento puede hacerlo solo. Todos debemos estar trabajando para alcanzar la misma meta, y tener cuidado de no lanzarle una llave inglesa a los esfuerzos de otra persona."

"¿Todos están de acuerdo con esa declaración?" preguntó Lee mientras miraba a cada uno a los ojos. "Además, ¿realmente necesita hacerse en secreto? Eso será difícil para nuestros marineros, pero podemos hacerlo, si es necesario e importante."

"Claramente," señaló Lars, "cuanto más tiempo se pueda mantener en secreto, mejor, porque si el cártel se entera de lo que están haciendo, tomará medidas para bloquearlo. Una vez que esos bebés están en mar abierto, son casi imposibles de detectar."

"Estoy de acuerdo," dijo Nola.

Buck asintió con la cabeza.

"Muy bien," dijo el Capitán Burns, "si el secreto es tan importante, todo cambia. Claramente, no podemos descargar la cocaína o el submarino aquí en San Francisco."

"Hagamos lo que hagamos, va a ser temporal," dijo Lynne.

"Creo que tienes razón. Tenemos que movernos rápido. Capturar tantos submarinos y tantas personas como podamos antes de que el gato se nos salga de la bolsa," dijo Burns.

"Entre nosotros vamos a trabajar en la captura de los submarinos. No parece que pueda haber más de... ¿qué... un par de docenas, tal vez? Seguramente, no hay cientos," dijo Lynne.

"Voy a mantener la cocaína, el submarino, y los prisioneros a bordo por el momento. Tenemos que salir de aquí antes del amanecer," dijo Burns.

"Si desea deshacerse de la carga, sin ser detectado, puede moverse hacia el otro lado de la isla. Hay un depósito abandonado con un espacio de acoplamiento bastante decente," dijo Nola. "Puedes atracar allí. Encontrará una zona de quema cerca de la playa. ¿Necesita mapas de esa zona?"

"Gracias, Nola; eso suena perfecto. Solo dame las coordenadas. Lo encontraremos," dijo el Capitán. "Ahora, todo lo que necesito es una prisión abandonada; pero estoy adelantándome. Primero tenemos que capturar los submarinos."

"Mira, tú atrapa a los malos," dijo Lars. "Nosotros encontraremos un lugar donde ponerlos.

"Creo que estamos de acuerdo, entonces," dijo el Almirante Lee, "Lo más importante a tener en cuenta es la velocidad y el secreto. ¿Alguno de ustedes siente la necesidad de hablar con otros acerca de esto?"

"En lo que a mí respecta, esta reunión nunca ocurrió," dijo Nola.

"Lo mismo vale para mí," dijo Lars. "Usted es el que tiene la responsabilidad. Es su bebé."

"Ya veo lo que quieres decir," dijo el Capitán Burns. "Si necesito algo más de ustedes, les hablaré en código."

El Vicealmirante Lee dijo, "Usted tiene una línea directa a mi número privado, a cualquier hora del día o de la noche. Envíe sus informes en código, Burns, pero puede hablar conmigo personalmente en el teléfono móvil." El Almirante Lee se levantó para terminar la reunión. "Vaya con Dios, Burns," dijo mientras devolvía el saludo del Capitán Burns-, "y también usted, Capitán Lycombe, vaya con Dios."

Tomando la señal del almirante, los otros se levantaron, añadieron sus buenos deseos a los de Lee, y se retiraron.

Burns los acompañó a la puerta. Los siguió y se detuvo ante el escritorio de su principal ayudante. Inclinándose, susurró en voz muy baja, "Dame una hora a solas con mi esposa, y luego levaremos anclas y nos vamos, ¿entiendes?"

El Jefe asintió, "Sí, Señor."

"Puedes dar órdenes de marcharnos en exactamente noventa minutos."

"Sí, señor."

Burns volvió hacia su oficina, cerró cuidadosamente la puerta con llave. Acercándose a su escritorio, apagó el timbre del teléfono y desconectó el sistema de alarma de emergencia. Se metió la mano en el bolsillo y apagó el teléfono celular y lo dejó sobre el escritorio.

Tomando a Lynne por la mano, dijo "Ven conmigo, querida," y la llevó al sofá. "Tenemos una hora," dijo mientras la tomaba entre sus brazos y le sonreía a los ojos. "Te quiero mucho," dijo mientras acariciaba sus mejillas, su cabello y su espalda. "Eres tan hermosa."

"Mmm," dijo Lynne, "también te amo con todo mi corazón. Bésame."

Y él lo hizo.

## Capítulo 3
### En el Paseo Marítimo

Francisco contempló con desconcierto la extraña variedad de alimentos. Quería preguntar cuáles eran algunos de ellos. Aún más confusos eran los números que se mostraban sobre sus cabezas. Se acercó al mostrador, a punto de hacer una pregunta, cuando los clientes enfurecidos le señalaron la parte de atrás de la línea. Francisco era un muchacho brillante y bien educado por los ancianos en la escuela de su aldea, pero nunca había viajado más allá de los campos de caza y pesca más cercanos. Esta era una experiencia nueva y extraña para él.

Francisco miró a su alrededor, vio lo que otros hacían, e intentó seguir su ejemplo. Cogió una bandeja de plástico, una servilleta, utensilios para comer, un vaso vacío y un sorbete. Siguiendo el ejemplo de la mujer frente a él, rápidamente aprendió a deslizar su bandeja a lo largo de un ingenioso arreglo de tubos de plata. Vio que la mujer tomaba un pedazo de pan redondo, un pedazo cuadrado de grasa amarilla y un diminuto envase de gelatina de frutas. Tomó uno de cada uno y lo colocó todo en su bandeja. Del mismo modo, cuando ella tomó un plato de fruta cortada, él hizo lo mismo. Reconoció la mayoría de las frutas. Hasta aquí todo bien.

Su primer problema real fue cuando se detuvo frente a una caja de cristal que contenía grandes bandejas de alimentos calientes, ninguno de los cuales le parecía familiar. Finalmente, hizo una elección. El empleado intentó determinar qué platos quería Francisco. Aunque hablaba el mismo idioma, el rápido hombre estalló hablando en un dialecto desconocido, y Francisco se limitó a sacudir la cabeza confundido. Finalmente, el empleado hizo una pausa después de hacer una pregunta. Francisco decidió responder que sí, que iba a tomar algo, fuera lo que fuese.

El recepcionista pareció satisfecho y procedió a cargar varios artículos más en un plato y a colocarlos en la parte superior de la vitrina. Francisco miró a su alrededor. Al ver que nadie más mostraba interés, concluyó que eso debía ser para él; así que añadió el plato de comida a su bandeja. Parecía ser mucho para llenar su estómago vacío, así que se movió, manteniéndose estrictamente en la línea detrás de la mujer. Al pasar por el mostrador de postre, cambió de opinión. Allí había algunas cosas que pudo reconocer. Algunos incluso le recordaban su hogar. Eligió una confitería lujuriosa atada de miel y nueces.

Finalmente, llegó al final de la línea donde la gente pagaba por su comida. La aburrida camarera golpeó rápidamente los botones mientras miraba la bandeja de comida de Francisco. Habló con Francisco con el mismo acento extraño. Claramente, era hora de pagar. Francisco metió la mano en su bolsa de cuero, sacó una de sus monedas de oro y se la ofreció. Ella sacudió la cabeza, no, y repitió la misma serie de números, esta vez más fuerte. Francisco le ofreció dos monedas. Casi le gritó esta vez. Sin saber lo que quería, sacó un puñado de monedas. "Aquí, toma lo que necesites," dijo él. Para entonces, la gente detrás de él en la fila se estaba poniendo inquieta. "¿Qué ocurre?" "Muévete." "Toma su dinero." "Vamos, no tenemos todo el día."

El gerente se movió silenciosamente hasta detrás del empleado. Evaluando rápidamente la situación, se movió para evitar un pequeño disturbio de clientes infelices. Examinó el puñado de monedas en la mano de Francisco. "Yo lo llevaré," le susurró al empleado, mientras le entregaba un billete para cubrir la pestaña. Sonrió a Francisco y lo ayudó a sentarse. "¿Puedo sentarme contigo?" preguntó él, hablando de forma lenta y clara.

"Sí, por supuesto," dijo Francisco. "Lamento haber retrasado las cosas en la fila. Simplemente no podía entender lo que estaban diciendo."

"No te preocupes por eso. Por cierto, mi nombre es Leonardo. ¿Y el tuyo?"

"Perdóname. Soy Francisco Pisarro. Estoy en el camino para buscar mi fortuna en Arizona. ¿Te importa si como mientras hablamos?"

"Adelante, por favor," dijo Leonardo. "Lamento que hayas tenido dificultades para pagar su comida. Verás, mi empleada nunca había visto dinero como el tuyo. No tenía idea de qué hacer con él."

"Sí, entiendo. Por eso le ofrecí un puñado para que tomara lo que necesitara. Supongo que no es frecuente que vea monedas de oro genuinas. Necesito buscar una institución bancaria que pueda intercambiar mi oro por monedas."

"No hay necesidad de eso," dijo el astuto gerente. "Estaré más que feliz de intercambiar tu dinero."

Los ancianos habían preparado a Francisco. "Cuidado con los charlatanes y los estafadores que tratan de engañarte," le advirtieron.

"No lo sé," dijo Francisco. "Papá me advirtió que no me librara de las monedas de oro por papel moneda. Dijo que el oro es bueno en cualquier lugar."

"Ah, sí, tienes un padre sabio. Realmente solo necesitas convertir lo suficiente a la moneda local para pagar tus necesidades diarias a medida que el tiempo pasa y mantener el resto en un lugar seguro."

"Bueno, eso es cierto, dada mi experiencia aquí," dijo Francisco, teniendo cuidado de masticar la comida y tragar antes de hablar. Sus modales eran impecables.

"Sí, me temo que la joven no reconoció las monedas de oro. Su educación es limitada."

"Sí, lo entendí rápidamente. Tendré que hacer algo al respecto."

"Bueno," dijo el gerente, "probablemente estarás a salvo en la mayoría de los bancos, especialmente los grandes. Por supuesto, cierran los fines de semana y las tardes. No podrás encontrar uno abierto hasta el lunes."

"Oh, cielos," dijo Francisco. "Podría estar bastante hambriento hasta entonces."

"Siempre puedes venir aquí. Puedo cambiar tu dinero por ti, siempre que esté de guardia."

"¿Estarás aquí mañana?"

"En realidad, no, es mi día libre."

"Oh," dijo Francisco. "Bueno..."

"Mira, necesito volver al trabajo. Si me disculpas..."

"Por supuesto."

"Antes de irme, ¿hay algo más que pueda hacer por ti?", preguntó el gerente. "¿Tienes alguna pregunta?"

"De hecho, sí. Tal vez puedas decirme, uh... ¿cuántas monedas crees que necesitaré cambiar por un día normal de comida?"

"Supongo que no estás familiarizado con el tipo de cambio. Estaré encantado de ayudarte con eso si no toma demasiado tiempo. Como dije, tengo que volver."

"Bueno, la empleada tomó seis de mis monedas para esta cena. ¿Serían seis más por cada comida?"

"Probablemente," dijo el gerente. "Tal vez deberías agregar un par más para una buena medida. ¿Quieres que las cambie por ti?"

"¿Te importa?"

"De ningún modo. Déjame ver tus monedas para poder contarlas."

Francisco presentó catorce monedas de diferentes tamaños. El gerente las miró y dijo, "Puedes guardarlas aquí por ahora, mientras voy y busco las monedas correctas. Regreso en un minuto."

Francisco continuó disfrutando de su comida, reflexionando sobre su buena fortuna al encontrarse con personas tan útiles en su primer día fuera de casa. Planeaba quedarse cerca del paseo marítimo en una habitación sencilla mientras esperaba a abordar el barco que lo llevaría al norte en dos días. Mañana sería domingo. Le daría un vistazo a la ciudad y se divertiría. Tal vez incluso iría a la catedral y rezaría a los santos para que protegieran a su familia y a su amada, Consita.

El gerente regresó con algo de papel moneda de los diferentes países a los que Francisco estaría viajando, y algunas monedas pequeñas. Explicó el país y el valor de cada uno a Francisco y le advirtió que tuviera cuidado con charlatanes, tramposos y estafadores. "Disfruta de tu estancia en nuestra ciudad y que la bendita virgen te vigile en su viaje hacia el norte."

"Gracias," dijo Francisco. "Gracias por tu amabilidad."

El director medio se inclinó y se giró, con el corazón acelerado. Habló en voz baja a su subdirector. "Algo ha surgido y tengo que irme. Puedes tomar el control por esta noche y mañana. Asegúrate de asegurarlo todo, de cerrar la caja fuerte y de poner la alarma, antes de cerrar." Luego de eso se apresuró a salir por la puerta trasera lo más rápido posible, cogió el primer taxi que pudo encontrar y desapareció en la noche. Tenía la intención de perderse de vista durante unos días hasta estar seguro de que el campesino estuviese rumbo al norte en la bodega de alguna de las embarcaciones de salida de ganado, o "cruceros del cártel", como eufemísticamente se les llamaba.

Francisco estaba un poco preocupado porque su oro parecía estar desapareciendo más rápido de lo que esperaba. La comida era terriblemente cara. *Espero que haya suficiente hasta que llegue a mi nuevo trabajo* pensó él.

\* \* \*

Francisco firmó con su nombre en el registro de la casa de huéspedes. "Serían veinte, pagaderos por adelantado, señor," dijo el amable empleado.

"¿Estará bien con oro?" preguntó Francisco. "Necesito guardar mi papel moneda para mañana."

"Sí, por supuesto. Déjeme ver su moneda."

Francisco extrajo una moneda y la depositó en el mostrador. Mientras buscaba más monedas, el empleado lo interrumpió. "Lo siento, señor, no puedo cobrarle eso. ¿Tiene algo más pequeño?"

Francisco examinó la moneda de cerca. "Esa es mi moneda más pequeña, señor. Me doy cuenta de que no es suficiente." Dejó otras dos monedas en el mostrador.

"Señor Pisarro, creo que no entendió." Mientras Francisco se metía la mano en la bolsa de cuero para sacar más monedas, el empleado le dijo, "No, no, señor. Por favor, no saque más monedas. Tiene que mantenerlas ocultos."

Perplejo, Francisco hizo una pausa, "¿Qué quiere decir?"

"Señor, esas monedas son demasiado valiosas. No tengo suficiente dinero en efectivo en mi cajón para cambiar ni siquiera una de ellas."

Estando atónito, Francisco levantó la moneda más pequeña, "¿Estás diciendo que esto es demasiado?"

"Sí, señor, demasiado. ¿Tiene idea de lo que vale esa moneda?"

"Creo que no," dijo Francisco.

"Señor, por casualidad, colecciono monedas antiguas como pasatiempo. Yo estaría más que feliz de comprarla para mi colección, si usted pudiese darme unos días para reunir el dinero. Podríamos hacer que la moneda fuese valorada por un tasador registrado, pero estoy seguro de que valdría varios miles. Ese es un raro ejemplar de las monedas de oro usadas por una civilización desaparecida hace mucho tiempo. Esas monedas solo se encuentran en tumbas que ahora están bajo la protección del gobierno."

Francisco se limitó a mirar al hombre. Cuando se dio cuenta de lo que había ocurrido, su cara perdió todo color, sus manos comenzaron a temblar y sus rodillas se debilitaron. El empleado corrió alrededor del mostrador y lo tomó por el brazo. "Señor, señor, déjeme ayudarlo a sentarse. Por aquí," ordenó mientras las rodillas de Francisco comenzaban a doblarse y su vista se tornaba oscura por los bordes. El empleado tomó el peso de Francisco y casi lo arrastró hasta la silla. Francisco se cayó hacia atrás. El empleado dijo, "Incline la cabeza entre las piernas," mientras ayudaba a Francisco a colocarse en esa posición.

Por un momento, Francisco se desmayó. Cuando la sangre regresó a su cabeza, se dio cuenta de una voz lejana que decía: "Señor, señor..." Francisco trató de sentarse, pero una mano fuerte lo empujó hacia abajo. "Quédese allí un minuto, señor." La voz se hizo más fuerte, "Por favor, descanse un momento. Acaba de tener un episodio de shock. Estará bien. Lo tengo."

"M-muchas gracias. No sé qué pasó," balbuceó Francisco.

"Se desmayó por un momento."

"¿M-me desmayé?"

"Sí, se desmayó. ¿Alguna vez se había desmayado antes?"

"La verdad es que no."

"Bueno, me asustó por un instante. Pero, estará bien."

Francisco se sentó.

"Tómese tu tiempo sentado. Aquí, déjeme ayudarlo."

Francisco se reclinó en la silla. El empleado lo observó durante un minuto. "¿Se siente mejor?" preguntó.

Francisco asintió con la cabeza.

"¿Estará bien aquí mientras traigo un vaso de agua?"

"Sí, gracias."

El empleado regresó con el agua. Francisco le dio las gracias y tomó unos cuantos sorbos. Devolviéndole el vaso, dijo, "Gracias," y respiró hondo.

El empleado lo miró por un momento. "Ahí tiene. Su color está regresando. Debe haber tenido un gran shock. Era algo que tenía que ver con las monedas de oro." El recuerdo de Francisco regresó como una explosión. Inmediatamente cogió su bolsa de cuero. Luego trató de levantarse, solo para volver a caerse.

"No creo que esté listo para levantarse todavía. Espere unos minutos más. Tome un poco más de agua," sugirió el empleado. "Por cierto, puede llamarme Carlos."

"¿Carlos?" dijo Francisco. "¿Estás seguro respecto a las monedas, del valor que tienen, quiero decir?"

"Estoy tan seguro como puedo estarlo sin una evaluación profesional."

"Oh, Madre María, fui muy estúpido, Carlos." Francisco estaba a punto de llorar. "Mi padre, mi abuelo, todos los ancianos, ellos confiaron en mí. Me advirtieron que estuviera atento a los estafadores. He estado lejos menos de un día y ya he perdido algunas de las monedas que me confiaron. Soy un tonto, una vergüenza para mi aldea."

"Dime qué pasó, amigo."

"Un hombre amable, por lo menos pensé que estaba siendo amable, se ofreció a cambiar unas monedas por mí, para que yo pudiera comprar comida. Dijo que los bancos no abrirían hasta el lunes. Fui tan tonto."

"¿Cuántas monedas le diste?"

"Veinte, en total, incluyendo las seis tuve que darle al cajero para mi cena. Ahora, ya veo por qué no quiso recibirlas. El gerente las guardó en su bolsillo y le dio un billete para pagar mi comida. Luego se me unió en la mesa. Parecía tan amable y cuidadoso."

"Este gerente, ¿qué te dio a cambio?"

Francisco le mostró las cuentas y las pocas monedas pequeñas.

"Lo han robado, señor. Estos billetes no son nada comparado con el verdadero valor de sus monedas. Si esas monedas son como las que me mostró, valen miles. ¿Sabe quién lo robó?"

"Leonardo. Dijo que era el gerente. Era el pequeño restaurante al otro lado del camino."

"Conozco al hombre. Él es muy escurridizo. Probablemente ya desapareció en el país."

"¿Que debería hacer?"

"Debe notificar a las autoridades. Quizá puedan recuperar algo de lo que ha perdido."

Francisco asintió con la cabeza en señal de derrota.

"Déjeme darle la llave de su habitación. Puede subir y descansar. ¿Debería llamar a las autoridades por usted?"

"Quizá mañana," respondió Francisco mientras se ponía de pie. Apoyó su mano en la silla por un minuto hasta que se sintió lo suficientemente fuerte como para moverse. Gradualmente subió las escaleras a su habitación, dando un paso cansado a la vez.

## Capítulo 4
<u>Efectos Colaterales</u>

Vamos, Leroy, hagámoslo," dijo el Detective Teniente Michael" Mike McBride Jr. a su compañero.

Leroy apretó la mandíbula y se preparó para uno de sus trabajos menos favoritos: visitar la oficina del forense.

"Vaya, vaya, miren quién está aquí," exclamó un hombrecito jovial y redondeado, vestido con un uniforme manchado, zapatos con suela de crepe, gafas de montura de plata y una franja de cabello blanco rodeando su coronilla brillante. El Dr. Lucas T. Magee había sido forense del condado de Carson desde que Mike nació. "Cielos, no los había visto desde que la madre era cachorra. ¿Qué los trae a mi humilde lugar de trabajo?"

"Hola, Luke," dijo Mike cogiéndole la mano. "Tienes razón. Ha pasado mucho tiempo."

"Bueno, no puedo decir que te culpo. Voy a ser el primero en admitir que las cosas han estado bastante muertas por aquí últimamente," Lucas soltó una carcajada ante su propia ocurrencia.

Mike logró esbozar una débil sonrisa mientras Leroy tenía un breve ataque de tos.

"Oh, vamos, muchachos, es solo un poco de humor. En mi ámbito de trabajo, uno tiene que verle el lado más ligero a la vida, ¿no? Hee-hee."

"De hecho, sí, Lucas, de hecho lo hacemos," aceptó Mike.

"¿Así que ya se enteraron de lo último?" preguntó solemnemente el Dr. Magee.

"No, no," dijo Mike, "pero algo me dice que estoy a punto de hacerlo."

Magee bajó la voz y se inclinó hacia adelante de manera conspirativa. "Bueno, todo lo que quería decirte era sobre el extraño nuevo agujero que ha aparecido en la pared del baño de las damas. Es un misterio. ¿No has oído hablar de ello?"

"Ah... no."

"Tengo entendido que los tenientes están investigando," dijo Lucas riendo. Leroy soltó una carcajada.

Mike se quedó con cara de piedra. "Bueno, Magee, odio decirte esto, pero... Escuché una historia increíble sobre un forense que fue llamado a testificar en un caso de homicidio en el este, y esto es cierto, lo juro. El abogado defensor estaba interrogando al forense. El abogado pregunta: "Antes de firmar el certificado de defunción, ¿tomó el pulso del hombre?" "No," dijo el forense. ¿Escuchó en busca de un latido? El forense dice 'No'. Así que el abogado concluyó: "Así que cuando firmó el certificado de defunción no había tomado las medidas para asegurar que el hombre estuviese muerto, ¿verdad? "¿No es eso cierto?", preguntó y miró con interés al jurado. El forense respondió: "Bueno, déjame decirlo así, hijo. El cerebro del hombre estaba sentado en un frasco en mi escritorio, por lo que sé que podría estar practicando la abogacía en alguna parte."

Con eso, todos rieron. Magee fue tan lejos como para golpear a Mike en la espalda. "¡Buena esa, Mike, muy buena!"

"Gracias," dijo Mike con una sonrisa. "Ahora, Lucas, siempre es bueno verte. Me alegras el día. Pero, tenemos que encargarnos de nuestro negocio y salir adelante. El deber llama, ya sabes."

"Claro, Mike," el Dr. Magee sacó su silla de escritorio y se sentó. "Toma una silla y dime cómo puedo ayudarte."

Mike y Leroy tomaron unas sillas. Mike comenzó, "Estamos cerrando el caso de Richardson. Necesitamos una causa de muerte. Esperamos que nos digas, para que quede constancia, lo que encontraste cuando examinaste los cadáveres."

El Dr. Magee buscó una carpeta de archivos, la dejó abierta sobre su escritorio y extendió algunas fotos. Sacudiendo la cabeza, dijo, "Es algo triste, Mike, simplemente una tragedia. ¡Qué desperdicio! Jóvenes, demasiado jóvenes para morir. Es tan terrible." Esparció las imágenes y solo sacudió la cabeza. "Mike, tienes que hacer algo sobre este problema de narcóticos. No sé cómo, pero esto tiene que parar. Es tan horrible. Mira esta foto, Mike." Él le tendió la foto a Mike. "Mira la piel púrpura, las horribles llagas en su cuerpo. Me pone furioso, Mike. La cocaína te hace eso. ¡Cocaína!"

Lucas continuó, "Como si los efectos secundarios de la cocaína no fuesen lo suficientemente malos: latidos cardíacos anormales, problemas de presión arterial, alucinaciones, convulsiones y derrames cerebrales, ahora el ochenta por ciento de la cocaína que entra en este país tiene levamisol mezclado."

"¿Levamisol? No había escuchado eso antes," dijo Mike. "Supongo que lo están usando para cortar [diluido] la cocaína."

El Doctor Magee continuó, "Sí, supongo que sí. El levamisol es un medicamento veterinario aprobado para su uso en la desparasitación de animales de granja, ¡por el amor de Dios! La cocaína ligada con esta sustancia hace que la piel humana se muera realmente, causando lesiones de la piel, o putrefacción de la piel, así como las llagas y la descoloración púrpura que ves allí."

"Seguro que te hace preguntarte por qué la gente decente lo usaría en primer lugar," dijo Leroy. "Simplemente no puedo entenderlo."

"Oh, eso lo entiendo bien," dijo el Doctor Magee. "La gente quiere el colocón. Se les ha dicho que si mezclas la cocaína con alcohol eso va a inducir un sexo fantástico. ¡Zowie! Lo sabes tan bien como yo, el sexo vende todo, desde películas hasta automóviles. Lo que los pobres lechones no saben es que la cocaína es una de las drogas más adictivas. Solo una vez, y quedas enganchado; Y mezclarlo con alcohol es una combinación mortal. Oh Señor, ¡estas pobres personas también mezclaron esas dos drogas con heroína y metanfetamina! Dios sabrá por qué lo hicieron. ¡Es una locura!"

Mike le devolvió la foto. Lucas la colocó en la carpeta y la cerró de golpe. "Muerte por sobredosis auto-administrada de cocaína, alcohol, heroína y metanfetamina. Ese es mi veredicto, Mike."

"¿Auto administrada?" preguntó Mike.

"No hay signos de lucha."

"Ya veo," dijo Mike.

"Tienes razón," dijo el Dr. Magee, "no debería decir que fue definitivamente autoadministrada. Eso es algo que debe determinar la policía. Permítanme enmendar mi veredicto. La muerte fue por sobredosis, como resultado de una mezcla mortal de cocaína, alcohol, heroína y metanfetamina, sin signos aparentes de lucha."

"¿Encontraste los cuatro fármacos en sus organismos?"

"Sí, lo hice, Mike, pero las cantidades más grandes fueron de alcohol y cocaína. Eso es lo que realmente los mató."

Mike se puso de pie, indicando que ya se marchaban. Le ofreció su mano a Lucas y le dijo, "Muchas gracias, doctor. Lo aprecio."

"De nada, Mike... Leroy. Es bueno verlos de nuevo. Sigan trabajando en ello." Soltó la mano de Mike y se giró hacia su escritorio, sacudiendo la cabeza mientras guardaba la carpeta.

"Haremos todo lo posible," dijo Mike mientras salían de la oficina.


Leroy condujo en silencio durante un rato. Mike estaba perdido en sus pensamientos.

"Bueno, creo que eso cierra el caso," dijo Leroy, rompiendo el silencio.

"Sí, no había pruebas de juego sucio," dijo Mike.

"Muerte accidental por drogas."

"No parece que eso cierre la historia, ¿verdad?"

"No, de hecho no."

"Me gustaría enumerar todos los traficantes de drogas que hayan tenido algo que ver con el suministro de esas drogas como co-conspiradores en su asesinato," dijo Mike.

"El asesinato, premeditado, ni siquiera es suficiente. Debería haber algo peor, como el genocidio."

"Sí, genocidio deliberado y planeado, con fines de lucro."

"Las palabras más malvadas, más insidiosas... me fallan."

"Tengo ganas de irme a casa, tomar un baño y lavarlo todo, ¿tú no?" preguntó Mike.

"Sí, tal vez después de eso vaya a ver a mi chica."

"Me gusta eso. Buena idea." Mike ni siquiera tenía ganas de bromear con Leroy acerca de su "chica".

"Bueno, vayamos a la estación, terminemos el papeleo y archivemos este caso. Luego, nos vamos a casa. ¿Qué te parece?"

"Suena como un buen plan."

Manejaron en silencio unos minutos más.

"¿Qué crees que pasará con su hija, Tracey?"

"Eso es lo peor, ¿no?"

"Sí."

"Bueno, supongo que los Servicios de Protección Infantil ya la tienen. Ella será ubicada temporalmente en un hogar temporal hasta que determinen si hay parientes cercanos que la quieran. Entonces, tendrán que ser investigados y tener una recomendación hecha a un Juez de la Corte Juvenil. En algunos casos, más de un familiar quiere al niño. Entonces puede complicarse el asunto. A veces hay un fondo fiduciario o un testamento con recomendaciones; los Richardson no me parecieron responsables. Si nadie la quiere, ella quedará bajo custodia de la corte. Será ubicada en un hogar de crianza temporal. Puede ser elegible para la adopción, pero puede tomar años. Es una niñita linda, ¿no?"

"Sí, claro que sí," dijo Leroy. "Bueno, ya estamos aquí, jefe. Vamos a cerrar este caso."

\* \* \*

## Leroy y Doreen

Leroy alcanzó el interruptor de arranque. *Espera un minuto*, pensó. *Supongo que debería escribirle antes a Doreen para ver si está disponible esta noche.* Leroy le escribió rápidamente, "¿Estás en tu casa esta noche?" y presionó "Enviar." Ella no respondió de inmediato, por lo que él arrancó el automóvil y se fue a casa.

Al llegar a casa, revisó sus mensajes. *Ah, ahí está*, Leroy sonrió y abrió su mensaje. "Ven rápido." Leroy sonrió y respondió rápidamente, "Nos vemos a las siete."

Suspirando, Leroy salió del automóvil y se precipitó al interior de su casa. Se sentía como Gene Kelly. *I'm singing' in the rain, Just singin' in the rain*, Leroy silbaba y tomó algo de impulso para saltar directo a la ducha. *Zip a de doo-da. Ah Doreen. Whoopie.* Leroy se iba desvistiendo a medida que llegaba, se metió en el agua e hizo una pausa, esperando que el agua caliente saliera. Leroy se ubicó bajo la ducha y empezó a enjabonarse, silbando y tarareando mientras se movía de la cabeza a los pies. Tras un último enjuague, cerró la llave y tomó una toalla, frotándola por todo su cuerpo. Echando un vistazo a su imagen borrosa en el espejo de cuerpo completo, lanzó la toalla hacia el reflejo, volviéndose mientras la toalla pasaba por encima de la barra de la cortina de la ducha. Para entonces, el vapor cubría los espejos.

Leroy encendió el ventilador exhausto, tomó su afeitadora eléctrica y empezó a rasurarse al tacto. Gradualmente el espejo se aclaró. Leroy examinó su rostro en detalle y se tocó el mentón en busca de algún vello suelto. *No me gustaría raspar las lindas mejillas de Doreen ahora, ¿verdad?* Leroy se aplicó libremente su mejor gel para después de afeitar — que le habían regalado Angel y Bud por el día del padre — conectó el secador de cabello, y tomó un cepillo. Hizo su mejor intento para secarse el cabello como lo hacía la peluquera cada mes cuando Leroy se cortaba el cabello. *Nunca puedo hacerlo lucir tan bien como ella lo hace.* Se aplicó un poco de laca y se fue a su habitación para vestirse.

Sacó unas bermudas y una camiseta. *Oops, olvidé cepillarme los dientes. No puedo permitirme eso.* De vuelta al baño para ocuparse de la vital tarea, Leroy terminó con un vigoroso cepillado de su lengua y gárgaras con enjuague bucal.

Apresurándose, volvió a la habitación para escoger una camisa que fuese bien con sus ojos. *Hmm, nada en el armario.* Abrió el cajón más bajo de su armario donde tenía todas las camisas nuevas que los chicos le habían dado en varias ocasiones especiales. Buscando entre la pila, encontró una del color exacto de sus ojos, la abrió y le quitó los alfileres. Dejó caer uno en el suelo y se agachó para recogerlo. En el proceso, se pinchó el dedo. *¡Demonios! La prisa lo arruina todo.* Se metió el dedo en la boca y chupó la sangre mientras corría al baño para cubrirlo con una banda adhesiva. *Ya está, esto lo detendrá.*

Se apresuró a la habitación para empezar a desabotonar la camisa. *Oops, olvidé ponerme el desodorante.* Regresó al baño para ponerse el desodorante. Tomó su reloj y se lo colocó en la muñeca. *Oh-oh 6:30. Date prisa, Leroy.* Volvió a la habitación por la camisa, *¿Tengo que plancharla? Sí.* Corrió hacia el lavandero, preparó la mesa para planchar y conectó la plancha. Corrió de vuelta a la habitación. Escogió sus mejores pantalones casuales del armario, aún en la bolsa de la tintorería. La abrió. Intentando darse prisa introdujo la pierna derecha, pero se equivocó. Saltó en un pie sobre la cama. Se sentó y se colocó los pantalones.

Se apresuró hacia el cuarto de lavandería. Empezó a planchar la camisa. *Demonios, se quedó sin vapor.* Corrió hacia la cocina para buscar agua. Volvió a la lavandería. Virtió el agua, encendió el vapor, empezó a planchar. Sssssst. *Oh cielos, salpicó la camisa.* Volvió a la cocina para buscar una toalla limpia. Volvió a la lavandería. Secó la mancha. *¿Qué tal? ¿Pasará la inspección?* Terminó de planchar la camisa. Se la colocó. La abotonó mientras caminaba hacia la habitación.

Se asomó al armario para buscar un par de calcetines. Buscó en el cajón, pero no pudo encontrar un mismo par. Fue de nuevo a la lavandería. Abrió la secadora, sacó un montón de ropa interior y calcetines. Lo dejó caer sobre la secadora y buscó unos calcetines. Finalmente encontró un par que más o menos combinaba con sus pantalones si no se les miraba demasiado. Volvió a la habitación a buscar los zapatos y un cinturón que combinaba que su ex esposa Lorraine le había dado por su aniversario – no por su aniversario de bodas, sino el de *divorcio. Su sentido del humor deja mucho que desear.*

Se sentó para colocarse los calcetines y los zapatos y sacó el cinturón de su empaque. Metió una uña en el empaque. Intentó usando sus dientes. Fue a la cocina para abrir el empaque con un cuchillo. Usó unas tijeras para quitarles la etiqueta del precio.

Deslizó el cinturón por los pasadores de los pantalones. *Esta jodida cosa es demasiado grande. ¡Cielo santo, Lorraine! Esto no es gracioso.*

Volvió a ver el reloj. 6:40 PM. *Apresúrate.* Empezó a cantar *Voy tarde, voy tarde, a una cita muy importante. No tengo tiempo qué perder, ta-da, ta-da, voy tarde, voy tarde, voy tarde. Voy muy tarde, estoy en un guiso de conejo. La-la-la-la-la-la-hum-hum...* Corrió a la habitación, tomó un viejo cinturón cualquiera, tomó su billetera, efectivo, algo de sencillo, un pañuelo, sus llaves, condones, un peine, sus tarjetas de crédito, su identificación... *¿Qué más?¿Estoy listo? Oh sí, una botella de vino. ¿Flores? ¿Me da tiempo de parar por ellas? Cielos.* 6:50 PM. *No tengo tiempo* Tomó unas tijeras. Corrió hacia el jardín trasero. *Ah, aquí hay una.* Cortó una flor. Aspiró su olor. *Ah, perfecto.* Volvió a la cocina. Tomó el vino. Programó la alarma. *¿Tengo mis llaves?* Se palpó los bolsillos. *Sí.* Cerró la puerta y salió.

*Oh cielos, oh cielos, me siento en la cima del mundo.* Leroy esperaba en un semáforo en rojo. Miró un autolavado a cinco minutos en la misma calle. *Buena idea.* Entró al autolavado, pagó extra para limpiar el interior con un aerosol desodorante de esencia.

Una vez más estaba en camino. *No más paradas. Ya son 10 pasadas las siete.* Llegó al porche de Doreen a las 7:15. Encontró un lugar para estacionarse. *Olvídate del ascensor.* Corrió por las escaleras hasta el 2B y alcanzó el timbre. La puerta se abrió antes de que pudiera tocar el timbre o la puerta, y ahí estaba ella, con sus brazos abiertos. Leroy cayó entre sus brazos y cerró la puerta con una patada tras de sí. *Oh, cielo*, suspiró, dejando descansar la mejilla en su cabeza. "Ah, por fin. Pensé que no llegarías nunca."

La sostuvo para poder mirarla a la cara y sonreír. "Yo también," dijo. Leroy relajó su espalda en sus brazos, bajó la cabeza y besó su boca como una abeja tras la miel. "Ah, querida, te sientes tan bien," le sonrió. "Mmm," dijo ella. Otro beso y él la abrazó y se balanceó hacia adelante y hacia atrás.

Tomados del brazo se dirigieron hacia adentro. "Preparé algunas bebidas y aperitivos para nosotros, en el patio," dijo Doreen. Se volvieron hacia las puertas corredizas. "Oh, me olvidé de traer el vino y las flores que traje para ti," dijo Leroy.

"¿Lo hiciste? ¡Oh qué dulce de tu parte! Podemos buscar eso más tarde, ¿de acuerdo?"

"Pensé que podríamos salir a pasear más tarde," dijo Leroy.

"Podemos hacerlo," dijo Doreen. "Suena como una noche perfecta."

"Sí, perfecta porque estamos juntos." Se sonrieron como adolescentes enamorados y se sentaron a disfrutar de la puesta de sol.

## Mike y Juliette

En el otro lado de la ciudad, Mike comprobó el cabello que colocaba a través de la bisagra de su puerta. Todavía intacto. Usando su llave, abrió la puerta de atrás e inmediatamente cambió la alarma a "en casa". La perra Lady se levantó rígidamente de su alfombra y caminó a través de la habitación para saludar a Mike con un lametón y una sacudida de la cola. "Hola, Perra," dijo Mike y acarició sus orejas por completo, terminando con una palmada hacia abajo. Mike dejó la puerta abierta para que fuera a hacer sus necesidades. Dejó la puerta un poco abierta para que pudiera regresar. Mientras tanto, llenó su tazón de comida y le sirvió agua, tomó una cerveza de la nevera y abrió la tapa.

Mike estaba allí, apoyado en la puerta de la nevera y mirando el contenido. Lady entró por la puerta trasera, la cerró con la nariz y se acercó a sus tazones de comida. Mike retiró algunas sobras de espagueti y lo metió en el microondas para "recalentarlas," mientras ponía algunos vegetales verdes en un recipiente para la ensalada, añadió un aderezo y sacó un tenedor. Mike se llevó todo a la mesa, se sentó y encendió su computadora portátil para ver si Jullette estaba en línea. *Ah, allí está. Supongo que puedo llamarla por Skype para que hablemos mientras ceno.* Lo dejó sonar mientras empezaba con su ensalada.

"Hola Mike, ¿eres tú?" preguntó Juli. Su rostro lucía algo distorsionado en toda la pantalla.

"Hola, Jules, soy yo. Todo bien. ¿Cómo están las cosas en San Francisco?"

"No hay muchas novedades," dijo Juliette. "Lo mismo de siempre."

"Voy a cenar mientras hablamos."

"Bien por ti. Todavía no he empezado. ¿Algo emocionante?"

"Hoy cerramos el caso de Richardson."

"¿Ah sí? ¿Era lo que esperabas?"

"Sí, una mezcla letal de cocaína y alcohol. Una pareja casada tratando de obtener ese máximo colocón. Se colocaron demasiado. Volaron directamente al cielo. Dejaron una hija de dos años y medio, linda como una cachorrito. Ella había estado descuidada, pero era realmente adorable e inteligente también. Te rompe el corazón."

"Oh, caray, eso es tan triste. ¿Quién va a cuidar de ella?"

"Bueno, ella está con los Servicios de Protección por el momento, hasta que lo resuelvan."

"¿Tienes algo especial para este fin de semana?"

"Podría estar de guardia. No es seguro. El calendario no ha sido publicado."

"Ya veo. Bueno, avísame tan pronto como lo averigües, ¿de acuerdo?"

"Definitivamente me gustaría venir a verte, si puedo."

"Suena bien para mí, Mike."

"Está bien, planeemos hacer algo tan pronto como tenga un día libre que coincida con el tuyo."

"Es una cita."

"Tengo que irme, Juli. Cuídate."

"Lo haré. Ten cuidado."

"Lo prometo."

"Adiós, Mike." Ella le hizo un sonido de beso.

"Adiós, Juli." Él le lanzó un beso también.

Mike apiló sus platos en el lavavajillas, tomó su cerveza y se metió en la sala de estar. Se sentó en su silla favorita y tomó el control remoto. La perra Lady caminó tras él y se acomodó en la alfombra a sus pies. Mike paseó por los canales mientras terminaba su cerveza. Seleccionó un canal de noticias, reclinado en su sillón reclinable, cerró los ojos y se fue a dormir.

* * *

Al día siguiente, Mike estaba en su escritorio, brillante y a tiempo. Sacó un fax de su computadora de Lars Caruthers, del Departamento de Policía de San Francisco, División de Narcóticos. Al Det. Teniente Michael McBride, Departamento de Policía de la Ciudad de Carson.

Mike:

Tengo novedades en el caso de John Jacobs. Necesito consultarte. Llama cuando llegues. Me levanté temprano.

Lars

Mike no perdió tiempo para marcar la línea privada de Lars.

"Aquí Caruthers. Debes ser Mike o Leo. Las únicas dos personas que conozco en ese pequeño iceberg, la Ciudad de Carson. Espera un minuto. No puede ser McBride; es muy temprano en la mañana, hah-hah."

"De acuerdo, Caruthers, deberías saber, pueden ocurrir milagros," dijo Mike.

"¡Eres tú! Realmente eres tú. ¡Bien, seré maldito! ¿Tienes problemas, amigo?"

"Sí, tengo muchos problemas. Mi chica está en San Francisco."

"¿Eso es todo?"

"Sip."

"Ay, Mike, lo llevas mal, amigo."

"Sip"

"¿Algo que pueda hacer?"

"No."

"Bueno, entonces, supongo que tendremos que seguir adelante lo mejor que podamos, teniendo en cuenta tu hándicap."

"¿Tienes algo en mente, Lars?"

"De hecho, sí. Todavía estoy atrapado en este asunto del tráfico ilícito de drogas."

"Muchacho, estoy contigo en eso, amigo."

"Oh, ¿ocurrió algo?"

"Apenas ayer. Me envió a la cama, asustado a las 7PM. Por supuesto que ahora me desperté con los pollos, y aquí estoy. No se supone que sea hora del banquero, hombre."

"Los policías tienen que sufrir."

"Lars, ¿alguna vez has visto cuerpos violados por esas cosas nuevas que están agregando a la cocaína en estos días?"

"Estás hablando de la medicina veterinaria."

"Levamisol."

"He oído hablar de ello, Mike, pero todavía no he visto ningún caso."

"Ruego que no lo hagas, Lars. Perdimos una pareja de clase media aquí esta semana. Los encontré en su cama, muertos por una mezcla de drogas. La cocaína contenía

Levamisol. Tenían enormes llagas y piel morada en todo el cuerpo. El Levamisol mata literalmente la piel. Tenían a la niña más linda del mundo, de dos años y medio. Incluso el forense apenas podía tocarlo; fue tan feo. Tenemos que detener esto, Lars."

"Estoy contigo, amigo y mi departamento también. Estamos trabajando en un par de cosas, pero hay una cosa por la cual te daré un aviso. El Fiscal del Distrito quiere comenzar el juicio de John Jacobs. Pronto saldrá con eso. Mantente pendiente de las citaciones, probablemente para ti y varios otros en el departamento, para Mary Beth Baker, Sammy Monroe, y los otros colegiales que estaban involucrados con la droga de la violación. Ahora no estoy seguro sobre a quién quieren llamar, pero seguramente lanzarán una amplia red. Velo como una expedición de pesca."

"Supuse que los abogados de Jacobs probablemente querrán traer a los dos ex guardias de Jacobs que Abraham Monroe -C.E.O. de las Industrias Monroe- rescató y escondió en un refugio de la Isla del Pacífico, en algún lugar," dijo Mike.

"Bueno, el Fiscal del Distrito quiere mantenerlos en secreto, si es posible. Está seguro de que Jacobs los hará matar si los encuentra. La fiscalía puede tener que usarlos, pero solo lo harán como último recurso. Sin embargo, estoy seguro de que llamarán a Juliette Carolle, ya que es una de las pocas que pueden testificar del secuestro y la agresión de Jacobs. Gran parte del trabajo sucio de Jacobs fue llevado a cabo por gente contratada, ya sabes; así que el testimonio de Juliette será vital."

"¿Llamarán a la madre de Juli, Nan Carolle?"

"Bueno, de lo único que puede hablar es de la forma en que los matones de Jacobs la obligaron a salir de la carretera y bajar al barranco. Eso abriría una línea de preguntas sobre los guardaespaldas; así que supongo que no llamarán a la madre de Juli."

"Bueno, gracias por la advertencia, Lars. ¿Debería hacérselo saber a Juli?"

"Haz lo que mejor te parezca, Mike. No nos importa."

"Bien, Lars. Ten cuidado."

"Igualmente. Mantente en contacto."

\* \* \*

Eran las diez antes de que Leroy entrara, satisfecho.

"Me alegro de que vengas hoy, Bratowski," gruñó el Capitán Allen Baker mientras salía de su oficina.

"Buenos días, Capitán," replicó Leroy, completamente imperturbable.

"¿Y a qué debemos el honor de tu presencia?" continuó el Cap.

"Es un bonito día, ¿verdad?" Leroy sonrió y se dirigió a su escritorio.

"¡Bratowski!" El capitán golpeó con fuerza el puño en el escritorio de Leroy.

"Sí, señor, ¿puedo ayudarlo con algo?" Leroy sonrió al capitán.

El Capitán miró a Mike y le hizo el gesto de mostrarle ambas palmas. "Es tu pareja. ¿Qué diablos le pasa?" El Capitán sacudió un pulgar en la dirección de Leroy.

"Sospecho que está enamorado, Capitán."

"Nooo. ¡No Leroy!"

"Sí," dijo Mike.

"¡Bueno, fe y paciencia! Nunca pensé que viviría para ver esto. Pensé que era un soltero confirmado."

"Le sucede a los mejores de nosotros. Eso es lo que hace que el mundo gire, Capitán," dijo Mike con una sonrisa.

Leroy estaba sentado en su escritorio, con una mirada lejana en los ojos. El Capitán se acercó al lado del escritorio y puso ambas manos sobre él.

"Mírame, Leroy," dijo Cap. "Esto es lo que harás. Tómate el tiempo que necesites, dos o tres días, ¿entiendes? Cásate con la chica, ¿oíste?"

"¿Huh?" dijo Leroy.

"¡Dije que te cases con la chica y vuelvas a trabajar!" El Capitán volvió a entrar en su despacho. Leroy se puso rojo como un tomate. Todos los otros policías se mantuvieron a un lado y rieron.

## Capítulo 5
### En camino al Sur

En una hora más el cielo en el este estaría mostrando los primeros destellos de luz. Todavía estaba oscuro cuando el Merrimac y el Monitor se deslizaron silenciosamente bajo el puente Golden Gate y salieron hacia el mar. Los marineros de la cubierta vieron su silueta contra las estrellas, con la ciudad retrocediendo en el fondo.

Antes de separarse, los capitanes Lynne Lycombe-Burns y Billy Burnzee Burns habían hecho sus planes. Mantendrían el silencio hasta estar bien lejos del continente. Después de eso, se hablarían entre sí a través de un código y un codificador digital que cambiaría los códigos cada cuatro horas. También se comunicarían a la antigua a través de semáforos y visitas personales.

Ninguno de los dos quería detenerse en el extremo más alejado de la isla para quemar la codeína y el submarino que Nola Kingston, el agente de la DEA, había sugerido. Ambos sentían que podía ser demasiado peligroso, posiblemente incluso una emboscada. Sus posiciones estarían demasiado expuestas y el fuego podría llamar la atención. Además, eso retrasaría su salida. Además, necesitaban el submarino para entrenamiento.

Una vez en el mar abierto, había un montón de islas desiertas e inexploradas. Cualquiera podría ser utilizada para la eliminación, si fuera necesario. Mientras tanto, ambos barcos estaban moviendo las cosas y preparando un espacio de almacenamiento seguro para más carga de contrabando y más prisioneros.

En el orden del día estaban las clases de entrenamiento para marineros para familiarizarlos a todos con la misión y afinar sus habilidades. Aquellos marineros que habían participado en la captura del submarino se reunieron para hacer una lluvia de ideas y refinar el proceso, y luego fueron enviados a impartir clases sobre las técnicas utilizadas.

Los instructores iban helicópteros entre las dos naves. Los dos capitanes iban de un lado a otro, asistiendo a las reuniones de planificación con los diversos oficiales y responsables de la capacitación.

Si bien es cierto que un mayor número de submarinos con cocaína podría escapar durante el retraso, era importante estar preparado para establecer la trampa sin errores ni fallas.

Ambos capitanes pasaron tiempo coordinando sus planes. Juntos, hablaron con sus propios oficiales y tripulantes. Les pareció importante traerlos a todos a la misión para construir apoyo y entusiasmo por el esfuerzo y el secreto requerido. El espíritu de cooperación crecía con cada día que pasaba hasta causar que la gente estuviese más que simplemente siguiendo las órdenes. Eran parte de un equipo que trabajaba por una meta común.

El Merrimac y el Monitor navegaron lejos de las rutas comerciales usuales para evitar la detección. Se retrasaron durante varios días cerca de algunas pequeñas islas desiertas donde las tripulaciones pudieron practicar el despliegue de los barcos Defender y afilar todas sus habilidades. Incluso usaron el submarino capturado para practicar atacar el submarino, mano a mano, y aprender sobre sus mecanismos internos. Sus días incluyeron calistenia robusta, corriendo, llevando equipo pesado y arrastrándose a través del matorral enredado y el terreno de la selva en la orilla.

Las habilidades técnicas fueron practicadas y dominadas, tales como los sistemas operativos de guía, el equipo de comunicaciones, las armas personales y las armas a bordo de los barcos Defender. Varios hombres y mujeres, entrenados en habilidades de lenguaje, aprendieron algunos términos básicos y comandos en los idiomas conocidos. También se practicaban habilidades de combate mano a mano, debido a la probabilidad de tener que enfrentarse y someter a los contrabandistas.

Burns y Burns estudiaron grandes mapas de satélite de las islas. Un grupo de marineros expertos trabajaron juntos en computadoras interconectadas. Ellos crearon un modelo preciso de maqueta de las islas que se podían proyectar en una gran pantalla plana. Hicieron terrenos y mares, mostrando profundidades y alturas. A esto, agregaron los submarinos miniatura, los barcos del Defender, y yates que podrían ser movidos alrededor por un estilete. Al descargar datos del satélite espía que controlaba la base secundaria, pudieron trazar las rutas que los submarinos tomaron en sus viajes dentro y fuera de las Islas. Así, Burns, Lycombe-Burns y su equipo de trabajo ejecutivo fueron capaces de diseñar las mejores formas para atacar y aprehender a los submarinos. La maqueta de la computadora sería inestimable en el trazado y la formación de los comandantes del barco Defender.

Algunos comandantes, entre ellos Burns, prefirieron la forma tradicional de trazar y planificar usando un modelo real del área dispuesta sobre una mesa aproximadamente del tamaño de una mesa de ping-pong, con modelos diminutos que podrían moverse a voluntad. Sin embargo, con el fin de ahorrar espacio, Burns había consentido a los geeks el uso de la computadora.

Se diseñaron varios planes para capturar un submarino en varios puntos en las islas donde los submarinos estarían más vulnerables. Era importante mantener el factor sorpresa. El ataque debía ser tan rápido y abrumador que los ocupantes del submarino no tuviesen oportunidad de notificar a la base. Cuanto más aprendía el equipo sobre el funcionamiento interno del submarino, más se daban cuenta de lo arriesgadas que eran las tácticas que habían resultado en la captura del primer submarino. Debían idear una manera de asegurar que las víctimas de la siguiente persecución no tuvieran tiempo para notificar a su base que algo estaba saliendo mal.

Los dos capitanes y sus siguientes al mando se reunieron un día para hacer una lluvia de ideas. "Me parece que," dijo Lynne Lycombe-Burns, "el punto débil en todos los planes está en el punto en que nuestra gente golpea la escotilla y deja caer la granada de aturdimiento en el submarino."

"Estoy de acuerdo," dijo el teniente Eugene "Bart" Bartholomew, Oficial Ejecutivo del Merrimac. "Una radio-persona alerta podría enviar una señal de socorro durante el tiempo entre el momento en que nuestros hombres aterrizan en el submarino y el momento en que la granada de aturdimiento surte efecto."

"Pensémoslo," dijo el Capitán Burns.

El Teniente Angus "Mitch" Mitchell, Oficial Ejecutivo del Monitor, acarició su cara, donde su barbilla empezaba a necesitar un afeitado. Mitch tenía la tez oscura y un cabello negro que requería un afeitado dos veces al día; de lo contrario su "sombra de las cinco" aparecía por 13 infinitas horas - hasta la 1:00 P.M. Mitch tenía un hábito inconsciente de acariciarse la barbilla cuando estaba pensando. "Creo que podría ser útil bajar y echar otro vistazo al submarino," dijo.

"¿Crees que eso te ayudará?" preguntó la Capitana Lycombe. [Lynne usaba su nombre de soltera profesionalmente, para evitar confusions con su esposo, el Capitán Burns.]

Mitch se encogió de hombros, "No puede hacer daño."

"Vamos," dijo el Capitán Burns mientras se levantaba y se estiraba. "Mi trasero se está entumeciendo."

El pequeño séquito llegó a la bodega del buque y se reunió alrededor del submarino, mirándolo en silencio. Sus ojos parecían llegar a la la solución simple al mismo tiempo.

"Por supuesto," exclamó Mitch, mientras se golpeaba la frente. "¡Las antenas de radio!"

"Es obvio, ahora que veo la cosa," dijo la Capitana Lycombe.

"De acuerdo," dijo Burns, mirando a su alrededor. "No veo ninguna antena de respaldo, ¿verdad?"

Los presentes sacudieron la cabeza, "No."

"Entonces, ¿cuál es la manera más rápida de desactivar esta cosa?"

El Oficial Ejecutivo Mitchell saltó sobre el submarino y empezó a tocar las antenas. "¿Cómo está esta cosa?" se preguntó. "Hmm, parece ir por el techo. Vean el ojal y la impermeabilización alrededor de su base. Deben estar sujeta por dentro, de alguna manera. Subiré por dentro y veré eso. ¿Alguien tiene una linterna?"

"No a la mano," dijo Lynne. "Podemos hacer que uno de los marineros compruebe eso más tarde."

"Bueno, eso no importa, de todos modos," dijo Bart. "Lo que importa es idear una manera infalible de desactivar las antenas desde el exterior, sin despertar sospechas."

"¿Queremos cortarla, o añadirle algo?" preguntó Burns.

"Probablemente ambas cosas," dijo Mitch. "Siempre es bueno tener un plan de respaldo."

"Puedo hacer que mi personal de radio trabaje en ello," dijo Lynne.

"El mío también," dijo Burns. "La cooperación es buena".

"Observen este cable coaxial que va de las antenas a la radio dentro," dijo Mitch. "Esto conduce la señal. Es sencillo cortar esto con una herramienta manual de corte. Además, el marinero podría golpear un dispositivo de bloqueo de señales magnéticas a las antenas en caso de que haya un cable de reserva conectado hacia adentro."

"Hagamos que nuestro equipo de radio diseñe un sistema que funcione," dijo Lynne.

"Excelente plan," dijo Burns. "Entonces haremos que nuestros instructores incorporen eso en la rutina de práctica."

"Estoy de acuerdo," dijo la Capitana Lycombe. "No queremos seguir adelante hasta que tengamos cubierto este nuevo elemento."

\* \* \*

Por fin, los equipos estaban listos. "Le recomiendo que nos movamos, Capitán," dijo Bart Bartholomew. "Todos los equipos reportan buena salud y un estado óptimo de preparación".

"Muy bien," dijo Burns. "Vaya y dé las órdenes de desmontar las escotillas y prepararse para marcharse."

Una hora después, ambos barcos estaban en camino dirigidos hacia el grupo de islas. Los barcos tomarían posiciones en lados opuestos de la cadena de islas, esperando que el siguiente submarino de cocaína abandonara la base submarina.

## Capítulo 6

<u>La Espera</u>

Francisco Pisarro se movió por enésima vez en un vano intento de encontrar una posición que le causara el menor dolor a su cuerpo magullado. Los hombres, que se apretaban contra él, a ambos lados, movían sus cuerpos, a su vez, y así sucesivamente por la línea. Los ruidos y gemidos acompañaban el camino.

Francisco lamentaba muchas cosas, entre ellas estaba la fútil resistencia que había soportado cuando el agente y sus supervisores lo condujeron a este espacio débilmente iluminado en la bodega del barco. "Pero, Señor... Señor..." protestó Francisco. "¿Dónde está mi litera asignada y cama cómoda? Se lo prometió a mi tío antes de..." La protesta de Francisco fue cortada por un brutal ataque. "¡Silencio!" gritaron mientras lo golpeaban con bastones y pesadas botas y lo arrojaban a la bodega con cien hombres y mujeres inmigrantes.

En su mayor parte, los desgraciados hombres y mujeres que eran cruelmente tratados seguían siendo considerados inmigrantes legales. Casi todos habían sido atacados por agentes inescrupulosos que les hacían promesas de llevarlos al cielo. Justo después de que llegaran a Estados Unidos se encontrarían con los términos "extranjero ilegal" e "inmigrante ilegal", y podrían darse cuenta de su precariedad. Incluso ahora, en el segundo día de su horrible viaje todavía tenían la esperanza y el sueño de una vida mejor. Por lo tanto, eran capaces de soportar las dificultades de confinamiento y los brotes de mareo y diarrea que los afligieron a casi todos.

A los agentes se les permitía, incluso se les alentaba, a sacar el dinero que pudieran obtener de sus "clientes". Además, las familias eran categorizadas en cuanto a su capacidad de pago. La familia de Francisco estaba en la cima de la lista de posibles víctimas de extorsión. Ese hecho en particular mantendría a Francisco vivo y lo haría ganar un mínimo de trato especial. Los guardias habían sido reprendidos por maltratar a Francisco. Fueron instruidos para asegurarse de que Francisco recibiera una de las mohosas costras de pan que se lanzaban al asador una vez al día, y que él fuese el primero en beber agua.

Francisco los frustró compartiendo su pan entre los que lo rodeaban y asegurándose de que todos tomaban un sorbo de agua.

Los agentes del cártel planeaban obligar a la familia de Francisco a pagar el rescate por la liberación de Francisco tantas veces como fuera necesario para extraerles todas las raras monedas de oro. No importaba que la familia tuviese que robar las tumbas protegidas por el gobierno para extraer ilegalmente las monedas raras. El cártel tenía maneras de deshacerse de las monedas con los ricos jeques de Extremo Oriente y coleccionistas reales secretos. Las monedas simplemente desaparecerían. El agente no sabía que veinte de las monedas se habían perdido en la cafetería de la costa, y pronto serían descubiertas por los vendedores de casas de empeño locales empleados por el gobierno para vigilar esas cosas.

Al tercer y cuarto día en el mar, los miembros más débiles del grupo se enfermaron mortalmente. Francisco y algunos otros hicieron lo que pudieron para atenderlos. Cada vez que las caras de los guardias aparecían en la parte superior de la escalera, Francisco pedía en voz alta, "Más comida y agua. Por favor, necesitamos ayuda. Necesitamos medicinas." Los guardias se limitaban a reírse, pero ninguno intentó dañar a Francisco.

En la mañana del quinto día, murieron dos personas, un anciano y una mujer embarazada. El hedor en la bodega era imposible de soportar. Francisco exigió, "Deben mandarnos a un médico para que revise a los demás. Necesitamos aire. Nos estamos muriendo aquí." Los guardias simplemente le indicaron que moviera los cuerpos muertos por la escalera mientras esperaban a recibirlos con pañuelos en la cara.

Francisco reclutó a tres hombres fuertes para ayudar mientras movían los cadáveres de uno en uno. No se dieron prisa. Por el momento, la puerta de la bodega estaba abierta, permitiendo un flujo de aire fresco. Los guardias se divertían, mientras esperaban, con un humor ronco y risas escandalosas. Cuando Francisco y los demás lograron mover los cuerpos por la escalera con tanta dignidad como la situación lo permitía, los guardias se quedaron quietos volteando la cara.

Dos de los guardias se limitaron a agarrar los cadáveres con ganchos de agarre, los que se usan para ahogar el pescado, teniendo cuidado de no tocarlos. Sinceramente, deslizaron los cuerpos por el costado hacia el océano. Después, cerraron de golpe la puerta de la bodega y lavaron la cubierta que los cuerpos habían tocado.

El sexto día, después de que hubiesen ocurrido otras tres muertes, el barco llegó al puerto. Aquí se le dio a los inmigrantes la opción de pagar extra por un puesto en un tren que los llevaría a la Ciudad de México y luego a la frontera. Aquellos que no podían pagar fueron rápidamente reunidos en la parte trasera de un semi-remolque cerrado. No se les dio tiempo para refrescarse o comprar algo de comida. El camión se apoyó en la pasarela. Los guardias flanqueaban la ruta. La gente fue sacada de la bodega donde se tambaleaban del brillo del sol. Antes de que pudieran recuperarse, los guardias rápidamente los empujaron por la pasarela y por la parte trasera de la camioneta con la parte trasera de los rifles y las bayonetas.

Algunos tropezaron y cayeron debido a la debilidad, el hambre y la deshidratación. Los guardias rápidamente los patearon por el costado hacia las aguas estancadas del paseo marítimo. Muchos de ellos se ahogaron o murieron mientras tragaban agua salada contaminada. Algunos nadaron hasta la tierra y lograron desaparecer en el laberinto de pasajes y callejones entre los muelles y almacenes. Unos pocos serían ayudados por un ferrocarril subterráneo formado por antiguos fugitivos y ciudadanos simpatizantes de su difícil situación. Con el tiempo, algunos lo lograrían, a pie, cruzando la frontera mexicana/estadounidense. Otros serían víctimas de la miríada de peligros a lo largo del camino. Unos pocos se quedarían para ayudar a otros. Algunos volverían a casa desesperados y deshonrados.

Francisco y algunos otros, que podían permitirse el billete de tren, permanecieron a bordo del barco durante treinta y seis horas mientras aguardaban la llegada de su tren. Durante ese tiempo, los guardias les permitieron estar en cubierta para darse duchas y comer algo. No importaba que los baños consistieran en cubos de agua turbia salidos de la bahía. Por ahora, sus narices eran inmunes al hedor. Los guardias no estaban permitiendo esto debido a algún sentimiento altruista de compasión. El propósito era sofocar su horrible olor. Los guardias incluso permitieron que los prisioneros lavaran la bodega con más cubos del agua de la bahía.

Francisco y los demás se aferraban a la esperanza. Esperaban los asientos cómodos prometidos, las tres comidas gourmet por día, y las literas suaves por la noche. No importaba el costo exorbitante. Todo esto se podría hacer cuando obtuvieran sus primeras ganancias en el norte. Muy posiblemente, los que salieron en el camión llegarían primero, pero no importaba. Había un montón de buenos trabajos para todos.

Era hora de abordar un camión que los llevaría al refugio "Casa de la Misericordia" en Arriaga. Francisco y los demás se subieron a la parte trasera de la camioneta donde se encontraban agarrados a los lados lo mejor que podían para no caerse durante el viaje accidentado. Fueron dejados en el refugio. El camión se alejó rápidamente antes de darse cuenta de lo que estaba sucediendo, dejándolos por su cuenta.

Pronto se enteraron de que el albergue proporcionaba comidas y refugio a cientos de migrantes de países centroamericanos que habían caminado a este lugar desde sus hogares con las mismas esperanzas y sueños que los demás. A partir de aquí, los migrantes saltarían el tren de carga hacia *El Norte*.

Arriaga, Chiapas, México era el punto de partida para el tren de carga, en el que los pobres migrantes, que no tenían dinero, se montaban. Se enfrentaban a peligros que iban desde el robo y la violación a la mutilación o la muerte, si caían del tren. Estas personas saltaron al tren y se montaron encima de los vagones.

Francisco y los demás estaban felices de haber comprado asientos en el carro de día y camas suaves por la noche. En el refugio para evitar el calor de 100 grados afuera, Francisco oyó docenas de historias de las dificultades que los migrantes habían soportado. Habían caminado hasta que sus zapatos se destruían en terrenos accidentados, a través de todo tipo de clima. Muchos fueron robados en el camino. Era algo común. Ya habían cruzado varias fronteras, pero la parte más difícil del viaje estaba por delante. México y el estado más meridional de Chiapas en particular, dijeron, era mucho más peligroso de cruzar que la frontera con Estados Unidos. Podían ser robados, golpeados o violados. Se enfrentarían al hambre, a la sed, al viento, a la lluvia y al calor. Huían de "La Migra" y eran abusados por funcionarios corruptos. Pagarían más por comida, agua y autobuses públicos. Peor aún, podrían perder un miembro o su vida en la máquina que llamaban la bestia, el diablo. [Jacquelyn Martin, "Desde México - Tren Hacia El Norte"; 13 de Mayo, 2007]

Finalmente, el tren entró en la estación. Era un tren largo de carga. Francisco y sus compañeros de la nave buscaron el carro, el comedor y los autobuses que debían estar atados. Al no encontrarlos, preguntaron a la primera persona de apariencia oficial que pudieron encontrar. "Tenemos entradas para el carro y los autobuses. ¿Puede indicarnos dónde están?"

"No, solo trabajo aquí. No sé nada acerca de ningún carro de lujo, comedor y autobuses. Están en el tren equivocado."

"Pero tenemos nuestros papeles aquí. Pagamos extra por los boletos."

"Entonces son unos tontos. No hay trenes de pasajeros por aquí. Tendrán que subirse a la cima como el resto de los migrantes."

"¡Pero eso no es posible! Eso es demasiado peligroso. Nos dijeron..."

"No creas todo lo que te dicen, amigo."

"Debe haber algún error."

"Mira, sube a bordo o quédate atrás. Tengo trabajo que hacer."

Francisco y sus compañeros subieron a un vagón vacío. Esto les proporcionaría cierta protección de los elementos; y había espacio para que todos se acostaran.

En la tenue luz del atardecer, unos trescientos inmigrantes que iban hacia Estados Unidos de toda América Central se alinearon en la parte superior del tren de carga hacia la ciudad de Ixtapec, Oaxaca, México, de Arriaga, en Chiapas. Éstos eran los migrantes más pobres y desesperados. Los jóvenes, algunos apenas adolescentes, junto con los hombres de cincuenta años, caminaban al lado de las mujeres embarazadas, los recién casados y los niños. [Ibid, Martin]

En medio de la noche, el tren se detuvo durante veinte minutos para cambiar de motor y la gente que vivía cerca de los rieles vendía comida, sopa, agua y refrescos a los viajeros que se escabullían por la escalera y volvían a subir antes de que el paseo continuara. Francisco tomó con gusto la oportunidad de abastecerse de suficiente comida para el viaje.

Las lluvias diarias hacían que el viaje fuese aún más incómodo para los migrantes que se encontraban encima de los vagones, pero Francisco y sus compañeros estaban relativamente secos. Estaban a menos de la mitad del vasto país.

Después de que el tren paró en Ixtepec hubo una incursión grande por las autoridades mexicanas de inmigración. Los inmigrantes salían de los vagones y corrían gritando de terror, las mujeres llevaban a los niños más pequeños y los niños en el pecho. Las autoridades pronto atraparon a los viejos y las mujeres con los pies sangrantes, así como a la mayoría de las mujeres jóvenes y los niños. Los recién casados casi se escaparon, pero no podían correr tan rápido como querían, y no las abandonarían. Fueron arrastrados de vuelta a la furgoneta de espera por dos fornidos hombres uniformados. Ellas sollozaban en desesperación, mientras ellos intentaban consolarlas. Las personas que fueron capturadas serían enviadas a casa para iniciar el viaje nuevamente.

La mitad de los compañeros de Francisco eligieron correr hacia los arbustos; el resto se agazapó en las sombras del vagón. Por suerte, su vagón estaba hacia el final del tren y por lo tanto aún no había entrado en la estación. Las autoridades lo pasaron por alto en su búsqueda de los demás. Después de que las autoridades pusieron a todos en la furgoneta y se fueron, algunos de los jóvenes fuertes que habían escapado volvieron a subir el tren. Otros corrieron hacia adelante junto a las pistas listas para saltar de nuevo cuando el tren llegó silbando. Más aún corrió hacia el final del tren, se arrastró por debajo y se ocultó aferrándose a la parte inferior; algunos se aplastaron en la parte superior, con la esperanza de no ser notados.

## Capítulo 7
En los cabos sueltos

Mike golpeteaba su escritorio con sus dedos. *Así que, aquí estoy... despierto de nuevo*. Bostezó y tomó su taza de café. Vacía. Tomó un clip y enderezó primero un extreme, luego el otro. Miró su bandeja "de entrada" vacía. Echó un vistazo a la oficina. Cada quien parecía estar ocupado en su escritorio. Mike respiró, lo retuvo y lentamente exhaló mientras estiraba los brazos por encima de su cabeza. *Preferiría estar ocupado*, pensó. Miró a Leroy, que estaba tranquilo enviándole un mensaje de texto a Doreen. Nadie parecía preocuparse ni notar siquiera a Mike. Incluso el capitán estaba fuera jugando golf con el alcalde—en alguna clase de torneo de caridad. *No me invitaron*.

El papá de Mike estaba de guardia en la estación de bomberos. Probablemente lavando y puliendo los camiones hoy, o limpiando los armarios. *Me pregunto en qué andará Mamá. La llamaré*. Mike levantó el teléfono. El número de su mamá repicó cuatro veces. En el quinto repique, apareció la contestadora. "Ha llamado a la residencia McBride. Por favor deje un mensaje después del tono. Su llamada es importante para nosotros."

"Hola Mamá, no necesitaba nada. Solo llamaba para saludar. Adios. Te quiero."

Mike dejó caer el clip sobre el escritorio, se levantó y se dirigió hacia el baño de hombres. Una vez fuera de ahí, se detuvo en la máquina de café para volver a llenar su taza. Miró una selección de rosquillas y migajas desordenadas; nada se veía apetitoso. Mike tomó unas migajas y se lamió el dedo.

De vuelta a su escritorio, marcó el botón de Juliette en su teléfono. De nuevo, sin respuesta. *Ya sé–Intentaré comunicarme con la trabajadora social Tracey Richardson para ver cómo van las cosas con Tracey. Mejor aún, llamaré a la Oficial Goodfellow. Quizás ella sabe algo al respecto.*

"Oficial Brenda Goodfellow al habla. ¿En qué puedo ayudarle?"

"Brenda, habla Mike McBride, ¿cómo estás?"

"¡Mike! ¡Qué bonita sorpresa! Todo bien por aquí, ¿cómo estás tú?"

"Pasando el tiempo, Brenda. No hay mucho qué hacer."

"No puedo decir lo mismo. Entonces, ¿qué tienes en mente?"

"Bueno, no he tenido más noticias sobre Tracey Richardson. Supe que estuviste con ella después de que sus padres… ya sabes… después de que ocurrió esa desgracia."

"¿Acaso no fue horrible esa tragedia?"

"Sí, lo fue. Espero no tener que volver a ver nada por el estilo, nunca más. Pero, me preguntaba si sabías cómo le está yendo a Tracey–la bebé, ya sabes."

"Bueno, estuve con ella en el apartamento de Dean Lewis hasta la mañana siguiente. Casi amanecía cuando las cosas en ese apartamento se calmaron. Dean es un sujeto muy agradable, sabes, así que no fue duro quedarme ahí, quiero decir. He salido con él un par de veces después de eso."

"¡No me digas!" *Esa debe haber sido una noche interesante.*

"Sí, hemos salido. Bueno, de todas formas, como iba diciendo, esperamos hasta las nueve en punto cuando la gente vino a trabajar y llamamos a la Agencia de Protección Infantil. Le asignaron a una trabajadora social. Llegó casi a las once. No podía dejar a la niña con Dean, así que esperé. Para ese entonces, Tracey ya se había despertado y había desayunado, miraba dibujos animados, leímos historias, jugamos en el columpio. Nos estaba yendo bien. Ella ciertamente ama a su 'Bapa'."

"Sí, lo noté," dijo Mike. "A él le gustan los niños. Dijo que tenía ocho o nueve hermanos y hermanas."

"Nueve," dijo Brenda.

"Supongo que entonces ella se fue con la trabajadora social sin problemas," dijo Mike.

"Bueno, no, lloró y gritó por su Bapa y le estiraba sus bracitos. Fue muy triste."

"Oh, eso es terrible," dijo Mike.

"Sí, lo sé," dijo Brenda.

"¿Has sabido algo desde entonces?"

"Realmente no. A veces me pregunto qué pasará con ella," dijo Brenda. "Dean y yo quisiéramos poder ir a verla, pero eso no sería bueno para ella. Los niños olvidan rápido. Ella no nos recordará ni a sus padres."

Mike lo pensó por un momento. "¿Cuál era el nombre de la trabajadora social que se la llevó, lo sabes?"

"Sí, claro. Lo sé porque su nombre se parece al mío. Su apellido es Goodrich. Estoy segura de eso. ¿Por qué? ¿Qué vas a hacer?"

"¿No hay problema en que la llame, o sí?"

"Supongo que no, si tienes curiosidad; pero no veo cómo pueda ayudar con el asunto. No hay vuelta atrás, ¿o sí?"

"No, no la hay," concordó Mike. "Se supone que los detectives sean curiosos, sabes. Bueno, un placer hablar contigo, Brenda. Dile a Dean que le envío saludos."

"Lo haré, Mike. Gracias por la llamada."

Mike abrió su directorio telefónico en busca de las Oficinas del Condado de Carson, el Departamento de Servicios Sociales, Agencia de Protección Infantil y empezó a marcar. Podía tomar más de una llamada encontrar a la Sra. Goodwrench, *no, es Goodrich, idiota. Cielos.*

"Ha contactado las Oficinas del Condado de Carson, Departamento de Servicios Sociales. Si conoce la extensión de su contacto, puede marcarla en cualquier momento o indicarla a su teléfono. Por favor escuche nuestro menú completo, pues tiene cambios. Para alcohol y drogas, marque uno. Para Asesoría y Servicios de Inmigración, marque tres; para Servicios de Salud Mental para Adultos, marque cuatro; para Viviendas Sociales, marque cinco; para Adopción y Colocación Familiar, marque seis; para Niños y Adolescentes, marque siete. Para repetir este menú, marque ocho."

Mike suspiró, marcó el siete y esperó mientras repicaba.

"Ha contactado con Servicios para Niños y Adolescentes. Si conoce la extensión de su contacto, puede marcarla en cualquier momento. Para el Sr. Ambrose, presione uno. Para la Srita. Blackberry, presione dos. Para el Sr. Cumquot, presione tres. Para el Sr. Doorbug, presione cuatro. Para la Sra. Ewing, presione cinco. Para la Srita. Goodrich, presione seis. Para el Sr. Merryweather, presione sie..."

*Oh cielo santo, tuve que escucharlo casi todo. ¿Era cinco, seis, siete? Tendré que adivinar.* Mike presionó el seis y esperó. *Apuesto a que inventaron la mitad de esos nombres*, pensó.

"Buen día. Ha contactado con la oficina de la Srita. Pamela Goodrich. (*¡Finalmente!*) No puedo atender su llamada ahora mismo. Puede ser que no esté en mi oficina o que esté con un cliente. (*¡Sí, claro!*). Por favor deje su nombre y número telefónico después del tono y le devolveré la llamada lo antes posible. Su llamada es importante para mí." (*Seguro que sí.*)

*Oh car–¡caracoles!*, pensó Mike. *Odio dejar mensajes.* "Es Mike al habla, M-I-K-E, Mike. Por favor llámeme al 516-7001. Repito: 516-7001. Gracias." Colgó el teléfono con más fuerza de la necesaria.

Mike casi dio un salto cuando su teléfono sonó. Atendió de inmediato.

"Mike McBride."

"Mike, es el despacho. Tenemos una niña perdida. ¿Puedes llevar a tu perro rastreador?"

"Sí, sí puedo."

"La dirección es 20135 Summer Trail Road."

"20135 Summer Trail Road. Eso está fuera del condado, ¿no?"

"Sí, lo está. El Alguacil del Condado solicitó apoyo. Les pueden ser útiles el perro y tantos hombres como puedas enviarles en este momento."

"Puedo ir, eso seguro. El Capitán está fuera esta mañana, así que tendré que ver quién está libre. Dame el número del alguacil, para darle un tiempo estimado de llegada."

Mike anotó el número en su bloc de notas de bolsillo y lo programó en su teléfono celular. Mike se levantó y echó un vistazo a la habitación. "Leroy, Hal, Sam, Leo, Tom, quien esté disponible," anunció Mike, "Voy a salir del condado para buscar a una niña perdida. ¿Podemos enviar algunos hombres?" Todos levantaron la mano. "Bueno, déjenme ver," dijo Miko. "Parece que estamos teniendo un día aburrido, pero no podemos dejar la ciudad descubierta. Dejaremos a MacGrady, así tendrán al menos a un teniente hasta que el Capitán regrese. Me llevaré a Bratowski conmigo, claro. Tom Turbulo y San Mulholland pueden ir en su patrulla. Eso debería bastar. Hal y el resto del equipo será mejor que se queden. Si no encontramos a la niña de inmediato, se lo haremos saber."

"Sam y Tom, esta es la dirección. Vayan adelantándose y vean qué pueden hacer. Leroy y yo iremos a buscar a mi perra y los alcanzaremos allá. Hagan que la madre coloque alguna prenda de ropa de la niña en una bolsa plástica, para poder darle la esencia a Lady. ¿Alguna pregunta?"

"Todo claro, Mike. Nos vemos entonces."

* * *

Leroy llevó el Crown Vic hasta la entrada de Mike.

"Voy a buscar ropa de abrigo, Brat. ¿Quieres entrar y cambiarte?"

"Buena idea. Así me ahorro el desgaste de mi uniforme."

La perra Lady se levantó de su alfombra y se estiró. Mike se agachó y la rascó detrás de las orejas. "Vamos a cazar, Lady. Tienes que ser rápida." Mike abrió la puerta trasera y la dejó salir. Cruzó hasta el estante y guardó algunas golosinas, añadió algo de comida a su tazón y refrescó su agua. Lady entró en la casa, cerró la puerta y se dirigió directamente a sus cuencos.

Leroy y Mike se cambiaron, colocándose vaqueros, camisas de trabajo y chaquetas resistentes. La de Mike era de cuero, la de Leroy era de dril de algodón. Mike se puso botas de montaña. "Lo siento, Brat, no tengo botas que te queden. ¿Quieres un par de deportivos?"

"Hey, esto es genial. Me gusta esta ropa. Mis zapatos estarán bien."

"¿Estamos listos?"

"Todo listo."

"Vamos a tomar un par de barras de energía y cantimploras cuando salgamos por la puerta," dijo Mike, dirigiéndose a la cocina. "Vamos, Lady, vamos a cazar."

Lady se separó de su tazón, saltando, moviéndose y meneando, clavando sus uñas alegremente en el suelo

"¿Podrías por favor cargar esa dirección en el GPS por mí, Mike?" preguntó Leroy al encender el coche.

"Claro," dijo Mike-. "Veamos, aquí, 20135 Summer Trail Road. Nunca lo oí."

"Debe de estar en las afueras," dijo Leroy.

"Aquí tienes," dijo Mike. "Tome la autopista hacia el este de la ciudad a la salida 19 y gire a la derecha en..."

"Es suficiente por ahora," interrumpió Leroy. "¿Crees que puedo recordar más de dos cosas y conducir, también?"

"No lo creo," dijo Mike. "Eres un hombre, ¿no?"

Mike cogió el micrófono y giró el botón "encendido". "Unidad oo6 al despacho."

"Adelante doble-o seis."

"Tenemos al perro y estamos en camino a la llamada de la niña perdida. ¿Se ha informado de algún cambio?"

"Nada, doble o seis."

"Todo bien. Continuaremos. Dos de nuestros hombres se fueron antes y deberían llegar pronto."

"¿Debo informarle al alguacil Dunlevy?"

"Sí, por favor hazlo."

"Entendido. Cambio y fuera."

"Aquí tienes tu salida, Brat. Gira a la derecha en Williams."

"Bien."

"Dos millas a Willow y gira a la izquierda."

"Eso son dos cosas."

"Tres."

"¿Tres qué?"

"Tres cosas."

"No...," dijo Leroy.

"Cinco dólares dicen que son tres."

"Apuéstalo."

"Seguro que eran tres," dijo Mike, contando con sus dedos. "Dos millas es una. Gira a la izquierda es dos. Camino a Willow es la tercera. Perdiste; a ver, saca el de cinco."

Leroy gimió y giró a la izquierda en Willow Road. "Eran solo uno punto ocho millas. Eso significa que gano."

"De ninguna manera. Paga," dijo Mike.

Leroy sacó su billetera. "Aquí, sírvete tú mismo."

Mike abrió la billetera. "Buen intento, Brat, no tienes cinco dólares. Sabía que debía haberte hecho mostrar el dinero antes."

"Hey, ten un poco de simpatía, ¿quieres? Estoy manteniendo a tres mujeres y un niño."

"¿A qué te refieres con eso? Además de tu ex esposa Lorraine, y tus hijos Angel y Bud, ¿a quién más?"

"Bueno, podría estar manteniendo a mi novia, considerando lo que cuesta salir estos días."

"Ah, pero Doreen vale la pena. ¡Estás enamorado!"

"¿Puedes dejarlo ya? Estoy conduciendo. ¿A dónde vamos, después?"

"Um, ¿dónde estamos ahora?"

"Vamos, Mike, presta atención. No me digas que estás perdido," se burló Leroy.

"¿Quién, yo? ¡Nunca! Solo dame un minuto. Mmm... yo sé dónde estamos..." Mike miró a su alrededor buscando un cartel de la calle.

"Sube el sonido en ese GPS, ¿quieres?" dijo Leroy.

"¿Cómo haces eso?"

Leroy se acercó y giró un interruptor de volumen. Una voz femenina bien modulada habló, "Te quedan cinco millas para llegar a tu destino. Gira a la derecha en la siguiente esquina, en 300 yardas."

"Me condenarán," dijo Mike y se quedó en silencio.

Leroy bajó por un largo callejón de tierra y aparcó detrás de la patrulla de un alguacil del condado. Otras tres patrulla estaban estacionadas al azar en un campo abierto. Salió del automóvil y se encaminó hacia un patio con vallas adyacente a una casa agradable. Mike terminó de reportar su posición al despacho y alcanzó a Leroy. El alguacil estaba de pie con una mujer de aspecto agresivo, de unos cuarenta años, con un niño pequeño. Varios niños pequeños se agarraban a sus faldas y miraban al alguacil con ojos grandes. Una media docena de preescolares y niños pequeños estaban jugando con juguetes o en el área de juegos en el patio. Dos mujeres jóvenes y una adolescente cuidaban de los niños.

"Alguacil Dunlevy," dijo Mike y le tendió la mano.

"McBride, qué bueno que hayas venido. Llámame Art. Sargento Bratowski gracias por venir."

"Me alegro de ser de ayuda," dijo Leroy, estrechando su mano.

"María, ellos son el Teniente Detective Michael McBride, Jr. y el Sargento Leroy Bratowski del Departamento de Policía de la Ciudad de Carson. Caballeros, conozcan a María Zeller," dijo Art.

María asintió y habló. "Gracias por venir. ¿Pueden encontrarla?"

"Mi perro puede encontrarla," dijo Mike. "Esta es la perra Lady y es un perro de rastreo inteligente, déjeme decirle. Ahora, díganos quién está perdido y qué pasó."

"No puedo entender cómo se escapó. Nunca podemos dejar a los niños fuera de nuestra vista, como pueden ver.

Dos de los niños pequeños, jugando en la caja de arena, comenzaron a pelear por un juguete. Uno golpeó al otro y ambos empezaron a gritar. Dos de los adultos rápidamente recogieron a los niños y comenzaron a calmarlos. Mike observó cómo distraían a los niños con otros juguetes y volvían a ubicar a los niños. La paz había sido restaurada. Sin embargo, Mike notó que durante unos segundos los otros niños solo eran observados por la adolescente."

"¿Siempre tienen tres personas vigilando a los niños?" preguntó.

"No siempre," dijo María. "Depende de lo que estén haciendo los niños y de cuántos niños tengamos ese día. Tenemos licencia para hasta doce, pero la ley requiere un adulto de guardia por cada cuatro niños."

"Por ejemplo, si tuvieran ocho un día, solo se requerirían dos adultos," dijo Mike.

"Sí, y uno debe ser un proveedor de cuidado de niños con licencia. Tenemos doce, hoy, por lo que tres son necesarios. Solamente tenemos cuatro hoy porque mi hija volvió a casa desde la escuela. Todos mis asistentes tienen un entrenamiento especial."

"Ya veo," dijo Mike, contando. "Aquí sólo hay nueve."

"Sí, eso es correcto. Dos son infantes. Están en sus cunas. Puede ver el altavoz allí. Conectado a los monitores de cuna. Sabremos si uno se despierta." María movió al niño que estaba sosteniendo y le besó la mejilla. "¿Quieres bajar?"

"Abajo," dijo el niño. María la dejó caer y comenzó a frotarse los brazos para recuperar la sensibilidad.

"¿Qué edad tiene la niña desaparecida?" preguntó Mike.

"Ella tiene dos años y medio. Solo la hemos tenido por unos días. Sus padres murieron en un accidente."

"Aún no se ha adaptado, pobrecita. Sigue llorando por su papá."

Mike la observó cuidadosamente y se acarició la barbilla.

María continuó "Simplemente no entiendo cómo se salió."

"¿Está segura de que huyó?"

"Bueno, ¿qué más pudo haber ocurrido?"

Mike no reconoció la pregunta. "¿La puerta estaba abierta?"

"Puede ver el seguro pestillo en la puerta. Es demasiado alto para que cualquiera de estos niños lo alcance. Además, instalamos una cadena de seguridad como respaldo. La cadena permitirá que la puerta solo se abra unos pocos centímetros. Puedo asegurarle que ninguno de mis ayudantes habría abierto la puerta con niños en el patio. No puedo imaginarlo... ¿podría haber sido secuestrada?"

El alguacil Dunlevy habló. "De alguna manera se abrió la puerta. Uno de los asistentes notó que estaba entreabierta y la cerró. Según el procedimiento, contaron a los niños y descubrieron que Tracey estaba desaparecida."

"¿Dijiste Tracey?" el corazón de Mike aceleró.

"Sí, Tracey... ¿cuál es su apellido, Srita. Zeller?" preguntó Art.

"Tracey Richardson."

Mike estaba sorprendido. Por supuesto, ahora lo comprendía. "Tracey y yo nos conocimos," dijo Mike con gesto sombrío. "Ella sabe cómo operar una cadena de seguridad. Es una pequeña muy inteligente." Mike miró a su alrededor. "Ella probablemente movió uno de los vagones, o un triciclo hasta la puerta y esperó hasta que los ayudantes se distrajeran. No se preocupe; la encontraremos. ¿Tiene la prenda de ropa que pedí?"

"Sí," dijo Dunlevy mientras buscaba una bolsa de plástico. "Tenemos unos calcetines, un pequeño traje que usó ayer y un pañal."

"Perfecto," dijo Mike, mientras tomaba la bolsa. "Vamos, Lady, vamos a cazar." Lady movió la cola y miró a Mike, expectante. Si los perros pudieran sonreír, estaba sonriendo.

Mike salió por la puerta, cerrándola cuidadosamente detrás de él. "Aquí vamos, Leroy." Mike alejó a Lady de la puerta y se detuvo.

Al abrir la bolsa de plástico, permitió a Lady oler el contenido. "Esto es de Tracey. Ve a buscar a Tracey," ordenó Mike. Lady sacudió el contenido de la bolsa, mientras Mike repetía el comando. Lady olisqueó el aire. Volvió a la puerta y olisqueó todo. Luego se movió por el lugar, con la cola alta, las orejas en alerta y la nariz constantemente evaluando el aire.

De vez en cuando, paraba y parecía marcar un punto. Mike la recompensaba con una golosina y una palmadita en la cabeza. "Buena perra, Lady. Ve a buscar a Tracey." Lady volvía a descender por la calle. De vez en cuando miraba a

Mike y Leroy, esperando a que la alcanzaran. En un momento, dejó el camino y marcó un punto en la zanja donde la hierba estaba removida. "Tracey debe haberse detenido para descansar aquí," dijo Mike. "Así es cómo la perdimos." Recompensó a Lady, otra vez, y la envió en su camino.

Lady salió corriendo y se detuvo abruptamente. Miró a Mike y ladró, meneando la cola. Mike corrió hacia ella. "¿Qué es esto?" dijo Mike. "Aha, parece que nuestra niña perdió un zapato." Mike lo recogió y abrió de nuevo la bolsa de plástico para que Lady se refrescara con el olor. "Esto es de Tracey, ve a buscar a Tracey," dijo Mike. Entregó el zapato a Leroy. "Quédate con esto," dijo, "en caso de que éste sea el zapato de otra persona. No queremos mezclar los olores."

Mike oyó voces en la distancia de todas las partes de los campos y bosques adyacentes, llamando, "Tracey, Tracey." Él sonrió, pensando que sus hombres atravesaban la hierba espesa y los arbustos. "Sam y Tom deben estar cubiertos con mallas," comentó a Leroy, "y aquí estamos nosotros caminando por el camino, limpios y secos, gracias a Lady."

"Todavía no hemos terminado," señaló Leroy. "No cuentes los pollos y todo ese jazz todavía."

"Punto tomado," dijo Mike.

Lady parecía estar emocionada mientras caminaba de un lado a otro por la carretera y a veces en círculos. Se detuvo de nuevo y ladró, meneando la cola y husmeando un objeto en el camino. Mike y Leroy se apresuraron para alcanzarla. "Encontró un calcetín," dijo Leroy. "Buena chica, Lady," la abrazó y acarició.

"Ven, Leroy, dale una recompensa." Leroy miró a Mike dudoso, tomó la golosina y la sostuvo en la palma de su mano. Lady la mordisqueó delicadamente y agachó la cabeza bajo la mano de Leroy para que la acariciaran de nuevo. "Oye, mírame, estoy acariciando a un perro," saltó Leroy.

"Mira, Lady confía en ti. ¿Y cúal es el siguiente paso?"

"Ah, ¿tú pones el calcetín en tu bolsillo y yo le refresco el olor?" preguntó Leroy.

Mike entregó silenciosamente la bolsa de ropa a Leroy.

"Aquí, Lady." Leroy sostuvo la bolsa abierta para que Lady olfateara. "Esto es de Tracey," dijo. Lady metió la nariz en la ropa y meneó la cola. Miró a Leroy. "Ve a buscar a Tracey" Lady se dio la vuelta inmediatamente y trotó por el camino, con las orejas en alerta, y la nariz en el aire. "Vaya, parece que ese niña ha recorrido un largo camino, para una cosa tan pequeña," dijo Leroy. "¿Qué tan lejos ha estado, media milla?"

Mike miró hacia atrás, midiendo la distancia. "Podría ser," dijo Mike. "Espero que la encontremos antes de salir a la carretera principal. ¿Y si alguien la recoge?"

Leroy no dijo nada y empezó a moverse más rápido, con el ceño fruncido. Mike también tomó el ritmo.

Lady empezó a correr. Mike puso los dedos en su boca para silbarle y luego lo pensó mejor. "Vamos a correr," dijo y empezó a correr. Leroy mantuvo el ritmo. Lady desapareció alrededor de una ligera curva en el camino. "Ella estará bien," dijo Mike, "Creo. Espero."

Redondeando la curva, se detuvieron, jadeando para respirar. "¿Dónde está?" preguntó Leroy alarmado.

"Lady, Lady," llamó a Mike haciendo un 360. "Lady, ¿dónde estás?"

"Yip," ladró lady. Mike corrió hacia el sonido. "Yip."

"Por aquí," dijo Mike. Se dirigieron hacia una arboleda. "¿Lady?"

"Yip", fue su llamada.

"Ah, ahí está," le señaló Leroy. Los dos se giraron hacia el perro. Ella estaba de pie bajo la sombra de un hermoso árbol, pinchando delicadamente en la hierba. Ella levantó la cabeza y meneó la cola.

"¡Buena perra! ¡Buena perra!" Leroy y Mike hablaron al mismo tiempo y agarraron a Lady, acariciándola por todas partes. "Buena perra," dijeron de nuevo. Lady se permitió lamer sus caras, moviéndose y meneando la cala. Giró la cabeza y metió la nariz en el cuerpo de una preciosa niña, durmiendo en la hierba, tocó la mano de Tracey y luego su rostro. "Sí, es ella; es Tracey," dijo Mike. Lady sonrió, meneó y esperó su recompensa. Mike le dio un puñado de golosinas y luego echó un poco de agua de su cantimplora en una taza. Mike sostuvo la taza para ella mientras ella lamía el agua. Mike y Leroy sonrieron, estupidamente. "Adelante," dijo Mike. "Llama al alguacil e informa. Pero primero, dame el zapato."

Mike sacó el calcetín de su bolsillo y procedió a ponerlo en el pie de Tracey mientras Leroy le daba instrucciones al alguacil sobre dónde encontrarlos. Mike trató de empujar su pequeño y rechoncho pie en el zapato. Como tenía poca práctica vistiendo niños, Mike lo hacía un poco a tientas. Eventualmente se dio cuenta de que tenía que aflojar los lazos y abrir completamente la lengua y luego mover y empujar al mismo tiempo asegurándose de que el pie estaba en su sitio todo el rato; de lo contrario, el zapato se volvería a caer de inmediato.

Mike recordó cómo atar los cordones de su propia infancia. Quitó los palos, la hierba y la tierra de Tracey lo mejor que pudo y luego la levantó entre sus brazos, sintiéndose un poco incómodo. "¿Quieres que la lleve?" preguntó Leroy, ocultando su regocijo al ver a su jefe tan confundido.

"Um, la tengo ahora," dijo Mike, inseguro.

"No la dejes caer," dijo Leroy.

"Oh, ya déjalo. No voy a dejarla caer," dijo Mike, tomando con un agarre firme a la niña.

"¿Está mojada?" preguntó Leroy mientras salían al camino.

"No, aunque se siente caliente," dijo Mike.

"Le daremos un trago cuando despierte," dijo Leroy.

En ese momento, Tracey se puso rígida, bostezó y abrió los ojos. Miró a Leroy y luego a Mike, sorprendida. "¿Bapa?" dijo ella. "Quiero a Bapa."

"Bapa se ha ido, adiós," dijo Mike. "¿Me recuerdas? Soy Mike."

"Ike," dijo, extendió una mano y le tocó la boca y cada ojo. "Ike, yo quiero a Bapa."

"No, Bapa," dijo Mike.

"Quiero a Buffie," dijo Tracey.

"¿Dónde está Buffie? ¿Perdiste a Buffie?" preguntó Mike.

"Buffie se fue," dijo Tracey mientras empezaba a llorar.

"Dale un poco de agua," sugirió Mike mientras se detenía.

Leroy soltó su cantimplora y la sostuvo para Tracey. "Tracey, toma un poco de agua. Leroy te ayudará."

Tracey tomó la cantimplora con sus pequeñas manos. "Wawa," dijo ella. Leroy la ayudó a inclinarla. Ella la haló y causó una gran salpicadura en su cara."

"Tómala con calma," dijo Leroy. "No tan rapido. Vamos a intentarlo de nuevo."

Esta vez Tracey le cogió el truco. Bebió en grandes tragos. Se detuvo y sonrió a Leroy, con el agua corriendo de su barbilla. "Wa-wa," dijo ella.

"Di gracias, tío Leroy," dijo Leroy.

"Gracha, oy," dijo Tracey.

"Entonces, Tracey, dile a Mike a dónde ibas, en tu paseo," dijo Mike.

"Casa," dijo Tracey. "Bapa en casa."

"¿Quién es Bapa?" preguntó Leroy. "¿Su padre?"

"No," dijo Mike. "Bapa es Dean Lewis, su vecino al otro lado del pasillo. Ella piensa que es su abuelo. Bapa, ¿entiendes?"

"Perfectamente claro," dijo Leroy, golpeándose la frente. "Debería haberlo sabido. Eres Ike y yo soy oy. Tendremos que trabajar en eso último. Di tío Leroy, Tracey."

"Unca Eoy," dijo Tracey.

"Eso es," dijo Leroy. "Tío Leroy."

"Unca Eoy," dijo Tracey.

"Más agua," dijo Leroy, y le llevó la cantimplora hasta los labios. Justo cuando empezaba a salir el agua, ella apartó su cara y la metió en su oído."

"¿Crees que ya ha tenido suficiente?" se rió Mike.

El alguacil Dunlevy apareció corriendo en la calle y rodeando la curva, deteniéndose repentinamente cuando vio al pequeño grupo al lado del camino. Abrió la puerta y desplegó sus largas piernas, con los pliegues de los pantalones aún intactos. Tracey echó un vistazo a las gafas de sol reflejadas y al divertido sombrero y hundió la barbilla en el hombro de Mike. Art se acercó a Mike desde atrás y miró por encima del hombro de Mike. "Bueno, a ver, ¿a quién tenemos aquí?" exclamó. Tracey enterró su rostro aún más profundo.

Mike se volvió, "Está bien, Tracey. El alguacil Dunlevy es un buen hombre. Estás bien conmigo. Todos hemos estado tratando de encontrarte. Pensábamos que estabas perdida."

"No perdida," murmuró Tracey en la camisa de Mike. "Casa."

"Ella se iba a casa," dijo Leroy. "Tienes que admitir que iba en la dirección correcta."

Tracey miró a Leroy con solemnidad y señaló el camino. "A casa," dijo ella.

Art se rió entre dientes. "Jodida chiquilla, ¿eh?" Lady siguió levantando la guardia. De vez en cuando, ella olfateaba el pie de Tracey.

"Perrito," dijo Tracey y alcanzó a Lady. "Perrito. Abajo."

Mike la dejó junto a Lady. Tracey le dio un abrazo. "Perrita," dijo ella y la acarició. Lady se quedó pacientemente, mientras Tracey la tiraba del pelo y le tiraba las orejas. Lady lamió el rostro de Tracey, y Tracey se frunció y se giró.

"Será mejor que volvamos," dijo Art. "Hay algunas personas esperando que están bastante ansiosas por ver a esta pequeña chica."

Mike cogió a Tracey y se metió en el asiento trasero, sosteniéndola en su regazo. "Olvídese de los cinturones de seguridad y asiento infantil, para este viaje, Alguacil."

Al llegar a la casa, Mike salió del asiento trasero, sosteniendo a una niña feliz en sus brazos. "Ike," dijo ella y le tocó la cara. Mike no pudo resistirse a darle un beso y una amplia sonrisa. Tracey puso sus pequeños brazos alrededor de su cuello y le devolvió un beso baboso.

"La encontraste," exclamó María Zeller mientras se apresuraba. Media docena de polvorientos diputados se agolpaban alrededor, sonriendo, golpeando con el dedo su agua embotellada y recogiendo las rebabas de su ropa.

"Tracey, niña traviesa, te le escapaste a María. Has sido una niña muy mala. Qué vergüenza." Agarró a Tracey.

Tracey se sujetó fuertemente del cuello de Mike.

"Chica traviesa. Dámela," dijo María, mientras ponía sus manos en la cintura de Tracey e intentaba tirar de ella.

Tracey empezó a llorar. "No. Casa. Bapa," insistió ella.

"No, no te vas a casa," dijo María. "Bapa está muerto. Bapa se ha ido."

Mike la miró con asombro. "Su padre no es Bapa. Bapa no está muerto. Ella dice así a su vecino." se aferró a la chica.

"Bapa, schmapa. No importa. En cuanto a lo que concierne a Tracey, todos están muertos. Ella nunca volverá a verlos. Dámela a mí. Necesito ponerla en su cuna."

El pequeño grupo se había quedado muy quieto. Sam y Tom se habían unido al grupo. "¿Qué está pasando aquí?" preguntó Sam.

"La perra Lady encontró a la niña dormida bajo un árbol de sombra. Estaba a media milla del camino, volviendo a casa para ver a Bapa y Buffie."

"¡Buena chica, Lady!" dijo Sam, seguido por Tom. "¡Buena perra!"

Lady giró su cabeza para mirar a los dos, pero no dejó su puesto de guardia. Mike sostenía a Tracey tan cerca como se atrevía con sus brazos firmes. A su vez, ella se aferraba a él.

María la alcanzó otra vez, puso sus manos alrededor de su cintura, y comenzó a tirar. "¡Dame a la niña!" gruñó ella.

Lady se movió entre ellos e hizo un gruñido bajo en su garganta. María saltó hacia atrás.

Mike le dio a Art una mirada interrogante.

"Alguacil," gritó María, "¡Le pido que me entregue a esa niña de inmediato!" Ella no sabía que todo este intercambio estaba siendo grabado en dos teléfonos inteligentes diferentes.

"Mike," dijo el alguacil, suavemente, "Lo siento. La ley es la ley. María Zeller tiene la custodia legal de la niña. Dale a la niña antes de que las cosas empeoren."

Mike se apartó para perder a Tracey de vista. María intentó ir tras ellos, pero Lady la retuvo. El alguacil los siguió hasta la patrulla. Tracey se calmó. "Bien, Tracey, eso está mejor," dijo Mike, secándole las lágrimas de los ojos. No hizo nada con las lágrimas en sus propios ojos. "Cariño, tío Mike tiene una barra de caramelo para ti. ¿Tienes hambre, cariño?"

Tracey asintió y olisqueó, "Hambee."

"Tengo que sacar el caramelo de mi bolsillo, ¿de acuerdo? Art va a tomarte para que pueda sacar la barra de caramelo. Aquí, Art, sostén a Tracey por un minuto, por favor."

Art la sacó de los brazos de Mike. Tracey le tendió los brazos a Mike. Mike simplemente sonrió y empezó a jugar. "Vamos a ver, ahora, ¿dónde dejé ese caramelo? No aquí," dijo mientras se sacaba un bolsillo. "No aquí," volteó otro bolsillo. "¿En mi sombrero?" Sacudió el sombrero. Tracey comenzó a reírse mientras hacía una cara divertida y la hacía cosquillas bajo el brazo. "¿Lo escondiste aquí?" dijo Mike.

"No," ella sacudió su cabeza y se rió.

"Vamos a ver, ¿dónde dejé esa cosa? ¿En mi zapato?" Mike se quitó un zapato y saltó sobre un pie viéndose tonto. Tracey estaba fascinado. "Aquí, Tracey, revisa en mi oreja. Mira si está ahí." Mike se inclinó un oído cerca. Levantó la oreja y soltó una risita. "¿Dónde crees que está?" Ella se mordió un labio y señaló hacia el bolsillo de su pecho donde había un bulto decidido. "Oh, ¿crees que está ahí? Bueno, está bien, sácalo de ahí por mí. No me hagas cosquillas, ahora." Ella rió y sacó una barra de energía. Estaba un poco blanda por el calor. "¡La encontraste! ¡Bien por ti! Ahora, Tracey creo que Art quiere un bocado de tu barra de chocolate. ¿Está bien?"

Tracey llevó la barra de chocolate hasta la boca de Art.

"Yum, yum," dijo Art y fingió dar una mordida.

"Te diré algo, Art, Tracey y tú pueden llevar la barra de chocolate a la cocina y cortarla en dos, para que puedan compartirla. Tengan cuidado con el cuchillo. No vayan a cortarse." Mike se sentó para ponerse el zapato y Art se dirigió hacia la casa fingiendo que estaba tomando un bocado de la barra de chocolate. Mike silbó suavemente entre dientes a Lady e hizo un gesto para que Leroy la siguiera.

Mike se colocó el cinturón de seguridad y se echó hacia atrás en su asiento, mientras Leroy ponía en marcha el coche y hacía girar las ruedas para salir de allí. Mike cerró los ojos durante unos minutos mientras unas cuantas lágrimas escapaban. Leroy tuvo que parpadear también unas cuantas veces.

Pasaron varios minutos antes de que Mike se enderezara, extrajo un pañuelo limpio y se sonó la nariz. "Supongo que no necesitamos estas prendas de vestir al aire libre, después de todo," gruñó y rozó distraídamente un poco de polvo.

"Nunca me duele estar preparado, jefe," dijo Leroy en voz baja.

Nada se dijo durante los cinco minutos siguientes. Mike rompió el silencio. "¿Tienes planes para esta noche?"

"Nada especial. Supongo que iré a la casa de Doreen," dijo Leroy.

"Parece que a ti y a Doreen les está yendo bastante bien," observó Mike.

"Sí," dijo Leroy.

"¿Estás yendo en serio?"

"Tal vez," respondió Leroy. "Es un gran paso."

"Sí, seguro que sí."

Leroy esperó un minuto. "He estado por preguntarte," comenzó él.

"¿Sí? ¿Pregúntame qué cosa?"

"Eres mi colega, Mike. Mi mejor amigo también. Me he estado preguntando qué piensas sobre eso... Quiero decir... ya sabes... ¿qué piensas de que haga lo que el Capitán dijo que debía hacer?

"¡Oh, eso!" dijo Mike. "No importa lo que diga el capitán o lo que piense. No le prestes atención. No es un algo que debas escuchar. De hecho, tampoco importa lo que yo piense. Es tu vida, tu decisión." Mike se acomodó, satisfecho con ese pequeño discurso.

"Sí, tienes razón, es mi decisión, mi vida; pero aún así quiero saber lo que piensas."

Mike pensó durante un minuto. "Bueno, ¿estás pensando en mudarse o en casarte?"

"Dios mío, Mike, quiero casarme con ella, pero creo que me conformaría con mudarme, si eso es lo que ella quiere."

"¿Por qué casarse?"

"¿Por qué no?"

"Bueno, ninguno de los dos es un niño. ¿Por qué casarse a menos que quieran otro montón de hijos que mantener?"

"No necesito más hijos."

"¿Y qué hay de Doreen?"

"No hemos hablado de eso, pero sí podría quererlos. No tuvo hijos en su primer matrimonio."

"Bueno, esa es una cuestión muy importante de la que debes hablar antes de ir más lejos con este asunto del matrimonio."

"Comprendo tu punto de vista," dijo Leroy. "Gracias, Mike, gracias por habérmelo dicho. No tengo a nadie más con quien hablar."

"Me alegro de ayudar, viejo. En cualquier momento. Tengo otra sugerencia, si quieres oírla."

"Claro que sí," dijo Leroy.

"Bueno, hay un par de cosas que es importante hacer, primero. No es fácil cuando tienes estrellas en los ojos."

"Por eso pregunté."

"Bueno, número uno. No olvides el acuerdo prenupcial."

"Sí, eso es difícil. Siempre suena como si no confiaras en alguien."

"Cierto. Pero en tu caso, tienes otra familia de la que eres responsable, así que tienes que hacerlo para proteger a tus hijos."

"¿Qué más?"

"Leroy, no conoces a Doreen desde hace mucho tiempo, ¿verdad?"

"Par de meses."

Mike lo puso en la línea. "Antes de decirle algo a Doreen, toma mi consejo, amigo, y haz que la investiguen."

Leroy estaba un poco sorprendido, pero lo ocultó bien.

"Nadie tiene que saberlo," agregó Mike. "Eso es todo lo que voy a decir sobre el tema."

"Gracias, Mike. Voy a pensarlo un poco."

Estuvieron callados por un tiempo.

Mike sacó su teléfono celular y llamó a Brenda Goodfellow.

"Brenda Goodfellow. ¿En qué puedo ayudarlo?"

"Hola, soy yo otra vez, Mike McBride."

"Mike, dos veces en un día. Debes haber escuchado algo sobre Tracey."

"Sí, lo hice, Brenda. Se está quedando fuera del condado con un proveedor de cuidado de niños con licencia. Parece ser una casa decente, limpia y bien equipada."

"Oh-oh, creo que escucho un 'pero' en tu voz. ¿Qué pasa?"

"Bueno, ya sabes, no se supone que los niños pequeños recuerden muy bien. Olvidan rápido, por así decirlo."

"Supongo que todavía no ha olvidado a sus padres."

"No, no es eso. Ella quiere a 'Bapa y Buffie', sobre todo a Bapa."

"Ah, pobre bebé," dijo Brenda. "Bueno, ella lo superará... ¿no?"

"Oh sí, al final, estoy seguro."

"Bueno, sigo pensando que sería un error que Dean vaya a verla. Solo prolongaría la agonía. Pero por mi vida, no sé por qué ella no tiene a su Buffie. Eso habría sido consolador para ella. Todos los niños pequeños tienen un algún "Buffie" propio.

"Y la desgracia cae sobre cualquier padre que lo olvide," intervino Leroy.

"Bueno, ella no lo tiene," dijo Mike.

"¡Tú estabas ahí!" lo acusó Brenda.

"Sí, Brenda, los dos estábamos ahí. Estoy en la patrulla con mi compañero, Leroy Bratowski, ahora mismo."

"¿Cómo demonios?"

"Bueno, ¿recuerdas lo inteligente que era?"

"Sí," dijo Brenda.

"Antes de llegar esa noche, se subió a una silla y desató la cadena de la puerta, así de inteligente es."

"Sí, no puedes apartar los ojos de ella ni un segundo," dijo Brenda.

"Eso es exactamente lo que pasó. Le quitaron los ojos de encima durante unos segundos y se escapó por la puerta principal que está cerrada con un pestillo y una cadena de seguridad."

"¡Oh Dios mío!"

"Recibimos una llamada del alguacil del condado pidiéndome a mí y a mi perro de rastreo que saliéramos y buscáramos a una niña perdida. Lady la encontró en pocos minutos, media milla más abajo en la carretera, dormida profundamente bajo un árbol de sombra. Ella nos dijo que iba a casa a buscar a "Bapa"."

"Oh, Mike, Dean va a morir cuando escuche esto."

"Sí, y será mejor que se lo digas, Brenda, porque no me sorprendería que todo aparezca en U-tube esta noche. Un par de personas registró todo en sus teléfonos inteligentes. Podría incluso aparecer en las noticias de las seis. Tú y Dean pueden encontrarlo un poco molesto."

"¿Por qué? Ella está bien, ¿no?"

"Ella esta bien; pero quizá no les guste la señora que tiene la custodia ahora."

"¿Por qué no?" preguntó bruscamente Brenda.

"Eso es todo lo que puedo decir, Brenda. Ella estaba bajo mucho estrés y no estaba en su mejor momento."

"Voy a dejar el trabajo tan pronto como pueda, Mike, con tu permiso," dijo Brenda.

"Ve," dijo Mike.

\* \* \*

Mike y Leroy archivaron sus reportes y salieron de la oficina por ese día.

## Capítulo 8

<u>En espera</u>

"Mark," siseó una voz en su oído.

"¿Sí?" contestó Mark, hablando en sus auriculares de comunicación.

"¿Ves algo?"

"Sí, veo a dos guardias patrullando el área de atraque, dos submarinos amarrados al muelle. Nada más. Las únicas luces son las luces nocturnas de seguridad. Ninguna actividad. ¿Has visto a otros guardias?"

"Llevamos aquí cinco horas. No he visto a nadie salir de este lado del edificio."

"De acuerdo. Creo que los dos guardias son los únicos de guardia esta noche."

"Así parece. ¿Has estado escaneando toda la zona?"

"Sí, Seth, está todo despejado. Sus dos áreas objetivo están limpias."

"Está bien, voy a seguir adelante e intentar instalar las cámaras. Mantén tus ojos en esos guardias."

"Entendido. Estoy en ello. Que la fuerza esté contigo, amigo."

La misión del marinero Seth Norman era instalar pequeñas pero poderosas cámaras ocultas para vigilar el área del muelle. Era crucial saber cuándo el submarino sería cargado de cocaína y cuándo saldría del muelle.

El marino Mark Mahoney estaba equipado con gafas de visión nocturna y binoculares. Estaba vestido completamente de negro, con maquillaje negro manchando su cara y manos, que normalmente eran de color claro.

Incluso sus dientes habían quedado ennegrecidos. Los blancos de sus ojos estaban cubiertos con anteojos. Se ocultaba en el matorral observando la base secundaria desde la entrada estrecha en el lado de acoplamiento del complejo. La pistola, el rifle y el cuchillo de Mark estaban a la mano. Mark cubriría a Seth mientras terminaba la instalación y el ocultamiento de las cámaras.

Seth fue la elección perfecta para esta misión, robusto, fuerte, valiente e inteligente, uno de los marineros de piel más oscura del Merrimac, así como uno de los mejores comandos. Prácticamente invisible, estaba completamente vestido de negro; sus dientes estaban ennegrecidos.

La cámara se instalaría en un nido de pájaro abandonado bajo los aleros. Seth se treparía a una bajada de agua, usando las puntas de los dedos en el revestimiento para alcanzar el nido de aves. Mark le daba a Seth actualizaciones sobre los guardias cada pocos segundos. Seth no reconocería estas transmisiones hasta que estuviese fuera del alcance de los guardias.

"Seth, ambos guardias están en el porche delantero, apoyándose contra la pared," dijo Mark, en voz baja.

"Seth, un guardia se está revisando el bolsillo de la camisa."

"Está sacando lo que parece ser un paquete de cigarrillos."

"Seth, esto es bueno. Lo están encendiendo."

"Aún están fumando, Seth."

"Están lanzando lejos la culata del cigarrillo."

"Un guardia se alejó."

"Va hacia ti, Seth. No te muevas."

"Se está bajando la cremallera, Seth."

"Está yendo hacia el arbusto."

"Tiene la vista lejos de ti, Seth."

"Su espalda está dando hacia ti. El otro guardia todavía está fumando."

Para alivio de Mark, Seth informó, "Mark, ya terminé y estoy fuera de la vista. Cámara uno instalada. Gracias amigo."

"Buen trabajo, Seth."

"Una menos, falta una, Mark. Informa a la base."

"Marinero Mahoney a la base," dijo Mark.

"Adelante, Mahoney."

"La cámara uno está en su lugar. Por favor informen sobre la calidad de la transmisión."

"Transmisión alta y clara de la cámara uno. Cambio."

Mark informó a Seth, "Seth, la base informa que la cámara uno tiene buena transmisión. Puedes empezar a trabajar en la cámara dos."

"Entendido," dijo Seth mientras salía sigilosamente del área. Se escondería en el bosque mientras se movía completamente por la parte trasera del edificio hacia el sitio de la segunda cámara a través de la entrada del muelle. Esta cámara se centraría en la escena desde la dirección opuesta a la cámara uno. Sería como una copia de seguridad a la cámara uno, y también daría otro ángulo de la escena. Seth había escogido un lugar en un pequeño árbol con ramas bajas y colgantes como la ubicación para la cámara. Se acercó al árbol y lo trepó desde el lado que estaba parcialmente oculto de los guardias. El momento más peligroso de la misión sería cuando estuviese en una rama y expuesto a los guardias.

"Estoy en el lugar para acercarme al árbol, Mark. Quiero que me cubras, ¿de acuerdo?"

"Entendido, los guardias están sentados en los escalones."

Seth se acercó al árbol, lentamente y en silencio. Aunque era alto, necesitaba saltar para alcanzar la primera rama. Reunió fuerza, saltó y se agarró de la rama. Columpiándose, consiguió enganchar una pierna enganchada sobre la rama y terminó de subirse.

"Un guardia miró en tu dirección, Seth."

Seth se congeló.

"El guardia le dijo algo a su compañero."

"Está de pie, mirando por encima del agua. Creo que va en dirección a ti. Lo tengo en la mira." Mark tenía su rifle preparado en guardia. Seth permaneció perfectamente quieto y mantuvo sus manos ocultas, con los ojos cerrados, para no mostrar ningún indicio de blanco o de movimiento.

"El guardia está caminando hacia el agua, mirando hacia el otro lado del bosque."

Seth mantuvo su respiración tan lenta y silenciosa como le era posible y conscientemente ralentizó los latidos de su corazón.

"Escupió en el agua. Está volviendo. El guardia número dos está mirando al número uno."

Seth esperó. No se atrevió a abrir los ojos para mirar.

"El guardia número uno está alejándose de ti. Parece estar patrullando el banco de agua."

Seth rápidamente sacó la cámara del bolsillo, la encendió y la colocó en un punto en el que dos ramas se cruzaban. Luego la fijó en el lugar con una masilla impermeable.

Seth se arriesgó a una transmisión concisa, "La cámara dos está encendida."

"Marinero Mahoney a la base."

"Adelante, Mahoney."

"La cámara dos está en marcha. ¿La reciben?"

"Fuerte y claro, Mark."

Mark estaba feliz de transmitir la noticia, "Seth, la base recibe transmisión de la cámara dos. El guardia número uno está en el otro extremo del edificio. El número dos lo está mirando. Sal de allí."

Seth se bajó con los brazos fuertes y cayó de inmediato en cuclillas. No había forma de evitar el sonido. Se quedó quieto como una estatua, para que el movimiento no lo delatara. El guardia se volvió hacia el sonido.

"El guardia número dos escuchó tu aterrizaje, pero parece haberlo rechazado. Ahora está mirando a su amigo."

Seth se alejó agachado, manteniendo el árbol entre él y el guardia. Rápidamente se fundió con la maleza.

"Estoy sano y salvo, Mark," susurró. "Nos vemos en la canoa".

Emergiendo al otro lado de la isla, Mark y Seth exploraron la zona y el agua durante diez minutos antes de descubrir su canoa negra inflable y sus remos.

"Marineros Mahoney y Norman reportándose."

"Adelante por favor."

"Misión completada. Estamos lanzando una canoa de escape. Solicitud de recogida. Tiempo Estimado de Llegada quince minutos. Cambio."

"Entendido. Entendida la recogida en quince minutos. Buen trabajo, caballeros."

A bordo del Merrimac, el Capitán Burns, él mismo, estaba de guardia en la sala de radio, observando la transmisión de la cámara uno mientras escuchaba los informes de Mark. Todos contuvieron el aliento con Seth mientras él se colgaba en el árbol y luego caía al suelo. Cuando Mark pidió la recogida en quince minutos, hubo alivio y júbilo. Nadie estaba más feliz que el Capitán Burns, ya que ordenó a un barco Defenser que procediera de inmediato a encontrarse con los dos marineros en el lugar de recogida pre-designado.

Las Naves Monitor y Merrimac de la Guardia Costera habían tomado posiciones en lados opuestos del grupo de islas. Cada uno estaba anclado en el lado de sotavento de una isla deshabitada, fuera de la vista de cualquiera de las rutas habituales que tomaban los submarinos de cocaína y los yates de entrega. Este era uno de los pocos lugares, escondidos entre islas, donde el agua era lo suficientemente profunda para sus naves. Desde aquí, los marineros podían lanzar fácilmente los barcos Defender desde la rampa del buque.

Un contingente del Monitor entró para examinar la ruta que los submarinos usualmente tomaban entre las islas. Cuando regresaron, informaron de dos lugares posibles para establecer una emboscada.

Habían pasado cinco días desde que el último submarino dejó la base. Los datos de los satélites mostraban que un submarino había entrado en la base la noche anterior. Generalmente, los submarinos se quedaban una noche antes de partir hacia el norte. El yate de entrega había llegado de América del Sur un día de la semana pasada y se había ido esa misma mañana. Eso significaba que un gran suministro de cocaína estaba almacenado en la base submarina. Lo suficiente para cargar cuatro submarinos.

## Capítulo 9

<u>La Moneda Dorada</u>

El hombrecillo de la tienda de empeños esperó hasta que no hubo clientes en la tienda. Luego cerró con llave la puerta principal y bajó la cortina. Colocó un aviso en la ventana "En hora de almuerzo."

Apresuradamente se metió en la habitación de atrás y cogió el teléfono. Sacó una tarjeta de visita de su bolsillo y la sostuvo en una mano mientras marcaba el número que figuraba en la tarjeta. Se cubrió la boca y habló en silencio en el receptor, preocupado porque alguien pudiera escucharlo. Las paredes eran finas, poco más que cartón.

"Inspector López."

"Tengo algo que puede ser de interés."

"¿Juan?"

"Sí. ¿Puede venir enseguida?"

"Dentro de media hora."

"No me traiciones si hay alguien más en la tienda."

"Tendré mucho cuidado, amigo."

"Debo irme."

      * * *

Exactamente media hora más tarde, el inspector López entró en la tienda de empeño después de tomar una ruta tortuosa, asegurándose de que nadie lo había seguido. Estaba vestido con pantalones vaqueros, una camisa informal, zapatillas de deporte y una gorra de béisbol volteada sobre su cabello negro como jarro, ligeramente teñido de gris en las sienes. No llevaba joyas. Mientras esperaba a Juan, miró algunas guitarras exhibidas en una pared lejana. Las bajó una a una, las afinó, y tocó algunos acordes.

Al fin, el cliente de Juan se fue. Juan lo observó salir y esperó hasta que el hombre se marchó. Juan, miró a derecha e izquierda y luego, apresuradamente bajó la cortina y cerró la puerta como antes. Haciendo señas al inspector López, le susurró, "Ven conmigo," y lo condujo a la habitación de atrás, donde tenía un pequeño escritorio, un par de archivadores maltratados y una vieja vitrina. "Siéntate," dijo, indicando la silla de escritorio. Encendió una lámpara de escritorio con una bombilla y de metal verde oscuro. Inclinó la lámpara flexible para que iluminara un círculo en medio del escritorio y muy poco más.

Juan abrió un cajón en el escritorio y abrió un compartimento secreto escondido con una pequeña llave que llevaba alrededor del cuello. Del compartimiento, extrajo una funda de terciopelo. Dentro había un pequeño artículo envuelto en un poco de seda. Juan colocó el objeto en el centro del círculo de luz frente al inspector López. Aquí tienes, amigo mío; dime qué piensas de esto.

López se inclinó sobre el paquete, desenvolvió cuidadosamente la seda y la extendió sobre el escritorio. Justo en el centro de la seda, una brillante moneda dorada le hizo un guiño. "Bueno, pero ¡¿qué tenemos aquí?!" exclamó y metió la mano en el bolsillo de la lupa de un joyero. Examinó la moneda durante varios minutos, girándola con un par de pinzas. No se arriesgaba a dañar la superficie con el sudor de sus manos. "Esta es una pieza extremadamente rara y muy antigua. Tenías razón al llamarme," dijo mientras seguía estudiando la pieza. "El grabado es exquisito y tan detallado en una superficie tan pequeña. Por un lado, se ve una réplica de pirámides antiguas. Por el otro, parece ser algún tipo de símbolo tribal, o podría haber sido una cresta de un rey, y algunas palabras en un lenguaje olvidado. Solo he visto monedas similares en fotos. No hay desgaste en la moneda. Es un ejemplo perfecto de monedas reales antiguas. Puede haber sido robado de una tumba de un líder tribal, tal vez incluso un rey o reina. Podría ser única. Lo más probable es que haya otras."

"Quizás," dijo Juan, "pero esto es todo lo que tengo. Si mi cliente tiene otras, podría estar visitando varias otras casas de empeño."

López se quitó la lupa, devolvió la moneda y sacó un teléfono inteligente de su bolsillo. Sacó fotos de ambos lados de la moneda. Cuidadosamente, envolvió la seda alrededor de ella, la colocó en la caja de terciopelo y la devolvió al compartimento secreto. Dirigiéndose hacia Juan dijo, "Esta pieza no tiene precio. Debes mantenerla en un lugar seguro hasta que determinemos su origen. Mientras tanto, no se la muestres a nadie. Dime cómo llegó a tus manos."

"Un cliente entró en mi tienda más temprano hoy y me preguntó si quería comprárselo. Negociamos sobre el precio, como de costumbre. Después de poner un precio, le pagué y se fue."

"¿Tienes su nombre?"

"Sí, pedí una factura, para poder probar la autenticidad. No vaciló en firmar una. Lo tengo justo aquí." Juan entregó el papel a López.

"Ah, sí, veo su nombre aquí. ¿Y sabes dónde trabaja?"

"No, tenía prisa por marcharse. No pude presionarlo por más. Uno debe ser discreto en mi negocio."

"No importa. Esto es suficiente. Si es su verdadero nombre, lo encontraremos. Mientras tanto, ten mucho cuidado. No le muestres la moneda a nadie. Si el hombre vuelve a entrar, intenta retenerlo y llámame."

"Oh, eso sería muy peligroso."

"Debes intentarlo."

"De acuerdo, inspector, lo intentaré. Eso es todo lo que puedo prometer."

"Me iré por la parte de atrás. Que tengas un buen día."

"También usted," dijo Juan. Se sintió aliviado al verlo irse.

Juan se sentó en su escritorio y abrió el compartimento secreto para echar un último vistazo a su tesoro. Inclinado sobre él, estaba demasiado distraído para notar que la puerta de atrás se abría lentamente. Las manos enguantadas negras deslizaron silenciosamente un garrote alrededor del cuello del dueño de la casa de empeño y rompieron los extremos fuertemente con fuerza. Juan dejó caer la moneda y se agarró desesperadamente a su garganta. Él pateó y golpeó a su oponente mientras luchaba por respirar. En su agonía final, su lengua y sus ojos se abultaron y su nariz sangró. De repente, cayó flácido.

"Ah, amigo mío, qué amable de tu parte dejar la moneda fuera para mí," dijo el asesino, mientras la levantaba del escritorio, la envolvía cuidadosamente y la guardaba en el bolsillo de un chaleco. Cerró la caja de terciopelo y la devolvió al cajón secreto. Después de retirar la llave del cuello de Juan, cerró el compartimento secreto y cerró el cajón. Se quitó el garrote del cuello de Juan y se lo metió en el bolsillo de los pantalones. La llave se la metió en el bolsillo del chaleco con la moneda. Echó un vistazo a su alrededor para asegurarse de que no había dejado ninguna pista, se fue de la misma forma en que llegó.

El inspector López abrió su paraguas contra la lluvia, corriendo por la calle hasta la siguiente tienda de empeños.

Un fuerte viento azotaba la lluvia en su rostro y le hacía mover la cabeza en señal de molestia, no era que la lluvia doliera, no en absoluto. Simplemente le molestaba cuando sus gafas se mojaban. López hizo una pausa por un segundo para meter sus gafas en un bolsillo interior. Cuando entró en la tienda de empeños, sonó una campana en la parte trasera. El inspector López sacudió el agua de su paraguas y lo guardó en un porta paraguas. Cuando se acercó al mostrador, se quitó las gafas y empezó a pulirlas con un pañuelo limpio.

"¿En qué puedo ayudarlo?" preguntó un vendedor con aspecto grasiento, saliendo de la habitación de atrás.

"Ah, sí, buen día," dijo el inspector. "¿Puedo hablar con el propietario, por favor?"

"Me temo que hoy no está disponible," respondió el empleado. "¿Hay algo que pueda hacer por usted?"

"Ah, sí, bueno, tal vez sí. Déjeme preguntarle, tos, ¿ha recibido alguna llamada sobre monedas antiguas, hace poco? Es decir, ¿tal vez de un coleccionista o un comerciante de antigüedades, por ejemplo?"

"Um, no puedo decir que lo he hecho. ¿Le interesan las monedas antiguas?"

"Bueno, um, sí, podría decirse que sí. Es decir, es solo una de mis muchas aficiones."

"¿Está vendiendo o comprando?"

"Bueno, en realidad, ninguna por el momento. Podría decirse que estoy interesado en el comercio... sí, eso es todo... el comercio," dijo López.

"Bueno, muéstreme lo que tienes," dijo el empleado.

"¿Qué tienes para cambiar?" preguntó Lopez.

"Podría tener una o dos monedas antiguas, pero, de nuevo, podría no tenerlas."

"Ya veo." *Bueno, ahora estamos yendo hacia algún lado*, pensó López, acariciando su elegante bigote. "Bueno, señor, antes de tomar el riesgo de remover una de mis valiosas monedas de su custodia segura, necesito seguridad de que usted tiene, realmente, algo valioso para cambiar."

"¿Qué garantía tengo de que tiene esas monedas?" preguntó el empleado con recelo.

"No tiene ninguna, señor, no más de la que yo tengo al confiar en su buena fe. Parece que estamos en un punto muerto. Sin embargo, considere esto: usted no ha podido deshacerse de sus mercancías, por la razón que sea. Mmm, tal vez son un poco demasiado calientes, ¿podría ser? Mientras que, yo, por otra parte, tengo monedas valiosas que seguramente son comercializables."

"Entonces, ¿por qué cambiarías eso por los artículos calientes?"

"Sencillo. No tengo necesidad de vender mi colección. Solo estoy interesado en ganar cada vez más piezas raras. De hecho, si estoy impresionado con sus bienes, podría llegar a ser un buen comprador de monedas que, digamos, sean de origen dudoso. Si usted tiene las piezas correctas, podría convencerme de cambiarlas por dinero en efectivo."

Con eso, el empleado tomó el cebo, "Espere aquí," dijo y se deslizó a través de una cortina hacia la parte posterior.

El inspector López se tomó la libertad de bajar la persiana y colocar el letrero de cerrado en la ventana.

El empleado regresó con una bandeja y la colocó en el mostrador. En la bandeja había una colección de monedas de varios tamaños. Los agudos ojos del inspector distinguían rápidamente la moneda que buscaba. En lugar de llamar la atención sobre él, resolvió todo el oro y la plata. "Éstos son el único tipo en el cual tengo interés. Usted entiende."

"Sí, por supuesto."

"Puedo hacerle una oferta por el juego," sugirió.

El empleado salivó ante el pensamiento. "Tendría que tener mil, al menos."

"Puedo ofrecerle quinientos, no más."

"Seiscientos cincuenta."

"Eso va en contra de mis principios, pero en este caso, seiscientos."

"Muy bien, son suyas," dijo el empleado, "¿las envuelvo?"

"No, gracias," dijo el inspector López mientras las envolvía en el pañuelo." Se metió la mano en la billetera y extrajo seiscientos en billetes. "Si no le importa, prefiero un cheque."

El empleado hizo un cheque manuscrito, sin mencionar la venta. Mientras esperaba, López tomó nota de un hombre que descansaba frente a una fachada al otro lado de la calle, sin impermeable ni paraguas, aparentemente ajeno a la lluvia que caía.

López guardó las monedas y el recibo de ventas, cogió su paraguas y se marchó. El propietario de la tienda, alias "empleado," se metió el dinero en el bolsillo y sonrió para sí mismo. Qué afortunado era por deshacerse de esa moneda de oro caliente tan rápidamente, antes de que llegaran las autoridades.

*Claramente, hay más monedas,* pensó López. *Quien sea que esté intentando venderlas es, obviamente, un aficionado. Tengo que dar con el ladrón antes de que se pierda su rastro, o peor, su cuerpo.*

Varias decenas de tiendas de empeños de la ciudad cooperaron con la policía. Recibían ciertos beneficios a cambio de informaciones ocasionales, el principal de ellos es la protección. El inspector López partió a visitar cada una de esas tiendas hasta que pudo enterarse del paradero del ladrón; pero primero se había resbalado entrando en una tienda y saliendo por la puerta trasera.

Una buena parte de la tarde pasó visitando casas de empeño. Finalmente, al reunir los fragmentos de información obtenidos de varias fuentes, fue capaz de armar una descripción decente y bastantes pistas para convencerlo de que empezara a buscar al insaciable Leonardo en la línea de costa.

Por la tarde, se había dirigido a la pequeña pensión donde Francisco había pasado sus noches en la ciudad. Por suerte, el mismo hombre estaba en el mostrador. El inspector lo conocía como uno de los mejores aficionados a las monedas de la ciudad, así como esa rareza, también era un hombre honesto.

"Buenas noches, inspector López," dijo el empleado, levantando la vista de su trabajo.

"Buenas noches, Carlos."

"Es bueno verlo de nuevo, inspector; ¿qué lo trae en esta noche tormentosa?"

"Es una cuestión importante, Carlos. De lo contrario estaría en casa bebiendo una copa de alegría ante el fuego."

"Ah, eso es cierto," dijo Carlos. "Pero, por desgracia, algunos de nosotros no somos tan afortunados. Así que, dígame, ¿cómo puedo ayudarlo?"

"Me gustaría aprovechar algunos de sus conocimientos sobre las monedas antiguas, Carlos."

"Oh, estoy lejos de ser un experto en el tema, pero estaré más que complacido de ser de la poca ayuda que pueda. Siempre dispuesto a ayudar a nuestras autoridades, ya sabe."

"Sucede que algunas monedas de oro muy raras y de valor incalculable han aparecido en algunas de las casas de empeño recientemente. Creemos que pueden haber sido saqueadas de los cementerios antiguos que están protegidos por el gobierno. Si eso es cierto, es imperativo que llegue a la fuente de estas monedas antes de que desaparezcan en colecciones privadas a medio mundo de distancia."

"¿Puede describir esas monedas?"

"Incluso mejor, tengo una foto aquí en mi teléfono inteligente." López metió la mano en su bolsillo por el teléfono e introdujo algunos comandos. "Ah, aquí está. Mira esto."

Carlos estudió la fotografía.

"Desplázate hacia adelante para una foto del reverso de la moneda," le indicó López.

"He visto monedas parecidas a esta," dijo Carlos.

"Oh," dijo el inspector López, acelerando los sentidos. "Dime cómo fue eso."

"Uno de nuestros clientes nocturnos me los mostró. Me temo que era uno de esos desgraciados jóvenes de los pueblos de alta montaña, que caen presa de los peligros de la gran ciudad."

"Sí," dijo el inspector. "Eso ocurre muy a menudo. Pero, esto no suena como el tipo de hombre que robaría tumbas y vendería los despojos a las tiendas de empeño."

"No, eso es cierto," dijo Carlos. "En realidad, este joven había sido engañado con veinte monedas que estaban en su poder, legítimamente."

"Entonces necesito saber quién es el estafador."

"Según mi cliente, era el gerente de la cafetería a pocas puertas y cruzando la calle. Su nombre es Leonardo. He oído que tiene un carácter algo desagradable. ¿Podría ser él quien está vendiendo sus monedas?"

"Eso parece probable, pero dices que el cliente fue engañado con veinte monedas. ¿Tenía más?"

"Oh, sí, tenía una bolsa de cuero, pesada con monedas. Solo me enseñó unas cuantas; pero era suficiente para saber que tenía una fortuna. Me pidió mi consejo sobre cambiar unas pocas por moneda local, y le dije que debía ir a un banco de buena reputación, y que debía tener mucho cuidado en el futuro y no mostrárselas a nadie, porque las monedas eran invaluables. Le dije lo que sabía de monedas antiguas y ladrones de tumbas. Parecía carecer totalmente de tal conocimiento. Le creí."

"Hmm," dijo el inspector López, "¿Así que crees que era genuino?"

"Sí, sí," respondió Carlos.

"Respeto tu capacidad de evaluar a este caballero. Después de todo, has tratado con gente tanto como yo, tal vez más."

"Eso es verdad."

"¿Sabes algo más de él?" preguntó el inspector.

"Bueno... podría decir por su acento y la forma en la que habla que él viene de las montañas como afirmó."

"¿No te dijo el nombre del pueblo?"

"No, pero déjeme revisar el registro. Tal vez dio una dirección."

Carlos cogió un libro engorroso y lo abrió. El inspector se inclinó hacia delante.

"Déjeme ver, hace unas dos semanas," dijo Carlos hojeando las páginas. "Aquí está "Francisco García Pisarro". Escribe con mano inteligente. El nombre del pueblo es *Serranías Azules*. No reconozco el nombre."

"Bueno, ese no es realmente un nombre de pueblo," dijo López. "Ese es el nombre de una región aislada en una de las muchas cordilleras. Debe haber una docena de aldeas allá arriba. Creo que, más o menos, son conocidos localmente por el nombre de su anciano jefe. A nadie más le interesa." El inspector López suspiró," Ha sido un día largo."

"Ah, está cansado, inspector. ¿Puedo ofrecerle un refresco?"

"Hablando francamente, eso estaría bastante bien, ahora mismo."

"Ven conmigo." Carlos lo condujo a una habitación acogedora y ofreció una silla cómoda. "¿Qué le gustaría? Tengo café, té, cerveza o algo más."

"Me encantaría una cerveza, pero estoy de servicio, así que el café suena bien. Antes de sentarme, ¿puedo usar el baño de hombres?"

"Sí, por supuesto, por aquí." Carlos señaló una puerta del vestíbulo. "Yo iré por el café."

Cuando López regresó Carlos había preparado un servicio de café y un surtido de galletas, queso y dulces.

Después de que López se sentó, Carlos se posicionó para poder ver la recepción. Había traído el teléfono con él.

"Esto se ve delicioso," dijo López. "Por cierto, por favor, llámame Félix."

"Gracias, Félix," dijo Carlos. "¿Puedo servirte el café?"

"Sí, por supuesto. Gracias," dijo Félix.

"Aquí está," dijo Carlos, "y por favor, sírvete algo de queso, galletas, tortillas y dulces."

"Esto ciertamente está en el punto. Me alegra que lo hayas sugerido. Estaba muy intrigado por tu historia sobre tu cliente, Francisco Pisarro," dijo Félix, con la esperanza de volver al tema y tal vez conseguir un poco más de información de su anfitrión.

"He visto mucha vida," dijo Carlos, "pero no pude evitar sentir lástima por el tipo. Él era tan joven e ingenuo, dejando el país para buscar su fortuna. Yo no tenía el corazón para quitarle esa noción. El hecho es que ya tenía varias fortunas en esa bolsa de cuero que probablemente perderá antes de llegar a los Estados Unidos."

"¿Ah?" Las orejas del inspector se animaron. "¿Se dirigía a los Estados Unidos?"

"Oh, sí, ¿no te lo dije? Lo siento. Al parecer, el pobre muchacho y toda su aldea habían caído por las mentiras vendidas por el cartel y sus agentes. Los ancianos del pueblo le dieron a Francisco una buena porción de su riqueza ancestral para pagar su viaje al norte. Sin duda, habían pagado mucho al agente. Es el tipo de delito más despreciable; pero el gobierno parece incapaz de detenerlo. Simplemente hay demasiado dinero involucrado. Los cárteles trascienden a los gobiernos."

"De hecho, me temo que tienes razón, Carlos. De hecho, algunas personas creen que los cárteles poseen muchos gobiernos. Los bienes económicos de países enteros dependen de los cárteles."

"Es triste," aceptó Carlos.

"Entonces, ¿cómo está yendo hacia los Estados Unidos? Con todo ese dinero debe estar volando en primera clase."

"De ninguna manera," dijo Carlos. "Se fue en el llamado crucero Cartel. Le vendieron a él y a su aldea un paquete de mentiras sobre los grandes alojamientos, las comidas, las camas suaves y los trabajos bien pagados que lo esperaban.

El pobre hombre no tenía idea de que meterse a hurtadillas en los Estados Unidos es ilegal allí. Creía que tendría papeles y permisos para trabajar. Dan ganas de llorar, ¿no?"

"En lugar de eso, iba a ser empaquetado en esa asfixiante cabina con los otros emigrantes miserables. ¡Qué dolor, hombre! ¡Qué historia más impactante! Debo encontrar a ese agente y poner fin a esto. El cártel no se detendrá hasta que hayan robado y matado a todos en ese pequeño pueblo. Tengo trabajo por delante, Carlos."

"¿Quién te ayudará?"

"Estamos con una mala mano, como de costumbre. Nunca hay suficiente gente y nunca hay fondos suficientes para hacer lo que hay que hacer." Félix suspiró. "No hay nadie."

"Te ayudaré," dijo Carlos.

"¿Tú?" preguntó Félix con asombro.

"Muéstrame por dónde empezar," dijo Carlos mientras se levantaba.

"Pero, ¿qué pasará con tu negocio? ¿Cómo puedes salir?"

"Soy propietario de un negocio, Félix. Puedo hacer lo que quiera. Empezó a encerrar la caja fuerte, los archivadores, la puerta de la oficina y a apagar todo excepto las luces de la noche."

El inspector Félix López estaba asombrado.

"¿Cómo puedes recogerlo y dejarlo así?"

"Simple." Carlos encendió un interruptor. "No hay disponibilidad," en luces de neón de color rojo brillante comenzó a parpadear en la señal en la acera. "Hasta ahora, no tengo clientes transitorios esta noche. Solo mis clientes habituales están aquí, mis inquilinos mensuales. Tienen sus propias llaves. Cuando la puerta principal está cerrada, van y vienen por la puerta lateral."

Félix estalló en una enorme sonrisa. Le dio a Carlos una palmada en la espalda. "Bueno, ¡si esto no prueba la incredulidad! Vamos Carlos, tú y yo... vamos a cenar al Waterfront Cafe."

## Capítulo 10
<u>Ciudad de México</u>

Francisco García Pisarro llegó a la Ciudad de México, ya no era un chico inocente. Ahora era un hombre mucho más sabio, que había presenciado violaciones, secuestros, palizas y personas que se habían caído de los trenes. A veces los puentes bajos o los túneles los rozaban. Los hombres que iban por debajo de los coches se quedaban dormidos y perdían el control. Algunos de los que cayeron, perdieron miembros o fueron aplastados bajo las ruedas. Todos eran dejados atrás donde caían mientras el tren seguía su camino.

El 60 por ciento de las mujeres migrantes fueron violadas por personal del tren, autoridades, contrabandistas, miembros del cártel o compañeros de viaje. La violación nunca era denunciada ni procesada. Era simplemente una parte del costo. Muchos contrabandistas requerían que las mujeres tuvieran vacunas de control de la natalidad antes de salir de casa.

Pagar sobornos era parte del programa. Las autoridades corruptas y la policía falsa que registraron el tren, supuestamente buscando inmigrantes ilegales, estaban, en realidad, recolectando sobornos por no arrestar a los que encontraban. Conductores e ingenieros aceptaban sobornos por mirar hacia otro lado. Grupos organizados de secuestradores arrastraban a la gente del tren y los retenían en busca de rescate por parte de sus familias.

Otras pandillas secuestraban a muchachos y hombres jóvenes y los presionaban en servicio en sus cuadrillas. Los que se negabro fueron asesinados y enterrados en fosas comunes. En un caso, se descubrió una tumba que contenía setenta y dos cuerpos. Las familias venían de lejos con la esperanza de identificar los restos de seres queridos desaparecidos. El peso de las familias era devastador. La pérdida de los jóvenes con capacidad física era enorme para sus economías locales fue enorme.

Francisco agradeció a la Virgen que había llegado ya a San Cristóbal por protegerlo hasta ese momento. Ahora que estaba en la Ciudad de México, decidió que aprendería todo lo que pudiera sobre la manera más segura de viajar a Arizona.

Estaba decidido a evitar viajar en trenes de carga de nuevo.

Una de las primeras cosas que hizo fue buscar un banco grande, seguro y honesto. Lo hizo de la única manera que conocía; empezó a hacer preguntas. "¿Puede recomendarme un buen banco seguro?" No había escasez de gente para preguntarle. Ciudad de México es una de las ciudades más grandes del mundo. Con el tiempo, Francisco se decidió por un banco. Él fue allí para abrir una cuenta y para alquilar una caja de seguridad. Él guardó casi todas de sus monedas en la caja. El asistente de gerente le invitó a sentarse en su escritorio y llenar una solicitud de una cuenta. Francisco llenó el formulario y se lo entregó al hombre, que lo miró. "Tienes que responder a todas las preguntas. Veamos, necesito tu dirección local."

"Me quedo temporalmente en un hotel."

"Bueno, entonces, ¿puedo ver su visa?"

"No tengo Visa."

"Todos los que ingresan al país deben solicitar una Visa. ¿Tú volaste?"

"No, entré por barco."

"El camarero debería haberle dado un formulario para llenar la inmigración antes de salir del barco. Luego, cuando pasaste por el puerto de entrada, el oficial de inmigración habría tomado su forma y emitido una visa, durante tres, treinta o ciento ochenta días, dependiendo de su propósito al entrar en el país."

"Mi plan original era viajar a través de México a Estados Unidos, pero puedo cambiar de opinión y decidir quedarme en México."

"Bueno, en ese caso, su visa sería de treinta días. Si decide quedarse, tendrá que cambiar su Visa. No se nos permite abrir cuentas para no residentes. Debe mostrarnos la prueba de que es residente antes de poder abrir una cuenta."

"No lo entiendo," dijo Francisco.

"Bueno, tiene que ver con el tráfico de drogas. Las reglas impiden que los contrabandistas blanqueen dinero a través de nuestro sistema bancario."

"Bueno, ¿qué voy a hacer?"

"La mayoría de la gente en México paga sus cuentas en efectivo. Debes encontrar una manera de conseguir dinero en efectivo en pesos."

"El único dinero que traje conmigo es un poco de dinero en efectivo en la moneda de mi país y la de los países por los que voy a viajar."

"Lo siento, no se nos permite cambiar divisas por pesos, por la misma razón que di antes: para prevenir el lavado de dinero. Puede que encuentre algunas pequeñas empresas que lo acepten, pero no sé de ninguna."

"Traje algunas monedas de oro."

"Oh, bien, en ese caso, puedes vender tus monedas por pesos y estarás listo. Puedes guardar dinero extra en tu caja de seguridad."

El gerente le aconsejó dónde ir a llevar sus monedas restantes a evaluar, y posiblemente convertirlas en efectivo.

De repente, fue importante para Francisco hacer algo para establecer un verdadero valor para sus monedas de oro. Francisco decidió obtener dos evaluaciones, solo para estar a salvo. Esta fue, de hecho, una experiencia reveladora. Aprendió que las monedas serían mucho más valiosas si tuvieran una procedencia. Este papel aseguraría a un comprador de la cadena histórica de la propiedad y que las monedas no eran parte de un robo de una cierta clase.

"Pero, señor, estas monedas han estado en mi familia durante generaciones. Nadie sabe cuántos años tienen en realidad, ya que se han pasado de hijo mayor a hijo mayor y nunca se han vendido."

"En ese caso, señor Pisarro, tendremos una declaración redactada a tal efecto, que puede firmar. Estaremos encantados de subastar su colección entera."

"No, gracias, no en este momento. Sólo venderé una pieza para cubrir mis gastos de viaje a los Estados Unidos."

"Oh, ya veo, ¿va a ir por negocios?"

"Podría decirse eso," respondió Francisco. "Planeo encontrar un trabajo por salarios. Los hombres de nuestra familia siempre han trabajado."

"Pero, señor, no tiene la necesidad de trabajar, con la fortuna que tiene."

"Es tradición. No sería correcto que yo gastara la fortuna de la familia. Debe ser preservada puesto que es nuestra herencia. Lamento tener que vender incluso esta moneda."

"¿Tiene un trabajo que lo espera en América, supongo?"

"Aun no. Entiendo que hay un montón de empleadores y puestos de trabajo a la espera de ser llenados."

"¿No tienes pasaporte ni permiso de trabajo?"

"Mi familia pagó todo eso antes de irme de casa. Se me proporcionará."

"Oh, señor, le ruego que examine este esquema antes de embarcarse en un viaje tan peligroso. Hay muchos peligros al cruzar la frontera a América. Tiene que revisar esto."

"Ya veo. Gracias por su consejo. Ahora, debo irme. Cuando termine la venta, contácteme lo antes posible en mi hotel."

"Sí, señor. Muy bien, señor."

"Buen día."

"Buen día para usted y que Dios lo proteja en su viaje."

Francisco abordó un moderno autobús de la ciudad de regreso a su hotel. Ociosamente leyó las señales y carteles en el camino, tanto dentro como fuera del autobús. Le sorprendió la cantidad de advertencia propagandística de los peligros de viajar a los Estados Unidos, implorando a la gente que se registrase en los refugios y aprendiera la verdad. "Quédense en México, la tierra de la oportunidad," gritaban. *Tengo que pasar algunos días mientras espero que mi moneda se venda*, pensó. *Quizás pueda encontrar un trabajo aquí y ahorrarme el problema de tener que viajar más.*

Varios periódicos eran vendidos en los quioscos. Francisco compró uno y encontró un banco donde podía sentarse y leer los anuncios de ofertas de trabajo. Encontró una docena que parecían prometedores. Sacándolos del papel, se subió al autobús siguiente para emprender su búsqueda de empleo. Preguntó al conductor, "¿Me puede ayudar a encontrar alguna de estas ubicaciones?" El conductor tomó sus anuncios y examinó las direcciones. "Si te quedas en este autobús, puedo llevarte hasta este," dijo mientras entregaba los anuncios a Francisco. "Pero, después de eso, te recomiendo que alquiles un taxi para llevarte. Estos están dispersos por toda la ciudad. Mucha suerte, hermano, la necesitarás."

Francisco se acomodó en un asiento detrás del conductor y observó cómo la extensa ciudad pasaba junto a la ventana. La ciudad parecía seguir por kilómetros. Las afueras contenían pequeñas casas más nuevas y algunas tiendas y fábricas. Continuando, llegaron a hermosas mansiones con céspedes y jardines bien cuidados; los trabajadores del día recortaban los arbustos. Abruptamente aparecieron kilómetros de chozas construidas con poco más que restos. Parecía como si toda la humanidad estuviera empaquetada en estos barrios marginales. Los viejos se sentaban en sillas o en el suelo. Los niños con el vientre hinchado jugaban en los charcos de barro que había en los espacios que servían de calles, entre las moscas, la basura y la caca de perros. Esto siguió así por millas hasta que el autobús finalmente llegó a la sección de negocios de la ciudad.

El conductor se volvió hacia Francisco. "Aquí está el lugar que buscabas, a la izquierda." Francisco miró por la ventana. "¿Qué esperan todas esas personas?" preguntó. La línea salía de la vista alrededor del bloque.

El conductor rió. "Están solicitando ese trabajo que vieron en el periódico."

"¿Por qué toda esa gente?"

"Siempre es así. ¿Eres nuevo aquí?"

"Temo que sí."

"Siempre es así cuando se ofrece un trabajo. La gente de aquí está desesperada por trabajos bien pagados. Creo que la tasa de desempleo no es mala en absoluto, algo así como el cinco por ciento. Pero esta es una ciudad gigantesca. Incluso el cinco por ciento es igual a muchas personas que buscan trabajo; y muchas más personas están trabajando por pequeños salarios que no son suficientes para mantener a sus familias. Esas personas están buscando empleos mejor pagados. Encontrarás trabajo si persistes, pero puedes encontrar líneas más cortas en una ciudad más pequeña."

Francisco le agradeció cortésmente y le pidió al conductor del autobús que lo dejara en la siguiente parada de taxis. "Hay una tres cuadras más abajo a la derecha, frente a un hotel," dijo el conductor. "Te dejaré allí cuando pasemos."

Francisco contrató un taxi para llevarlo a los lugares que estaban contratando. Una y otra vez, la fila daba la vuelta a la cuadra. Finalmente le pidió consejo al taxista.

"Déjame ver los anuncios que te quedan," dijo el taxista. Solo quedaban tres. El taxista leyó los dos primeros anuncios y sacudió la cabeza. Después de leer el último, dijo, "Bueno, no puedo decirlo con seguridad, pero creo que está es su mejor apuesta. Yo lo intentaría si fuera usted."

Francisco estuvo de acuerdo, así que pasaron al último de su lista. Era una fábrica de tamaño mediano con un exterior agradable en un barrio decente. "No se ve demasiado mal desde el exterior, ¿verdad?" preguntó el taxista.

"No, de hecho no," dijo Francisco, "y no veo ninguna fila. Tal vez ya han ocupado el puesto, pero tengo que intentarlo."

"¿Debería esperar?" preguntó el taxista.

"Sí, por favor," respondió Francisco.

Caminó enérgicamente por los escalones y atravesó la puerta principal. Una recepcionista agradable lo saludó. "Estoy aquí por su anuncio en el periódico," dijo Francisco.

"Por supuesto," dijo. "Primero tendrás que llenar un formulario y luego te llevaré a ver al gerente que hace todo el proceso de contratación. Por favor, siéntate." señaló una silla cómoda y le entregó a Francisco una forma, un lápiz y un portapapeles. Francisco llenó la forma y se levantó para dársela a la mujer. "Gracias," dijo ella. "Por aquí, por favor." Ella lo condujo a una pequeña sala de conferencias y le sugirió un asiento en una mesa. "¿Puedo traerte una taza de café, té o un refresco?" preguntó.

"Agua embotellada estaría bien," dijo Francisco, "si tienes, de lo contrario, tomaré un café."

"Perdón," dijo ella, "Le haré saber al gerente que está aquí." Ella volvió con el agua y la puso delante de él. "El Señor Martínez estará con usted en breve."

Un hombre bien vestido de unos 45 años de edad entró en la habitación. Francisco se puso de pie. "Buenas tardes, soy el señor Martínez."

Ellos intercambiaron saludos y apretones de manos. "¿Y usted es?"

"¿Cómo está, señor? Mi nombre es Francisco Pisarro. Estoy aquí sobre la vacante que tiene abierta."

"Por favor, siéntese, Sr. Pisarro, mientras echo un vistazo a su solicitud." El señor Martínez revisó el contenido del formulario. "Veo que eres del sur. ¿Tiene un permiso de trabajo para México, señor?"

"No, señor Martínez. ¿Es difícil de obtener?"

"En realidad, puede serlo, señor Pisarro. Depende del trabajo. A los extranjeros no se les permite tomar trabajos que los mexicanos puedan realizar. Tendría que firmar una declaración jurada a ese efecto y estar preparado para demostrar la prueba. Desafortunadamente, ya tengo cincuenta ciudadanos mexicanos que han solicitado este trabajo. Lo siento. Me temo que usted va a tener una gran dificultad para encontrar un trabajo, y usted debe tener un permiso de trabajo para ese trabajo específico y ningún otro. Las autoridades son muy estrictas al respecto. Las multas son enormes para los empleadores; y para el trabajador que se encuentre trabajando sin permiso, la deportación es inmediata y definitiva. Ni siquiera le dan tiempo para empacar sus cosas."

"Oh," Francisco se sintió completamente desinflado. "¿A dónde debo ir para obtener este permiso?"

"Cada ciudad tiene una Oficina de Inmigración y Naturalización."

Francisco volvió al taxi. "Llévame al hotel."

Francisco estaba tan cansado y desanimado; se bañó y se fue a la cama sin comer. Siendo, por naturaleza, una persona optimista, a la mañana siguiente se levantó brillante y temprano, con hambre, y listo para intentarlo de nuevo. Si su moneda no se vendía pronto, tendría que hacer algo con respecto a los fondos. Los pocos pesos mexicanos que Leonardo había intercambiado por él estaban desapareciendo rápidamente. Claramente, tendría que encontrar trabajo en algún tipo de trabajo diurno donde pudiera trabajar por dinero. ¿Qué clase de trabajo podría ser capaz de hacer que lo mantuviera bien oculto a las autoridades? Francisco recordó a los hombres que vio en las mansiones. Tal vez podría conseguir un trabajo atendiendo césped y jardines.

Francisco subió a un autobús que lo llevaría a las prósperas zonas residenciales. Cuando el autobús entraba en esas áreas, se detenía a menudo para permitir que la gente desembarcara. Francisco pudo ver que la mayoría eran trabajadores que se dirigían a trabajos en la zona. Esperó hasta que un gran número se bajó en una parada, y se unió a ellos en la fila para bajar del autobús, uno a la vez. "Hola," le dijo al hombre que estaba frente a él. "¿Te importa si me uno?"

Aquello parecía una extraña petición, pero sin ver ningún daño, el hombre contestó, "No, supongo que no, pero ¿a dónde vas?"

*¿Qué digo?* Pensando rápidamente, Francisco decidió intentar ser honesto. "Necesito encontrar un trabajo diurno en alguna de las mansiones."

"Bueno, tienes que ir a la entrada trasera y preguntar si necesitan trabajadores."

"¿Tienes alguna idea de dónde están mis mejores oportunidades?"

"Cuanto más lejos de la parada de autobús vayas, mejor serán tus posibilidades. ¿Puedes caminar?"

"Eso tiene sentido. Claro, puedo caminar o correr."

"Bueno, llegas temprano. Todavía hay tiempo. Si puedes correr, puedes conseguir un trabajo. Ellos van rápido. A media mañana, ya todos estarán tomados."

"Gracias," dijo Francisco mientras entraba en una carrera, agradecido por su capacidad pulmonar de alta montaña y su buen estado físico. De regreso a casa era común correr durante kilómetros para llegar a los campos de caza. Francisco siguió el ritmo durante media hora más o menos. Para entonces, los otros habían encontrado sus lugares de trabajo o habían quedado atrás. Francisco corrió por cinco minutos más como una buena medida. Miró alrededor a las mansiones para decidir en cuál parecía que el césped estaba demasiado largo y los jardines sin atención. Claramente la casa no estaba abandonada. Una limusina estaba aparcada en la entrada principal.

Francisco corrió a la parte trasera de la casa y buscó una entrada de empleado. Al no encontrar ninguna, llamó a la primera puerta segura. Una mujer grande en un delantal respondió su golpe. Ella lo miró, sacudió la cabeza y señaló hacia un pequeño edificio. "Ve," dijo ella. Francisco se acercó a ese edificio y llamó. La puerta se abrió a un edificio de almacenamiento que contenía herramientas y máquinas para el cuidado del jardín y el césped. "¿Estás buscando un trabajo de día?" preguntó un hombre de piel oscura con aspecto de visón, vestido de trabajo.

"Sí," contestó Francisco.

"Te ves fuerte," dijo el hombre. "¿Puedes distinguir las malas hierbas de las flores?"

"Sí, he hecho años de trabajo en el jardín," dijo Francisco, contando su primera mentira.

El hombre lo miró con expresión de duda, "Ten, ponte los guantes y empieza por allí," dijo señalando un enredo cercano. "Pon las malas hierbas y los palos en esta carretilla y llévalos detrás del granero. Verás una pila de cepillo allí. Si no estás seguro de cuáles son las malas hierbas, ven a preguntarme."

"Gracias, amigo," dijo Francisco. Tomó la carretilla y los guantes y se puso a trabajar. Cuando el sol se elevaba en el cielo, Francisco comenzó a sudar. Después de llenar su primera carga de carretilla, cogió las manijas y se dirigió detrás del granero. Tenía suerte. Aquí estaba el montón de cepillo y cerca de él vio una bomba de agua, un cubo de agua y un cucharón. Francisco preparó la bomba con una mano mientras bombeaba con la otra. Pronto Francisco oyó el sonido del agua que subía por el pozo. En poco tiempo, el agua salió de la bomba. Francisco vació el cubo y lo llenó de agua fresca. Entonces, inclinó la cabeza por debajo del pico y dejó que el agua se derramara sobre su cabeza. Bebió el agua y volvió al jardín.

El sol estaba en su punto más alto en el cielo cuando su jefe salió del cobertizo para inspeccionar su progreso. "Esto está empezando a parecer un jardín real. Los propietarios estarán encantados."

Francisco sonrió y le dio las gracias.

"Ven conmigo, ahora es la hora del almuerzo."

Francisco no había comido. "No traje un almuerzo conmigo."

"Oh, comemos en la cocina," se rió el jefe. "Espero que tengas buen apetito. El cocinero no tolera a los comensales quisquillosos."

Francisco y el jefe salieron a la bomba y se dirigieron hacia la cocina. El jefe subió los escalones de un porche sombreado, tocó tres veces en la puerta y se sentó en una mesa de picnic. "El cocinero nos servirá aquí. No se nos permite entrar. ¿Te importa si fumo?"

"No, en absoluto," dijo Francisco. "Se sentía bien darle un descanso a sus pies." Estiró la espalda y le dio un roce.

"¿Cómo dijiste que te llamabas?" preguntó Boss.

"Francisco García Pisarro."

"Francisco, mi nombre es Víctor, pero yo soy el Jefe de la yarda, así que puedes llamarme Jefe. Eres un buen trabajador. Como se puede ver por la condición de nuestros terrenos, no tenemos mucha ayuda aquí. La mayoría de los trabajadores son demasiado perezosos para caminar hasta aquí."

"Corrí."

"¿Tú qué?"

"Corrí."

"Ahora, ¿por qué razón harías algo como eso?"

"Estoy acostumbrado a correr y quería estar seguro de ser el primero aquí."

"No solo la primera, sino el último y el único aquí. Esta tarde te daré un trabajo donde puedes sentarte y estar en la sombra la mayor parte del tiempo. ¿Cómo suena eso?"

"Eso está bien para mí. Haré lo que diga. Se da cuenta de que no terminé con el jardín que me asignó, ¿no?"

"Sí, pero quiero que riegues el césped del frente esta tarde. Eso le dará descanso a tu espalda."

"Aprecio su consideración," dijo Francisco.

"Ah, aquí viene nuestra comida," dijo el Jefe. Se levantó para ayudar al cocinero con una pesada bandeja. "Aquí, déjame que te la lleve."

Francisco tomó eso como su señal para ponerse de pie también. Pronto se sentaron. Cada uno se inclinó para una bendición y se persignaron. Entonces el Jefe dijo, "Adelante."

Ellos festejaron silenciosamente en pasteles de carne, verduras, limonada y un postre de frutas. Francisco comió cada bocado. "Fue una comida maravillosa. ¿Puedo devolver los platos a la cocina?"

"Sí, pero golpea tres veces y espera. No entres a la cocina. Cook no apreciará tus botas sucias."

Francisco tocó tres veces. Cuando la cocinera le tomó la bandeja, Francisco la felicitó profusamente.

"¿Puedo traerte más?" preguntó.

"Tal vez más limonada más tarde sería apreciada. Muchas gracias." Él se inclinó y se apartó cortésmente.

El Jefe de la Yarda le dio instrucciones sobre cómo operar un cortacésped de conducción. Francisco no estaba familiarizado con esta bestia. "Nunca he usado una segadora antes," confesó.

"Bueno, en ese caso, déjame dar una vuelta por ti mientras miras. Puedes estar de pie en la parte de atrás, pero ten cuidado de no quedar atrapado en las afiladas cuchillas." El Jefe lo llevó alrededor de una vez, y luego cambió de lugar. El Jefe cabalgaba mientras Francisco conducía. Al principio, él era torpe y dejó una fila torcida con huecos en ella. Francisco detuvo la máquina para dejar que el Jefe bajara. Mirando su trabajo, se sintió avergonzado. El Jefe dijo: "No importa eso. Solo pasa de nuevo hasta que hayas cortado todo. Cuando hayas terminado, nadie será más sabio que tú."

Cuando terminó, eran casi las cuatro, hora de salida. Condujo el cortacésped hasta el cobertizo y fue a buscar al Jefe. "¿Hay algo más antes de irme?"

"Sí, Cook quiere que vayas a la cocina. Tiene algunas sobras para que te lleves a casa. Además, entra en el cobertizo y te pagaré el salario de tu día." Entraron juntos en el cobertizo. "El sueldo habitual de un día es de ochenta pesos, pero voy a pagarte 115 pesos, por dos razones. Uno, eres un buen trabajador, cooperativo y educado y dos, quiero que vuelvas mañana. Ahora, si vuelves mañana y haces un buen trabajo, aumentaré eso a 125 pesos."

"Estaré aquí. Muchas gracias."

Francisco fue a la bomba, se lavó y se peinó los cabellos con los dedos antes de golpear la puerta de la cocina. Cook abrió la puerta y le entregó un paquete. "Aquí hay dos tortas de carne para la cena y un tarro de limonada."

"¡Oh, esto es maravilloso! Gracias, gracias," dijo Francisco con gratitud genuina. En el camino a casa en el autobús, echó la cabeza hacia atrás y se relajó. Escuchó las conversaciones que le rodeaban. Muchos se quejaban de sus empleadores, de la forma en que eran tratados y de los pobres salarios. Francisco reflexionó sobre su buena fortuna, en comparación con lo que oyó.

Cuando llegó al hotel le esperaba un mensaje del vendedor de monedas. "Estimado Sr. Pisarro. Con el fin de dar tiempo a anunciar adecuadamente su valiosa moneda, hemos programado la moneda para ser incluida en nuestra próxima subasta importante, treinta días a partir de este momento. Su moneda tendrá una pantalla de página completa en nuestro catálogo. Esperamos que los compradores de todo el mundo hagan ofertas en esta subasta. Al incluir su moneda en esta subasta, llegará a la audiencia más amplia posible de acaudalados coleccionistas. Atentamente, etc."

El corazón de Francisco se hundió por un momento o dos. Eso retrasaría sus planes. *Oh vaya, es la voluntad de Dios. Es bueno que ahora tenga un trabajo. Ahora, si puedo esquivar a las autoridades, estaré bien.*

Esa noche cenó bien con una de las tortas de carne y guardó la otra para el desayuno.

\* \* \*

Dentro de una semana, Francisco se había establecido una rutina. El Jefe de la Yarda siguió pagándole bien y alabándolo por su trabajo. Cook le enviaba a casa dos tortas de carne y limonada o cualquier otra cosa que ella tuviese ese día. El hotel era más costoso que una habitación en una casa en un barrio más barato, pero tenía una gran ventaja. Los funcionarios de inmigración nunca lo revisaban buscando ilegales y migrantes, porque simplemente era demasiado caro, no era el tipo de lugar donde esas personas se quedarían. Además, Francisco se sentía seguro allí.

Excepto por ir a trabajar, se quedaba allí solo. No necesitaba salir de su habitación para comer, debido a la amabilidad de su empleador. El tiempo libre que tenía, pasó investigando las diversas rutas hacia América, todavía incapaz de decidir qué hacer. Una cosa estaba decidida. La mejor manera de viajar a la frontera sería en autobús o avión. Después de vender la mayor parte de sus trenes de pasajeros, México había decidido poner sus recursos en la modernización del servicio de autobuses.

El retraso en su cronograma hacía muy arriesgado ir a Arizona como había planeado. Durante la temporada de verano, el suelo del desierto podía alcanzar temperaturas de 170 grados Fahrenheit. Más de cuatrocientos trabajadores migrantes perecían cada año cruzando la frontera. Muchos de ellos morían por el calor.

Francisco podría tener que elegir un lugar diferente para ir en los Estados Unidos. Claramente no podía permanecer en México, indefinidamente, eludiendo a las autoridades, ¿no? Había trabajos esperando en los Estados Unidos donde no tendría que esconderse. Tendría sus papeles y su permiso de trabajo, ¿no?

Después de dos semanas trabajando para Victor, Francisco había ahorrado mil cuatrocientos pesos y se sentía mucho mejor respecto a su situación financiera. No había perdido un solo día de trabajo. Los jardines habían sido desmalezados, recortados y regados y el césped cortado dos veces. Francisco decidió dejar el trabajo temprano un día y volver a llamar a la casa de subastas. Seguramente debía haber alguna forma de acelerar las cosas.

* * *

Francisco fue recibido en las oficinas de la casa de subastas. Sentado en la sala de espera, cogió una de las revistas brillantes y comenzó a pasar las páginas.

"Oh, hola, señor Pisarro, veo que ha encontrado nuestro catálogo de la casa de subastas," dijo el vicepresidente asociado. "Su moneda se encuentra en la página central." Tomó la revista y la abrió para Francisco. "Eso es una reliquia encantadora, de hecho. Muy caro. Observe el color del oro y los detalles finos. Nos alegramos mucho."

"Es muy agradable," dijo Francisco.

"¡Qué suerte que haya venido hoy!" dijo el Vicepresidente. "Ya hemos tenido tres ofertas pre-subasta en la pieza. La más alta es de cincuenta mil pesos, y será mucho mayor, estoy seguro."

"Yo lo tomaré," dijo Francisco.

"Oh, no, señor Pisarro, no puede hacer eso. Irá mucho más alto, estoy seguro."

"¿Quieres decir que no puedo aceptar una oferta antes de la subasta?"

"Eso sería muy imprudente, señor Pisarro."

"Bueno, pero técnicamente, ¿puedo o no puedo?"

"Técnicamente, usted puede, pero le aconsejo fuertemente que no lo haga. No puedo enfatizar lo suficiente. Sería muy imprudente, señor, muy imprudente."

"Pero ahora necesito el dinero," dijo Francisco.

"Señor, por favor, dele un poco más de tiempo, al menos unos días."

Francisco vaciló.

"¿Por favor?"

"Bueno, está bien, 48 horas y eso es todo, no más."

"Muy bien, señor Pisarro. Terminaremos la licitación en 48 horas. "

"Estaré de vuelta por mi dinero en dos días," dijo Francisco.

## Capítulo 11
Problemas de Mujeres

Mike rápidamente ordenó su correspondencia, revisó su correo electrónico y sus faxes. Estaba esperando un informe en particular. No sabía por qué, pero tenía un mal presentimiento y había aprendido a prestar atención a sus instintos. *Ah, aquí está; este es el indicado*. Mike miró rápidamente a su compañero y buscó su abrecartas. Mike abrió la carta y sacó el contenido, con el cuidado de ocultárselo a Leroy.

Mientras Mike sostenía la carta, sus peores temores se confirmaron. Sosteniendo el sobre en su regazo, sustituyó la carta, la dobló entera y la puso en su bolsillo.

"¿Brat?"

"¿Sí, Mike?"

"¿Puedo verte un minuto?"

"Dame un segundo para terminar este correo electrónico, ¿de acuerdo?"

"Claro, tómate tu tiempo."

Mike logró ocuparse en su escritorio hasta que Leroy levantó la vista, listo para escucharlo.

"Vamos a tomar una taza de café," dijo Mike.

"Claro," dijo Leroy. Él sabía por experiencia larga con Mike que esta era su señal cuando necesitaba una conferencia lejos de los demás y los ojos y los oídos curiosos.

Mike y Leroy tomaron sus cafés y se metieron en una sala vacía. Mike cerró la puerta y se sentó frente a Leroy. "Tengo el informe del que hablamos," dijo Mike.

"Oh, ¿y qué informe sería ese?"

"Bueno, hemos hablado de investigar a Doreen, antes de proponerte matrimonio, ¿recuerdas?"

"Realmente no."

"Sí, lo hicimos. Dijiste que te sentías extraño al revisarla. Que parecería demasiado una falta de confianza."

"Sí," dijo Leroy.

"Pero, no tenías ninguna objeción si alguien más hacía el chequeo."

"¿Yo dije eso?"

"Lo que sea," dijo Mike.

"¿Qué diablos, Mike? ¿Qué demonios hiciste?"

"Nada más que un chequeo de rutina, Leroy. No te hagas un nudo en la cola."

"¿Por qué no quiero escuchar esto?" Leroy estaba más que alterado. "¡No puedo creer que lo hicieras!" Leroy se levantó para irse. Abrió la puerta.

"En realidad, amigo, creo que *quieres* escuchar esto." Mike habló muy suavemente.

Leroy se volvió para mirar a Mike con los ojos desbordados. Él sabía.

"Ah, mierda," dijo Leroy en señal de derrota. "Dame la carta. Voy a dar un paseo. Puede que no vuelva."

Mike se acercó a la mesa. Miró a Leroy a los ojos. "Lo siento mucho, amigo." Dijo. Metió la mano en el bolsillo de la carta y se la ofreció. Leroy tomó la carta, giró sobre sus talones y se fue.

Mike se dejó caer en la silla y tomó sorbos de café durante cinco minutos. Se levantó y llevó las tazas de vuelta a la mini-cocina, volvió a su escritorio y terminó con el correo de la mañana. Media hora después, cogió su sombrero y su chaqueta y se dirigió a la escalera. Tenía una buena idea de dónde estaría Leroy. Efectivamente, encontró a su compañero al otro lado de la calle en un parque pequeño, alimentando a las palomas y repasando el informe que había obtenido del investigador.

Doreen Middleton, de 33 años, divorciada.

Dos niños, un niño, de 12 años, una niña de 8 años, residen con su padre. La persona objetivo es empleada en Monroe Industries, asistente ejecutiva de Judd Warner, jefe de seguridad. Reside en un apartamento de un dormitorio en Mountain View Apartments en la Ciudad de Carson. Sus activos incluyen un Buick de diez años de edad, una cuenta bancaria en rojo. La persona tiene cuatro meses de atraso en sus facturas de arrendamiento y servicios públicos. Vive de forma tranquila. Está saliendo desde hace poco con el sargento Leroy Bratowski del Departamento de Policía de la Ciudad de Carson, exclusivamente.

La persona es adicta al alcohol y a la cocaína. Pasó un mes en un centro de rehabilitación en Denver, CO. Varias detenciones por conducir bajo influencia de drogas o alcohol Las condenas varían de sentencias suspendidas a tres meses de cárcel más tres años de libertad condicional por homicidio vehicular.

El informe pasaba a la lista de direcciones anteriores, el empleo y los detalles de las detenciones de Doreen.

Sin decir nada, Mike se sentó al final del banco. No había nada que pudiera hacer, nada que pudiera decir, pero quería estar allí para Leroy.

Era un hermoso día de verano, el sol brillaba, los pájaros gorjeaban y las mariposas volaban; Pero, de alguna manera, eso no importaba. Para Mike y Leroy, también podría tener un tono negro y una lluvia torrencial. El sueño de Leroy de la felicidad había sido destrozado como un vidrio en mil fragmentos. Estaba experimentando las etapas de la pena en golpes de martillo repetidos -shock, negación, rabia, dolor y negociación. La aceptación se negaba a venir, todavía no era el momento.

De vez en cuando, Leroy recogía una galleta o un guijarro del suelo y lo tiraba lo más fuerte que podía a las palomas. Se dispersaban como locas en una ráfaga de plumas y gritos, y luego se acomodaban y volvían a picotear. Otras veces golpeaba un puño en la palma de su otra mano, y luego retrocedía, cerraba los ojos y suspiraba. A veces sacudía la cabeza, se inclinaba sobre los codos, se metía en el bolsillo y se limpiaba los ojos con un pañuelo.

Finalmente, miró a Mike. "Vamos, Mike, voy a casa," dijo. Caminaron juntos al otro lado de la calle hasta el estacionamiento. Leroy abrió la puerta del coche y entró.

Antes de cerrar la puerta, dijo una cosa. "Hiciste lo correcto, Teniente," le dio un saludo a Mike y encendió el coche.

\* \* \*

De vuelta en su escritorio, Mike se ocupó del trabajo que lo esperaba. Tenía algunas llamadas que devolver. Una de Dean Davis, otra de Lars Caruthers en San Francisco.

Mike levantó la vista de su escritorio cuando la Patrullera Brenda Goodfellow entró en la sala y tiró su chaqueta por el respaldo de su silla. "Hola, Mike, ¿cómo te va?"

"Arriba y abajo," dijo Mike.

"¿Dónde está tu pareja hoy?" preguntó Brenda.

"Está enfermo en casa."

"Aw, eso es muy malo. Nada serio, espero."

Mike simplemente respondió con un "Mmm," y encogió los hombros.

Brenda sabía retroceder. Se sentó y se inclinó hacia su trabajo.

Mike volvió a sus mensajes. Intentó primero con Dean, pero la línea estaba ocupada. Habló con Lars durante unos diez minutos. Parecía que todo lo que Lars quería era charlar. De alguna manera Mike tenía la sensación de que algo grande estaba creciendo que Lars no podía decirle. Mike hizo una nota mental para permanecer cerca de Lars. Hablaron sobre el juicio de John Jacobs. Lars parecía pensar que habría más presión en la frontera. "No te sorprendas si la actividad de contrabando es más pesada de lo habitual en la frontera esta temporada," dijo.

"¿Oh si? ¿Alguna razón especial?"

"No, solo rumores, nada concreto. Pero mantén los ojos abiertos."

"Claro," dijo Mike. "Oh, tengo que colgar, mi otra línea está parpadeando."

"Adiós, Mike, nos vemos."

Mike presionó el botón de su otra línea. "Habla McBride."

"Mike, es Art Dunlevy, de nuevo. ¿Puedes salir de allí con ese súper perro tuyo?"

"Claro, ¿qué pasa, Sheriff?"

"Es la misma chica. Se escapó de nuevo."

"¡Oh, caramba, no otra vez! Ese pequeñita. Tenemos que hacer algo por ella."

"No puedo estar más de acuerdo contigo, Mike. Estoy reportando esto a los Servicios de Protección Infantil esta vez. Una vez fue suficiente. Dos veces es intolerable."

"Estaré allí en 45 minutos, Art."

"Gracias, amigo, te lo compensaré."

Mike colgó el teléfono y miró a Brenda a través de la habitación. Cogió su abrigo y su sombrero y se acercó a su escritorio. "Estoy saliendo Oficial Goodfellow. ¿Está disponible para llevar una escopeta para mí?"

Brenda agarró sus cosas y se puso en pie de un salto. Esta oportunidad era demasiado buena para perderla. "Por favor, Teniente."

"¿Puedes conducir?" Preguntó Mike mientras tomaba el lado del pasajero. Sin tomarse ninguna ofensa, Brenda trepó detrás del volante, se retiró expertamente y se volvió hacia la salida.

"Llévame a casa," dijo Mike.

"Uh, ¿te importaría darme la dirección?"

"Gira aquí a la derecha."

Mike estaba perdido en sus pensamientos. No se dio cuenta cuando Brenda continuó pasando el siguiente giro. Cuatro cuadras más tarde, se dio cuenta. "¿A dónde demonios vas, Goodfellow?"

"Solo sigo sus instrucciones, señor," suprimió una sonrisa.

"Oh, sí, uh, supongo que puedes girar a la izquierda aquí y regresar a Buchanan."

Brenda estaba tranquila mientras giraba dos veces a la izquierda y cruzaba al Buchanan Boulevard. "¿Qué tan lejos en esta vía, señor?" preguntó.

"Dos millas hacia Tree Valley Subdivision, gira a la derecha en Maple, a la izquierda en Oak, tercera casa a la derecha."

"Estoy en ello," dijo Brenda.

Sin más intercambio de palabras, Brenda llegó a la entrada de Mike. "Estamos aquí, señor."

Mike salió y corrió a la casa. Volvió enseguida con una correa de perro y un bolsito lleno de golosinas. Mike esperó mientras Lady hacia sus necesidades en el patio trasero. Abrió la puerta, silbó para que ella viniera y cerró la puerta tras ella. Mike sostuvo la puerta trasera del coche abierta, "Arriba, Lady," ordenó. "Vamos a cazar." Ella saltó en el asiento de atrás y se sentó, girando hacia adelante, jadeando en anticipación, con la lengua colgando hacia fuera. Mike subió al frente con Brenda. "Otro niño perdido," dijo Mike a Brenda.

Ella aspiró, "¡Oh no!"

"Ah, sí," dijo Mike. "Es la pequeña artista en eso de escaparse, otra vez."

"¿Quieres decir Tracey?"

"Sí, Tracey Richardson. Se ha escapado de la guardería, de nuevo."

"¡Oh no! Esa pobre niña."

"No te preocupes, Lady la encontrará, ¿verdad, Lady?"

Lady se animó y golpeó la cola.

"Buena perra," dijo Mike. "Estás ansiosa por irte, ¿no?"

Brenda sonrió. "¡Qué gran perra!"

"Sí, le encanta la acción. Whoa, es mejor que prestes atención a donde vas, esta vez. No quiero ser responsable de volver a perderte," sonrió Mike.

"Al este en la autopista, ¿verdad?" preguntó Brenda.

"Cierto. Sal en la salida 19 y gira a la derecha en Williams," dijo Mike. "El alguacil Dunlevy me llamó. Dijo que esto es suficiente. Por lo que a él respecta, María Zeller ha tenido su última oportunidad."

"Dean y yo estábamos sorprendidos por su comportamiento cuando vimos el informe en las noticias de la tarde. No puedo creer que la agencia de Protección Infantil haya dejado a Tracey en esa casa. ¿Por qué no hicieron algo?" preguntó Brenda.

"Me sentí de la misma manera. Desafía la comprensión. Pero supongo que investigaron y pensaron que sería demasiado perturbador el mover a Tracey de nuevo. Parece que la pequeñita se ha tomado las cosas en sus propias manos y volvió a hacer un lío. Disculpa un minuto. Me recordaste una llamada que necesito hacer." Mike sacó su teléfono celular y volvió a intentarlo con Dean Lewis.

"Agencia Lewis,"

"Habla Mike McBride, estoy devolviendo una llamada."

"Le pasaré al señor Lewis."

"¡Mike! ¿Cómo estás? ¿Qué estás haciendo ahora?" preguntó Dean.

"Oh, no mucho, un poco de esto, un poco de aquello."

"De alguna manera lo dudo," dijo Dean con una carcajada.

"Me conoces demasiado bien," dijo Mike. "¿Tienes algo en mente?"

"De hecho, sí," dijo Dean. "No he podido olvidar a esa pequeña Tracey Richardson."

"Ninguno de nosotros parece ser capaz de hacerlo," dijo Mike.

"Brenda me contó todo sobre su huida."

"¿Ah sí?"

"Tengo que pensar en ello y tomar una decisión."

"¿Ah?" dijo Mike.

"No se lo he dicho a Brenda porque no quería despertar sus esperanzas. Ella y yo nos hemos acercado mucho desde que todo sucedió," dijo Dean.

"Um, eso está bien," dijo Mike.

"Decidí tomar el examen de licencia y aplicar para convertirme en un padre adoptivo."

"¡Maravilloso!" dijo Mike.

"La aprobación acaba de llegar hoy," dijo Dean.

"¡Felicitaciones!"

"Ellos saben que tengo una niña en particular en mente, pero no pueden garantizar que tenga la oportunidad de conseguirla. Dijeron que reciben demasiado pocos solicitantes que sean hombres. Supongo que es por eso que mi aprobación llegó tan rápido. Me dijeron que tienen dificultades para colocar a los niños mayores y esperaban que estuviera de acuerdo en tomar uno o dos. Podría surgir repentinamente en cualquier momento dependiendo de los tribunales y de lo que está sucediendo en las familias, así que debería estar preparado. Se me permite tomar o rechazar a alguien en ese momento. Como resultado, ahora, estoy amoblando mi habitación. Planeo sorprender a Brenda esta noche."

"Estoy muy feliz por ti, hermano. Gracias por mantenerme en el circuito," dijo Mike. "Lo siento, amigo, pero tengo que colgar. Mantente en contacto y buena suerte para ti." Mike sonrió para sus adentros.

Brenda tomó la salida a las 19 y giró hacia Williams.

Después de dos millas, Mike dijo, "Da la vuelta aquí a Willow," le señaló "y toma la siguiente esquina a la derecha."

Se volvieron hacia un sinuoso camino de tierra. "La última vez que estuvimos aquí, Tracey se había movido por este camino, así que vayamos despacio y mantengamos los ojos abiertos." Brenda se frenó. Ella y Mike miraban a la derecha y a la izquierda en busca de cualquier pista.

"Wow, ¿qué es esto?" preguntó Brenda, mientras señalaba algo blanco al borde de la carretera.

"Permíteme comprobarlo," dijo Mike. Salió del auto e inspeccionó el artículo sin tocarlo. "Deja que la perra salga," dijo Mike. "Aquí, Lady." Ella saltó. Mike se agachó y señaló el diminuto calcetín. Parecía fresco. "Aquí Lady, esta es Tracey." Lady miró el calcetín. "Esta es Tracey," dijo Mike otra vez. Lady tocó el calcetín con la nariz. "Buena perra," dijo Mike y le dio una caricia y le rascó la cabeza. Mike se levantó, "Ve a buscar a Tracey," dijo. "Lady, ve a buscar a Tracey." Los oídos y la cola de Lady se pusieron en alerta. Movió la cabeza en todas direcciones buscando un olor. Se giró hacia la carretera y salió corriendo.

"Estaciona el auto y ven," dijo Mike a Brenda. "De alguna manera, debemos haberla perdido." Se alejaron, siguiendo al perro. Lady se volvió hacia ellos y esperó como si dijera: "Dense prisa, humanos." Mike y Brenda estaban revisando las zanjas a ambos lados, buscando señales. Lady se detuvo y se sacudió, meneando la cola. Mike y Brenda se apresuraron a subir. Era una cinta de pelo. Mike la recogió, recompensó a Lady y le dijo, "Buena perra, Lady, ve hacia Tracey."

No habían ido muy lejos cuando Brenda gritó, "Tracey, Tracey," y rompió en una carrera. Lady corría delante de ella, Mike no muy lejos. Allí estaba caminando por el camino. "Tracey," replicó Brenda de nuevo. Tracey se detuvo y se giró. "Tracey, espera, soy yo, espera por mí." Mike pudo ver que no había necesidad de que se diera prisa. Podría regresar y buscar el auto.

Lady llegó a la niña primero. Se detuvo, la olisqueó y meneó la cola. Miró a Brenda como si fuera a decir. "Bueno, la encontré; ¿vienes o no?"

Brenda estaba sin aliento. Ella se detuvo a caminar y se detuvo ante el niño. "Hola, Tracey," dijo ella y se agachó a su lado.

Tracey estaba envuelta en sonrisas. "Enda, a casa" dijo ella.

"Sí, Brenda está aquí." Brenda le tendió los brazos. "Ven con Brenda." Tracey saltó a sus brazos. "¿Tienes un beso para Brenda?" Tracey le dio un beso descuidado. "¿Y un gran abrazo de oso?" Tracey puso sus brazos alrededor del cuello de Brenda. "¡Me alegro mucho de verte!" -dijo Brenda y le besó la mejilla. "¿A dónde vas, Tracey?"

Tracey giró la cabeza y señaló el camino. "A casa. Ver a Bapa."

"¿Volvías a casa para ver a Bapa?"

"Un-huh, a casa, ver a Bapa," dijo Tracey, "Buffie. Bapa, Buffie, guisantes." Tracey asintió con la cabeza vigorosamente. "Abajo," dijo.

"¿Quieres bajar?" preguntó Brenda.

Tracey asintió, "Abajo."

Brenda la dejó en el suelo. Tracey inmediatamente salió caminando por la carretera. Brenda tomó su mano, mientras Mike conducía. "Aquí está Mike, creo que Lady quiere entrar en el auto. La pobre perra está cansada."

Mike salió y tomó a Tracey en sus brazos. Tracey lo estudió y le dio unas palmaditas en el bolsillo. "¿Bah?" dijo ella.

"¿Qué?" preguntó Mike.

"¿Bah?" Tracey comenzó a mirar alrededor de la cabeza de Mike, en su oído, en su sombrero. "Andee bah," ella exigió.

"¡Oh! Barra de caramelo. Recuerdas que tío Mike tenía una barra de caramelo para ti. Bueno, ahora déjame ver. Mike la sostuvo con un brazo y comenzó a buscar en sus bolsillos. "Um, no aquí," dijo. "No hay barra de chocolate aquí. ¿Tienes un caramelo, Brenda?"

"No, pero tengo algo más que es igual de bueno." Brenda alcanzó el coche y agarró su bolso. "Vamos a ver lo que tengo aquí." Ella se asomó por un momento, moviéndose hacia el asiento delantero. "¡Ah, lo encontré! Ven aquí, Tracey y verás lo que tengo para ti." Mike tomó la señal, dejó a Lady en la parte de atrás, y se movió hacia el asiento delantero, colocando a Tracey entre ellos.

Cerró la puerta rápidamente, mientras Brenda distraía a Tracey, y encendió el coche. Volvió a la carretera de cruce, dio media vuelta y se dirigió hacia el carril.

"Tengo muchas cosas interesantes en mi bolso. Aquí está la primera." Brenda sacó un paquete de Salvavidas y rompió uno en pedazos. "Prueba un pedacito de esto y ve si te gusta," dijo. Tracey lo cogió cuidadosamente y lo tocó con la lengua. No había duda. ¡Ella lo amaba!

"Mo andee bah," dijo Tracey.

"De acuerdo, un pedazo más". Tracey le tendió la lengua y Brenda le puso un pedacito. "Esta vez trata de chuparlo para que dure más tiempo."

Tracey lo masticó. "Mo andee bah."

Esto continuó hasta que llegaron al hogar de cuidado de niños. Tracey vio dónde se detenían y empezó a llorar. Ella enterró su rostro en Brenda y gritó, "No, no," gritando y moviendo la cabeza.

Mike bajó las ventanas y esperó. El alguacil Dunlevy se acercó al lado de Mike del coche. María Zeller se acercó a Tracey y le tendió los brazos. "Ven con María," sonrió.

Tracey le gritó la cabeza. "¡No, no!" Brenda la abrazó más fuerte.

"La encontramos caminando por el camino. Dijo que se iba a casa a Bapa y a Buffie." Mike se veía impotente y se encogió de hombros.

El sheriff estaba igualmente desconcertado. "¿Qué vamos a hacer con estas mujeres, Mike? Me estoy cansando mucho de esto."

"¿Llamó a la oficina?"

"Sí, están enviando a Pamela Goodrich aquí. Debería estar aquí pronto." Tracey seguía gritando. "Te diré qué, Mike, ¿por qué no te quedas aquí en el auto con la niña? Pon una música relajante, cuéntale una historia. ¡Haz algo!" Dirigiéndose a María, dijo, "Vamos a entrar y esperar a la señorita Goodrich."

Mike subió las ventanas, encendió el aire acondicionado y encendió la música a bajo volumen. Tracey vio a Zeller desaparecer en la casa y detuvo la fuente. Ella olisqueó y se acomodó en el pecho de Brenda. "Enda, historia," proclamó.

"Había una vez una hermosa princesa. Vivía en un castillo en una colina alta. Ella era la chica más hermosa de todo el reino. Tenía ropa bonita y todos los juguetes del mundo, pero estaba muy sola. No tenía a nadie con quien jugar. Un día se acostó para echar una siesta, esperando tener un sueño feliz. Cerró los ojos... se sentía muy soñolienta... muy soñolienta... y pronto tuvo un sueño maravilloso."

A estas alturas, Mike estaba casi dormido, él mismo. Él le sonrió a Brenda, cerró los ojos y empujó su asiento.

En pocos minutos Brenda era la única despierta en el auto, vigilando, escuchando la música y viendo a Mike y Tracey dormir. La señorita Goodrich apareció y entró en la casa. *Desearía ser una mosca en una pared de esa casa,* pensó Brenda. *Va a ser muy difícil renunciar a este ángel que tengo en los brazos.*

Brenda vio al Sheriff Dunlevy conducir en su patrulla. En unos minutos Pamela Goodrich salió con María Zeller tras los talones gritando y haciendo gestos. Pamela dio unos pasos y se volvió para confrontar a Zeller. Brenda no pudo oír nada por encima del sonido de la música y el abanico, pero parecía que Pamela le ordenaba a Zeller volver a la casa. Zeller gritó un poco más, se giró y volvió a entrar en la casa y cerró la puerta. Ella se quedó mirando en la ventana. Si las miradas pudieran matar, Pamela habría estado perdida.

Pamela se acercó a la patrulla de Mike y golpeó ligeramente la ventana. Mike estaba inmediatamente alerta. Por reflejo alcanzó su arma, y luego se detuvo tan pronto como abrió los ojos y vio quién era. Pamela le indicó con un gesto, "Sal." Se llevó un dedo a la boca e hizo una señal de dormir. Mike abrió silenciosamente la puerta y salió sin despertar a Tracey.

"Decidí tomar la fuerte recomendación del Sheriff Dunlevy y quitarle la niña a esta madre de crianza," dijo Pamela en voz baja. "Claramente ha sido un mal ajuste. Esta es la primera vez que tenemos problemas con esta casa en particular, por lo que no vamos a retirar su licencia, pero el bienestar de la niña es lo primero. Hasta ahora, hemos tenido suerte de que la niña no se haya perdido, pero la situación estaba llena de peligro. Considere lo que le pudo haber pasado a la niña si usted y su perro no estuviesen disponibles."

"Sí," dijo Mike, "podría haber sido un resultado mucho peor."

"Ni siquiera quiero pensar en ello," dijo Pamela.

"Vemos cosas horribles," aceptó Mike. #¿Qué le pasará a Tracey ahora?"

"Voy a tener que llevármela. No le va a gustar eso. Pero es lo mejor. Somos una pequeña agencia, pero tenemos suerte. Acabo de obtener la aprobación, hoy, de un nuevo padre adoptivo. Debería tener una habitación lista en unos días. Y, créanlo o no, él pidió una niña. Estaba planeando usarlo para un chico, pero tú tomas lo que viene en este negocio."

"¿Has dicho un él?"

"Sí, ¿por qué preguntas?"

"¿Por casualidad sería Dean Davis?"

"Pues sí, de hecho lo es," dijo Pamela.

"Pequeño mundo," dijo Mike. "Estaba hablando con él hace una hora y me habló de la aprobación de la licencia. Va a estar emocionado hasta los huesos."

"Es bueno escuchar eso. Tal vez este será un partido mejor para Tracey."

"No hay duda. De hecho, si supiera que Tracey vendría, apuesto a que podría estar listo para llevársela hoy."

"Oh, no podemos hacer eso. Tenemos procedimientos, ya sabes, para la protección de los niños."

"¿Procedimientos?"

"Bueno, sí."

"Puedo preguntar..."

"Bueno, el padre adoptivo tiene que reunirse con el niño primero para ver si lo aceptarán. Entonces, hay papeleo, por supuesto. Y tenemos que inspeccionar las instalaciones y asegurarnos de que sean seguras para el niño."

"Bueno, puedo responder por Dean y Tracey, ya se conocen. Ella lo llama su Bapa. Por eso se escapó, para ver a Bapa y Buffie, su conejo de peluche."

"¿Ah?" dijo Pamela, procesando la idea.

"Dean vive al lado del viejo apartamento de Tracey donde vivía con su madre y su papá. Estoy seguro de que podría obtener la llave y el permiso para entrar en el apartamento y conseguir a Buffie el conejo de peluche, además de la cuna de Tracey y la silla alta y toda su ropa y juguetes."

"Bueno, esto es un poco irregular, pero tenemos que poner a Tracey en algún lugar, temporalmente. Tenemos casas especiales solo para eso. Tal vez, en este caso, podría poner Tracey con el Sr. Davis, temporalmente hasta que encontremos un hogar para ella. Por supuesto que necesitaría una chaperona mujer, siempre y cuando se mantenga el estado temporal. Si se convirtiera en su padre adoptivo, una mujer ya no sería requerida."

"Excelente idea," Mike se entusiasmó. "Creo que conozco a la mujer para ese trabajo. Entonces puede solicitar quedarse con Tracey lo antes posible."

"Sí, si se aprueba como su padre adoptivo, él podría mantenerla hasta que sea adoptada. ¿Qué mujer tenías en mente?"

"Mi madre," dijo Mike.

"Oh, pensé que ibas a decir que él tenía una novia."

"Eso también," dijo Mike.

"Bueno, cualquiera de las dos estaría bien, suponiendo que aprobemos a la mujer."

"Creo que lo harás," dijo Mike. "La mujer es un policía y ella está durmiendo en mi auto en este mismo momento con la niña en sus brazos."

"Pareciera estar resolviendo todos mis problemas, Teniente McBride."

"Me alegro de ser de ayuda, señora," dijo Mike, tocando su sombrero.

"Deme unos minutos para llamar al señor Davis y obtener su aprobación."

"Oh..."

"¿No está bien?"

"Bueno, no debería interferir."

"Siga; ¿qué iba a decir?"

"Bueno, si quisiera seguirme a la casa de Dean, creo que realmente disfrutaría de una reunión sorpresa entre Tracey y Bapa y Buffie. ¿Qué dice?"

"¡Me encantaría!"

"Si esto es un juego, estoy dentro. Tomaré la responsabilidad de asegurarme de que tengan todo lo que necesitan. Déjeme llamar a la estación y a mi madre."

"Ok, mientras lo hace, llamaré a Dean y lo llevaré a la casa con un ardid, y luego lo sorprenderemos."

Después de que las llamadas fueron hechas, Mike condujo en la patrulla con Pamela siguiéndolo detrás. Dean salió de la oficina, aparentemente para reunirse con la señorita Goodrich allí para una inspección preliminar. La mamá de Mike se reuniría con él en media hora. Ella traería cosas para quedarse por una noche.

Mike estaba a medio camino de su destino cuando Brenda despertó. "Oh," dijo ella y se enderezó. "No quería dormirme."

"No hay problema. Debes haberlo necesitado, agente Goodfellow."

"¿Dónde estamos?"

"En el camino a casa", dijo Mike. "Deberíamos estar allí en unos diez minutos. Es posible que quieras arreglar tu cabello y usar algo de lápiz labial."

Brenda se quitó la visera y se examinó el pelo y las manchas bajo los ojos. Abrió el bolso, sacó un pañuelo, lo mojó con la lengua y quitó las manchas. Usó un cepillo en su cabello y un toque de lápiz labial. Satisfecha, apagó la luz del espejo y la cerró de nuevo.

Ahora que estaba despierta, algo que Mike había dicho la había impactado. "Dijiste a casa. ¿A qué casa vamos?"

"Me preguntaba cuándo lo ibas a preguntar," dijo Mike con una sonrisa. "Vamos a ver a Dean Davis."

"Pero, ¿qué hay de ella?" preguntó Brenda a Tracey.

"Bueno, todos estuvieron de acuerdo en que la mejor manera de evitar que huyera era llevarla a ver a Bapa y a Buffie."

"¡No lo dices en serio! ¿De Verdad?"

Mike asintió, "Sí".

"¡Oh, esto es maravilloso! ¡Esto es demasiado bueno para ser verdad!"

"¿No todos los cuentos de hadas tienen un final feliz?"

"Sí, por supuesto que sí. Oh, no puedo esperar a ver la cara de Dean."

"Yo tampoco. Los dos vamos a tener que esperar unos cinco minutos. "

Tracey empezó a dar vueltas. Abrió los ojos y los miró a los dos. Luego se acurrucó en Brenda y le puso el pulgar en la boca. Brenda la palmeó y sonrió. "Hola, Tracey. ¿Tuviste una buena siesta?"

Tracey asintió y se acurrucó un poco más. Brenda sacó su cepillo y alisó el pelo de Tracey, tomó su pañuelo y trató de limpiarle la cara y las manos. "Siéntate, cariño, estamos casi en casa. Mira, ahí está tu casa."

Tracey miró por la ventana. "Casa. La casa de Bapa.

"Sí, la casa de Bapa," dijo Brenda. "Vamos a Bapa para una visita."

Tracey estalló en sonrisas. "Enda también."

"Sí, Brenda vendrá también. Mike también puede venir."

Tracey miró a Mike. "Ike, también."

"Entonces está arreglado. Todos iremos a ver a Bapa."

Mike encontró un lugar de estacionamiento junto a su madre. Salió, abrió las puertas para todas las damas y ayudó a Brenda a salir. "Madre, ella es la Oficial Brenda Goodfellow y Tracey. Esta es mi madre, Grace McBride."

Ninguna de las dos mujeres había sido prevenida de la otra, pero ambas, después de haber sido educadas, se dieron cuenta. "Oficial Goodfellow, qué amor conocerte. ¿Y quién es esta jovencita encantadora?" arrulló Grace.

Tracey la miró con ojos solemnes y mantuvo el pulgar bien fijo en su boca. "Di hola, Tracey," dijo Brenda. Tracey escondió su rostro en el pecho de Brenda. Todos rieron.

"¿Vamos a entrar?" dijo Mike. "Tenemos una agradable sorpresa para Dean Davis." Subieron por la acera, Pamela delante. Subió los escalones y tocó el timbre. La puerta se abrió casi de inmediato. "¿Señor Davis?" dijo.

"Sí, soy Dean Davis y usted es la señorita Goodrich."

"Sí, eso es correcto. Felicitaciones por recibir su licencia. Tengo una niña para que la considere."

"¿Ya? ¡Oh Dios mío! No lo dices hoy."

"Pues sí," respondió Pamela. "Creo que le va a gustar esta niña." Ella dio un paso atrás para que Dean pudiera ver a los otros.

"¡Sorpresa!" dijeron Brenda y Mike con enormes sonrisas en sus rostros.

"¡Bapa!" exclamó Tracey. Se apartó de Brenda y le tendió los brazos. "¡Bapa!"

"¡Awhhhh!" exclamó Dean, con la boca abierta y los ojos muy abiertos. Abrió los brazos y Tracey casi voló por el aire.

"¡Bapa! Bapa!" Ella lanzó sus pequeños brazos alrededor de su cuello y comenzó a dar sus besos descuidados.

Dean la abrazó estrechamente y canturreó. "Oh, mi dulce bebé. Oh mi cielo. Estás en casa. Estoy tan feliz de verte. Eso es. Abrázame fuerte. Dame un gran beso. Mmm." se dio la vuelta y caminó por el pasillo hasta su apartamento, se trasladó a su interior y la llevó a la gran mecedora mullida donde comenzó a oscilar y tararear y hablar con ella. Ella le dio unas palmaditas en la cara y le tocó la boca y los ojos.

Mike, Brenda y Grace se arrastraban detrás. Olvidados por el momento, lo llevaron todo adentro.

"Creo que hemos encontrado un buen arreglo," dijo Pamela.

"¿Usted lo aprueba?"

"No he hecho ninguna pregunta," dijo Pamela. "Gracias por incluirme en este final feliz. Trabajamos mucho y duro para crear resultados como este."

"De nada," dijo Mike.

"Esto fue hermoso, de hecho," dijo Grace "y lo he disfrutado. Pero no sé exactamente por qué estoy aquí."

"Regulaciones," dijo Mike. "Tiene que haber una mujer, ya sabes. Alguien que sepa cómo detener a un bebé para que no llore, creo."

"Eso es de risa," dijo Grace. "Dean no parece necesitar ayuda."

"Puede que necesite una mano con el entrenamiento para ir al baño," dijo Mike.

"Tienes razón," dijo Grace.

"Y el baño," dijo Pamela. "Hay reglas sobre hombres y niñas."

"Oh, por supuesto," dijo Grace. "Bueno, estaré más que feliz de intervenir, cuando y si me necesitan."

"Bueno, tal vez solo el tiempo suficiente para que se bañe y se ponga el pijama durante los primeros días. No necesitarás estar aquí todo el tiempo."

"Puedo ayudar cuando no esté de servicio," se ofreció Brenda.

"Muy bien, eso suena como un buen plan. Usted y la Sra. McBride pueden elaborar un horario con Dean. Por mi parte intentaré apresurarme con los papeles para el estatus de padres de crianza temporal, asumiendo que el Sr. Davis esté de acuerdo."

"Él estará de acuerdo, o me comeré mi sombrero," dijo Mike.

Dean intervino, "Estoy de acuerdo. ¡Estoy de acuerdo!"

"Bueno, hola Dean," dijo Mike. "Veo que has vuelto a la tierra."

Dean seguía sonriendo. "Estaba guardando esto como una sorpresa para ti, Brenda. Y resultó que el sorprendido fui yo."

"¿Qué quieres decir?" preguntó Brenda.

"Solicité una licencia para padres de crianza temporal y fui aprobado esta mañana. He estado arreglando mi cuarto de huéspedes. Esta noche te iba a sorprender. ¿Qué tal?"

"¡Oh, qué dulce de tu parte! Eso es maravilloso," Brenda sonrió. "Pero ¿estás listo para una niña?"

"En realidad, la señorita Goodrich me dijo que esperara a un niño mayor. Me temo que no estoy bien amoblado para una niña, pero lo haremos, ¿no es así Tracey?"

"Sí," dijo Tracey.

"Bueno, tengo permiso del Capitán para sacar las cosas de Tracey de la puerta de al lado y traerlas aquí," dijo Mike. "Tengo tiempo. ¿Quieres que Brenda y yo hagamos eso?"

"¡Eso sería genial!" Dijo Dean.

"¿Puedo ayudar?" preguntó Grace.

"Solo los policías pueden entrar en el apartamento, pero puedes ayudar en este extremo. Brenda y yo podemos llevar las cosas."

"Bien, vamos a trabajar," dijo Grace.

"Su habitación estará en el pasillo, primera puerta a la izquierda," dijo Dean.

## Capítulo 12
¡Sorpresa!

El Capitán Burns observaba desde el puente mientras sus barcos Defender se lanzaban. *Bueno, están fuera*, pensó. *No hay nada más que pueda hacer para estar seguro de que están listos*. Burns suspiró y se preparó para una larga espera. Todo lo que habían hecho durante las últimas dos semanas condujo a este momento: esta misión.

A bordo del barco de mando, el Teniente Eugene "Bart" Bartholomew hizo un balance de su gente y barcos. *Aquí vamos*, pensó. *Esta es la oportunidad que hemos estado esperando y por la que hemos estado trabajando*.

Las cámaras de espionaje que Mark y Seth habían instalado funcionaban perfectamente. Mostraron claramente que la cocaína había estado siendo cargada al submarino durante tres horas. Bart planeaba tener su bote en el lugar de la emboscada en menos de una hora. La experiencia pasada había demostrado que tomó cerca de cuatro horas cargar el submarino con cocaína.

Se eligieron dos sitios de emboscada, basados en informes del satélite espía que vigilaba las islas que rodeaban la base submarina y en misiones de reconocimiento realizadas por los barcos Defender desde el Monitor. Había dos rutas diferentes por las que los submarinos generalmente salían de las islas. No era cierto por qué variaron las rutas; tal vez era debido a cambios en las mareas y el clima o simplemente el capricho de la persona a cargo.

Los barcos Defender del Merrimac bajo el comando del Teniente Bartholomew se instalaron en un sitio de emboscadas y los barcos Defender del Monitor cubrieron el otro. Ambos comandantes tenían información desde el satélite y las cámaras espía. Sabrían el momento exacto en que el submarino abandonaba la base y podrían seguir su avance a través de las islas.

Bart tenía los dedos cruzados, esperaba que el submarino apareciera en su camino. ¿Por qué no lo haría? Se había entrenado para este trabajo y quería hacerlo. Se había unido a la Guardia Costera en primer lugar porque su propia familia tenía experiencia con la horrible destrucción provocada por la cocaína. Su hermana era una víctima. Murió dejando un marido y tres hijos. Bart tenía una llama ardiendo en su intestino por las serpientes más bajas que se arrastran en el mundo -los narcotraficantes. Nunca hablaba de eso. Más bien, se dedicaba a su trabajo de una manera tranquila y profesional ganando el respeto de todos en su equipo.

"El submarino objetivo está saliendo del muelle," informó Tim, el marinero mirando al monitor. "Equipos 1 y 2 partan a las estaciones asignadas," -ordenó Bartolomé. "Los barcos Defender se reportan."

"Barco 2, en la estación."

"Barco 3, en la estación."

"Barco 4, en la estación."

"Todos los barcos, en la estación," informó Bart. "Manténnos actualizados sobre el avance del submarino, Tim."

"El submarino está a medio camino de la entrada," dijo Tim. Todo el mundo trataba de respirar con normalidad a medida que el tiempo pasaba.

"El submarino llegó al final de la entrada."

"Girando a la derecha."

Bart hizo una mueca y le dio a su tripulación la señal de los pulgares hacia abajo. Esto significaba que el submarino se dirigía hacia la segunda opción, la ruta que estaba cubierta por los barcos del Monitor.

"Equipos 1 y 2, en guardia. Parece que nuestro objetivo fue al otro lado," informó Bartholomew. "Seguiremos esperando, en caso de que los barcos del Monitor necesiten respaldo." Bart sabía que era tan improbable que era casi imposible. Sin embargo, seguirían órdenes.

"Teniente," dijo Tim, una nota de incredulidad en su voz.

"Sí, marinero," dijo Bart.

"¡Hay otro submarino que sale de la base!"

"¿Qué?"

"Otro submarino está dejando la base. Eche un vistazo, señor."

"¿De dónde salió?"

"No lo sé. Debían tenerlo completamente escondido."

"¿Podemos saber si está cargado?"

"Es difícil decirlo, señor, pero está bajando en el agua, igual que el otro submarino."

"Tal vez uno de ellos es un señuelo."

"Podría ser, señor."

"Llamaré al Capitán Burns."

"Barco de Comando a Burns," dijo Bartholomew.

"Bueno, Bart."

"¿Ves lo que veo?"

"Sí."

"¿Atacamos, señor?"

"Sí, si viene en tu dirección. Si sigue al otro submarino, el Monitor puede tener problemas para manejar ambos."

"Lo conseguiremos, señor, sea cual sea el camino."

"Siga adelante Teniente," dijo el Capitán Burns.

"Aquí viene, señor," dijo Tim.

Efectivamente, el sub estaba girando a la izquierda.

"Equipos 1 y 2, salgan. Informen cuando estén en la estación. Todos los barcos mantengan posiciones," dijo Bart. Esperó, totalmente preparado, totalmente concentrado.

"Equipo 1 en el lugar."

"Equipo 2 en el aire."

"El submarino se acerca," informó Tim. "Tiempo Estimado de Llegada 30 segundos. 20 segundos, 10... 9... 8... 7... 6... 5... 4... 3... 2... 1.. ¡llegó!"

Dos comandos salieron del agua en un rápido movimiento y subieron al submarino. Un hombre golpeó con un dispositivo de destrucción de señal en las antenas, mientras que el otro hombre cortó el cable. Se deslizaron silenciosamente de vuelta al agua cuando un helicóptero del Merrimac apareció sobre el submarino. Dos hombres atacaron el submarino. Pronto colocaron explosivos y saltaron mientras la escotilla soplaba. Dos hombres más atacaron y arrojaron granadas de gas lacrimógeno por la escotilla.

Los barcos Defender en espera se movieron adentro y rodearon el submarino. Los hombres armados se arremolinaron sobre el submarino mientras su tripulación salía de la escotilla y se quedaba sin aliento. Fueron rápidamente sometidos, esposados y trasladados bajo guardia a los barcos. Un equipo de personas conectó cables de remolque al submarino desde un bote Defender. Todos los equipos regresaron a sus respectivas embarcaciones.

El Teniente Bartholomew ordenó a cada capitán que hiciera un conteo.

"Todo el personal presente y contabilizado," informó cada uno de los patrones.

"Buen trabajo, gente. Tim, ¿hay más submarinos abandonando la base?"

"Negativo, señor," dijo Tim.

"En ese caso, todos los Defender regresen al crucero," dijo Bart.

"Ya ya señor."

"Buen trabajo, gente. Ocúpense de esos prisioneros y del submarino capturado con su carga," ordenó Bart.

De vuelta a bordo del Merrimac, el Capitán Burns confirió con su contraparte en el Monitor, la Capitana Lynne Lycombe, su esposa. "Nuestros barcos se dirigen a casa con un pez a remolque y sin pérdida de vidas o daños," informó Lynne.

"Felicitaciones, capitán," dijo Burns.

"Gracias, capitán," dijo Lynne. "¿Tienes el otro objetivo?"

"Sí, lo hicimos," dijo Burns. "¡Eso fue una sorpresa!"

"¿Tenías alguna idea de que había otro?"

"Ni idea."

"Nuestras cámaras deben haberlo perdido, pero no veo cómo."

"Bueno, tal vez podamos ver algo. Depende de la duración de las baterías de la cámara."

"Manténnos informados de lo que encuentres en el submarino, Burnzee."

"Igualmente. Cambio y fuera."

## Capítulo 13
<u>El Inspector y su Copiloto</u>

El Inspector Félix López y su nuevo asistente, Carlos Delgado, empujaron sus bandejas de almuerzo a lo largo de la fila en el Waterfront Café. Al mismo tiempo, inspeccionaban casualmente la habitación con la esperanza de encontrar a su presa, Leonardo, el gerente. El inspector López, adelantándose a Carlos en línea, fue el primero en acercarse a la caja. "Buenas noches, Eldora," dijo López con una amplia sonrisa, después de notar su nombre. "¿Cómo has estado?"

"Buenas noches," dijo Eldora, chasqueando sus ojos oscuros.

"No he oído hablar de ti últimamente," prosiguió López, como si fueran viejos amigos.

Eldora lo miró más de cerca, sin duda tratando de pensar de dónde lo conocía; cuando, la verdad era que nunca lo había visto antes.

"¿Cómo ha estado tu querida madre?"

"Un poco más débil, lamento decir," respondió Eldora.

"Siento mucho escuchar eso. ¡Qué señora tan adorable!" dijo el inspector.

"Sí, eso es verdad, gracias," dijo Eldora.

"Y tu gerente, Leonardo, no lo veo por ahí."

"Estoy seguro de que está por aquí en algún lugar. Probablemente atrás en su oficina."

"Quizás me pase a saludar antes de que nos vayamos."

"Estoy segura de que le encantaría verte," completó la cuenta del Inspector, sacó el cambio y le entregó una factura. Empezó a sonar la pestaña de Carlos, insinuando que López debía seguir adelante; lo que hizo después de un final, "Adiós, por ahora, Eldora."

Los dos hombres eligieron una mesa en una esquina donde podían ver todo el café sin ser obvios. Sus tácticas fueron recompensadas poco después cuando Leonardo salió de las habitaciones traseras. "Es él," susurró Carlos. "Ese es Leonardo."

"Ah, ojos agudos, Carlos," dijo el inspector. "Sin ti, podría no haberlo reconocido. Parece bastante joven, ¿no crees? Y bastante guapo, también. Tiene una cierta virilidad en los ojos. Si eso es. Lo habría reconocido. Sí, de hecho sí. Él tiene una naturaleza malvada en el fondo. Está muy claro."

Carlos se asombró por ese soliloquio por parte del Inspector López y lo miró con admiración. "Entonces, ¿tiene un plan?"

"Oh, sí, querido muchacho. Indudablemente, siempre tengo un plan."

Al parecer, el Inspector López no iba a compartir su plan.

Carlos esperaba, expectante, mientras Félix se acariciaba el bigote.

"Todo a su debido tiempo, querido muchacho, todo a su debido tiempo."

Continuaron observando a Leonardo mientras caminaba hacia Eldora, la cajera, y le hablaba. Ella parecía contestarle, mientras buscaba algo en la habitación. Finalmente, señaló la mesa de Félix y Carlos, guiando la mirada de Leonardo. El gerente, al verlos, se dio la vuelta y entró en la parte de atrás.

"Ah, tal como esperaba," dijo López. "Ven conmigo."

El inspector se apresuró a la puerta y se dirigió rápidamente a la parte trasera del edificio, fundiéndose en la sombra de una puerta. En poco tiempo, Leonardo, el gerente, salió y miró a izquierda y derecha. Luego se escabulló por el callejón oscuro -un hombre en una misión- con Félix siguiéndole los pasos.

Después de 5 o 6 manzanas el hombre desapareció en la puerta de atrás de una casa de habitación destartalada y subió las escaleras hacia una habitación. El Inspector y Carlos esperaron en las sombras hasta que Leonardo salió y se dirigió al frente de la casa. Llevaba una valija pequeña. En cuestión de segundos, apareció un taxi, dejo subir a Leonardo, y aceleró.

"¿Va a dejarlo escapar?", Preguntó Carlos en consternación.

Félix sonrió a su compañero más joven, "Parece que nuestro amigo gerente va a algún sitio a toda prisa. ¡Qué afortunado para nuestros propósitos! Ven conmigo."

Desconcertado, Carlos lo siguió a través de la puerta trasera y subió las escaleras.

"Esto nos da una buena oportunidad para echar un vistazo alrededor sin ser molestados," explicó Félix. Hizo un breve trabajo en la frágil cerradura de la habitación. Sacó una pequeña linterna y empezó a inspeccionar el local. "Hmm," dijo Félix, y acarició su bigote. "Ahora, piensa, Carlos; si tuvieras solo 5 minutos para ocultar algo pequeño y de gran valor, ¿dónde lo pondrías?"

"¿Bajo el colchón del sofá-cama? ¿En el escritorio? ¿Debajo de la alfombra? ¿En la cafetera? ¿En el cajón de la ropa interior? ¿Enrollado en las persianas?"

A todas estas sugerencias, Felix se limitó a decir, "Mmm," y acarició su bigote. "Sé más creativo en tu pensamiento, querido muchacho."

"Fijada a la parte inferior de algo, como el cajón de un escritorio, o detrás de una fotografía, o dentro de un libro."

"Eso está mejor," asintió Félix. "Pero, todavía no lo has encontrado."

Carlos se limitó a mirarlo fijamente. "¿Ya lo sabe?"

"Tal vez, tal vez no. Uno debe buscar pistas," dijo Félix.

"De acuerdo," dijo Carlos, ansioso por aprender. Siguió la luz cuando Félix la encendió en una dirección, y luego en la otra.

"¿Qué ves?"

"Nada más que paredes."

"Eso es correcto; pero mira de nuevo, ¿qué más ves?"

"Veo paredes con cuadros en las paredes y una ventana y una puerta."

"¿Qué más ves?" preguntó Félix con impaciencia.

"Uh," dijo Carlos.

"Bueno, olvídate de eso por ahora, mira por aquí," movió la luz hacia un viejo escritorio destrozado, sin duda rescatado de una tienda de reventa. "Dime qué ves."

Aliviado de tener un cambio de dirección, Carlos describió la apariencia de la mesa en detalle y la basura asentada en la parte superior del escritorio.

"Muy bien, Carlos, ¿ahora qué te dice esto?"

"¿Debería decirme algo?"

"No por sí solo, sino que lo puso contra la pared," dijo el Inspector con irritación.

Confundido, Carlos solo pudo sacudir la cabeza.

Félix suspiró. "Déjame mostrarte lo que veo. Se acercó a la mesa y cogió un abridor de cartas y un frasco de pasta. Olfateó el abrecartas y la pasta y se lo ofreció a Carlos. Tiene un olor distintivo, ¿no? Podrías haberlo notado cuando entramos. Creo que el frasco fue abierto recientemente permitiendo que las moléculas de su fragancia estén sueltas en la habitación."

"Ya veo," dijo Carlos, aunque no veía nada.

Félix dejó el frasco sobre el escritorio y se acercó a la pared con el abrecartas en la mano. "Ve aquí donde el papel tapiz se une con el marco de la puerta hay un lugar que parece estar ligeramente descolorido, como si estuviese un poco húmedo. Si mi teoría es correcta, podemos sacar cuidadosamente el papel tapiz de la pared aquí en este mismo lugar." El Inspector López insertó el abrecartas bajo el papel tapiz. "Así que, Carlos, la presencia de pasta húmeda indica que el papel tapiz fue recientemente alterado."

Utilizando sus dedos sensibles, Félix apretó el papel. "Ahá," dijo, "Creo que detecto un pequeño objeto redondo debajo del papel. ¿Podría ser? ¡Sí lo es! La moneda de oro, muchacho." López rió con alegría. Entonces su rostro se volvió repentinamente solemne. "Debemos revisarla contra la fotografía que tomé, inmediatamente." Limpió la moneda con su pañuelo y la dejó sobre el escritorio. Sacó su teléfono inteligente y buscó la foto que había mostrado antes a Carlos y la dejó sobre el escritorio junto a la moneda. "¿Qué piensas, Carlos?"

Carlos examinó los dos. "Muy difícil de saber, con certeza, pero parecen bastante similares."

Félix amplió la imagen para mostrar el detalle. Sacó la lupa de su joyero y escudriñó la moneda, comparándola con la fotografía. "Idéntico," dijo Félix, mientras se enderezaba y se frotaba la espalda. "Vamos a echar un vistazo al reverso." Una vez más, se inclinó sobre la moneda. "Ah, aquí está la prueba que necesitamos, un pequeño defecto. No hay dos monedas que tengan el mismo defecto." Al enderezarse una vez más, sacudió la cabeza tristemente. "Me temo que este no es un buen augurio para mi amigo Juan, el propietario de la tienda de empeño donde tomé esta misma foto." Félix cogió su teléfono y buscó el número de teléfono del cuartel general.

"Hola, Inspector Félix López. ¿Sería tan amable de enviar una patrulla a la tienda de empeño de Juan en Broad Street?... Sí, esa es, la tienda de empeño de Juan... Tengo mucho miedo de que Juan, el dueño, se haya encontrado con un juego sucio... Sí, por favor... Avísame lo que encuentres."

"Pronto sabremos de ellos. Debemos aprovechar esta oportunidad. Aquí Carlos, ¿podrías tomar el teléfono inteligente y tomar fotos de todo. Toma varios ángulos de la mesa mostrando la moneda en su lugar y varios del papel tapiz." Carlos comenzó a fotografiarlo todo lo más rápido posible mientras Félix examinaba los papeles sobre el escritorio. Luego, miró dentro y debajo de los cajones, detrás de las fotos y dentro de las persianas. Carlos tomó nota de esto y escondió una sonrisa.

Carlos terminó con las fotos cuando el teléfono celular sonó.

"Habla el Inspector López... sí... ya veo... Eso es muy desafortunado... Por supuesto... de inmediato." Félix dio la dirección en la que se encontraba y colgó. "Carlos, tenemos muy poco tiempo. Ayúdame a mover esta cama de día." La cogieron por uno de los extremos y la trasladaron al centro de la habitación. Examinaron la cama de día, por dentro y por fuera, sin encontrar nada de interés. "Vamos a enrollar esta alfombra." Trabajaron como un equipo para enrollarla hasta la cama y luego comenzaron a palpar y levantar los periódicos que cubrían el suelo. Nada más que viejo papel de periódico y polvo. Félix empezó a estornudar y a toser. Sacó su pañuelo y se sonó la nariz.

"Quiero quitar la cama de día de la alfombra para que podamos inspeccionar todo," dijo Félix. A lo lejos se oyó el débil sonido de las sirenas. "Tenemos que darnos prisa," dijo Félix. Levantaron la cama sobre la alfombra hacia el periódico y terminaron de enrollar la alfombra por completo. "Aquí," dijo López. "Siento algo, ¿no?"

Antes de admitir algo, Carlos se agachó junto a Félix. "Aquí debajo," dijo Félix mientras levantaba capas de periódicos, uno por uno. De nuevo, empezó a estornudar. Cubriéndose la boca y la nariz con su siempre presente pañuelo blanco, dijo, "Hazlo tú, Carlos."

Carlos levantó las hojas de papel y las puso a un lado.

"¡Ah! ¡Tal como pensé!" Las monedas desaparecidas brillaban y guiñaban bajo la luz del flash. "Cuéntalas," sugirió Félix.

"1... 2... 3... 14... 15... 16... 17... 18. Solo falta una."

"No, en absoluto. La tengo yo." Felix recordó el montón de monedas de oro y plata que había comprado al segundo prestamista. Las sirenas se acercaban. "Toma una foto de esto," dijo Félix. Carlos tomó varias. Rápidamente Félix cogió las monedas y las añadió a donde tenía la otra en el bolsillo. "Tenemos que darnos prisa," dijo Félix. "Ven, ayúdame a desenrollar esta alfombra y a colocar la cama de día contra la pared."

Las sirenas se hicieron mucho más fuertes y se detuvieron fuera de la casa. "Ah, todo está como estaba," dijo Félix. "Buen trabajo, Carlos." Sonaron pasos en las escaleras. "Recuerda, ni una palabra," advirtió.

Un fuerte golpe sonó, "¡Policía, abra!", exigió una voz.

Félix se incorporó, se acercó a la puerta y la abrió con un ademán. "Vengan, oficiales. Gracias por llegar pronto. Soy el Inspector Felix López. Los dejaré para que aseguren este locales y busquen a fondo la evidencia. Mientras tanto, haré que su patrulla nos lleve a la estación de autobuses donde sospecho que podremos arrestar al autor de un asesinato atroz. Vamos Carlos." López salió de la habitación dejando una ráfaga de polvo como su estela.

\* \* \*

Félix se inclinó hacia delante y miró por la ventana. "¿Ves algo, Carlos?"

"Ahí va," gritó Carlos. "Va en direccion a ese bus."

"Tenemos que detenerlo. ¡Date prisa!" dijo Félix. Corrió durante medio minuto y se incorporó, jadeando para respirar. "Vaya tras él, oficial. Ese hombre alto con la maleta. Apenas está subiendo al autobús."

El patrullero era joven y rápido, pero el autobús se estaba alejando cuando lo alcanzó. Sacó su pistola. "Alto, Policía. ¡Alto, dije!"

Era demasiado tarde. El autobús rugió fuera de la estación en una nube de gases nocivos. El patrullero regresó. "Lo siento, Inspector, llegamos un poco tarde."

"No tiene importancia, oficial, se lo aseguro. Simplemente lo haremos arrestar más tarde. Por favor, vaya adentro e informe a la persona a cargo que los oficiales se reunirán con el autobús en la siguiente parada. Averigüe dónde está y comuníquelo por radio al cuartel, junto con una descripción del sospechoso."

"Sí, señor, enseguida, señor."

&ast; &ast; &ast;

"Todo en orden, Inspector. La policía se encontrará con el autobús," dijo el patrullero, mientras ponía en marcha el auto y salía del autobús. "¿A dónde ahora, Inspector?"

"Estoy listo para entrar, tenemos un gran día mañana y necesitamos empezar temprano. Lleva a mi asistente, aquí, a su casa de huéspedes en el paseo marítimo, y entonces puedes dejarme en mi casa."

El Inspector López se acomodó en su asiento y dio un gran suspiro. "Un buen día de trabajo, Carlos. Lástima lo de Juan."

"Sí, lo es," aceptó Carlos.

"Mañana por la mañana, ¿puedes estar listo temprano?"

"Sí, por supuesto."

"¿Qué pasará con tu negocio si nos vamos por unos días?"

"Vamos a sobrevivir."

"Puede ser hasta una semana."

"Yo me encargaré."

"Bueno, vamos a dar un paseo por las montañas."

"¿Oh si?"

"Prepara una mochila, usa botas y sombrero. Podríamos tener que montar un burro alguna vez."

"Buenas noches, Inspector."

"Buenas noches Carlos."

## Capítulo 14

Francisco

Habían transcurrido dos días y tres noches desde que Francisco había llamado a la casa de subastas. Era hora de tomar su dinero y dirigirse al norte hasta Arizona. Había renunciado a su trabajo en la mansión al cierre de la jornada de trabajo de ayer. Eso había sido difícil y emocional. Se había encariñado con Victor, el bondadoso Jefe de Yarda y con Cook, que le había proporcionado comidas suntuosas durante dos semanas. "Dios te bendiga," susurró ella mientras lo envolvía en un abrazo de despedida que casi le quitó el aliento. "¿Volverás?" preguntó el Jefe.

"Tal vez," respondió Francisco. No tenía el corazón para decirles la verdad.

Ahora esperaba a que el Vicepresidente Asociado saliera de su oficina. Una vez más recogió el brillante catálogo y volvió a la página mostrando la moneda de oro ampliada a muchas veces su tamaño real, que representaba detalles intrincados que Francisco no había podido ver a simple vista. Le dio una nueva apreciación y orgullo sobre la habilidad de sus antepasados al tallar estas monedas a mano.

"Buenos días, señor Pisarro, tengo una noticia maravillosa para usted. Por favor, entre en mi despacho." Francisco lo siguió por un pasillo y se dirigió a una oficina en la esquina iluminada con vistas a la ciudad. "Por favor, siéntese," dijo el vicepresidente, indicando una silla cómoda. Francisco se sentó en la silla más blanda que había acunado su trasero jamás. "Le daré los emocionantes resultados en un momento, pero primero déjeme decirle lo que ha estado sucediendo desde que estuvo aquí por última vez."

"Sí, por supuesto." Francisco asintió.

"Después de que usted entregó su ultimátum, que todavía pensamos fue imprudente, por cierto; inmediatamente pusimos en marcha una subasta temprana. Muy inusual, debo decir. Nos pusimos en contacto con todos nuestros compradores de monedas raras, así como otros que habían mostrado interés. Debo decirle que teníamos todo un personal trabajando todo el día contactando a estas personas. Vamos a absorber el costo adicional de esta venta anticipada ya que esperamos obtener una comisión fina."

"Esta es una de las mejores monedas de oro que jamás hayamos ofrecido. Debido a la asombrosa belleza de la moneda, recibimos ofertas de todo el mundo."

Francisco asintió y sonrió para sus adentros. Sabía que había ofrecido la más pequeña y mínima de todas las monedas de su colección. ¿Qué diría el V.P. si veía la colección entera? El pobre ya había agotado su vocabulario de superlativos.

"Aquí está una lista de las ofertas que recibimos," dijo el V.P. Entregando a Francisco tres páginas de números mecanografiados. "Usted notará que he destacado las tres mejores ofertas. Puede elegir entre esas tres."

Francisco leyó las tres ofertas. Los montos eran idénticos 500.000 pesos.

"Cantidades impresionantes, ¿no?" preguntó el V.P.

"Sí, supongo que sí, pero ¿quiénes son estas personas?"

"Oh, lo siento, señor Pisarro, no podemos revelar la identidad de nuestros clientes. Les asignamos números para propósitos de licitación. Los nombres reales son confidenciales."

"¿Qué puede decirme de esta gente?

"Oh, señor, esto es muy irregular. Nadie ha cuestionado nunca la identidad de nuestros compradores."

"Tiene que haber una primera vez para todo," dijo Francisco.

"Tendré que hablar con alguien más arriba. ¿Me disculpa?"

"En realidad, no, prefiero que no," dijo Francisco.

"¡Qué!"

"No," dijo Francisco. "Me temo que no puedo permitir eso. Si va a haber una reunión sobre mí y mi moneda, debo insistir en ser incluido."

"Bueno, supongo que puede venir si insiste."

El V.P., cuyo nombre de repente parecía importar, llevó a Francisco al otro lado del pasillo a una oficina aún más grande con sillas aún más suaves. Se inclinó ligeramente hacia el hombre aún más importante sentado detrás de un escritorio aún más grande. "Señor Soto, disculpe la interrupción."

"Sí, Vicepresidente Guzmán, ¿qué ocurre?"

"Señor Soto, él es el señor Pisarro, dueño de la moneda de oro."

"Bueno, al fin nos reunimos," dijo el señor Soto con una voz en auge.

"¿Cómo está?" dijo Francisco.

"Así que es usted el que está causando a mi pequeño negocio dos días de interrupción."

Francisco asintió, "¿puedo sentarme?"

El Sr. Soto frunció el ceño ante Guzmán. "¡Siéntese, siéntese!" agitó una mano.

"¿Qué lo trae aquí, señor Francisco?"

"El vicepresidente Guzmán se niega a decirme quiénes son los tres mejores postores para mi moneda," dijo Francisco.

Soto miró furioso a Guzmán. "¿Es eso así?"

"Señor, es política de la compañía, usted mismo lo dijo," gritó Guzmán.

"No me acuerdo de nada de eso," dijo Soto.

Guzmán empezó a levantarse.

"¡Dije SENTADO!"

"Sí, señor," dijo Guzmán.

"Ahora, señor Pisarro," sonrió Soto a Francisco mostrando un bocado de caros dientes blancos, "estoy seguro de que tiene excelentes razones para su petición. Déjeme ocuparme de eso por usted." Presionó un botón.

Una mujer hermosa entró en la oficina con tacones de aguja, llevando un bloc de notas y una pluma. "Sí, señor Soto," sonrió mostrando otro conjunto de costosos dientes blancos.

"Por favor, tráigame el expediente de la moneda de oro, señorita Aguaro."

"Sí, señor. De inmediato, señor." Se fue revelando una postura bien formada y una buena longitud de piernas. El señor Soto estaba hipnotizado viéndola irse. En un momento, ella volvió y colocó una carpeta en su escritorio.

Soto abrió la carpeta. "¿Qué significa esto, Guzmán?" preguntó. "Falta la lista de ofertas."

"La tengo aquí, señor," dijo Guzmán en voz baja.

"¡Bien! ¡Dámela, idiota!"

Guzmán extendió los papeles, luchando para no temblar.

Soto se la arrebató, se giró y sonrió a Francisco. "Ahora, señor Pisarro, tenemos unas buenas ofertas. Ha habido un gran interés en su moneda. Si nos da unos días más, estoy seguro de que podemos duplicar las ofertas."

"No, gracias," dijo Francisco.

Soto frunció el ceño.

"Dígame quiénes son las personas que han hecho las mejores ofertas. No me importan sus nombres, pero debo saber algo sobre ellos. Es importante que mis monedas ancestrales no sean profanadas."

"Oh, querido señor Pisarro, eso nunca podría suceder. Su moneda recibirá la máxima seguridad y respeto," dijo Guzmán, tratando de recuperar el estatus perdido.

"Bueno, entonces no tenemos ningún problema," dijo Soto mirando a Guzmán. "Nos complacerá proporcionarle un expediente completo sobre los compradores, simplemente borrando sus nombres y direcciones."

"Bien," dijo Francisco, con una mirada significativa al reloj de la pared.

"Bueno, Guzmán, siga adelante. Está desperdiciando el tiempo del señor Pisarro y el mío." Soto se levantó y le ofreció una mano, luego lo pensó mejor y cogió un artículo en su escritorio. "Hasta que volvamos a reunirnos, señor Pisarro, buena suerte con su venta. Espero que nos tenga en mente cuando esté listo para deshacerse de más de su colección."

"La lista, señor Soto," dijo Francisco, extendió la mano y tomó la lista. "Que tenga un buen día."

Guzmán ya se había ido. Francisco se giró y salió de la oficina de Soto y cruzó a la oficina de Guzmán. Se sentó y esperó a su compañero. Evidentemente, Guzmán había tomado un desvío hacia el baño de hombres. Unos minutos después regresó. "Ahora, señor Pisarro, déjeme conseguirle la información que necesita para tomar una decisión." Se sentó y siguió como si nada hubiera pasado. "De los tres compradores, recomendaría el primero como el más responsable. Sin embargo, están todos en el tope de los colectores más grandes del mundo, se lo aseguro. Cada uno tiene una extensa colección mantenida en habitaciones con control atmosférico. Como decía, el primer comprador es de Indonesia. Tiene una gran mansión que vale miles de millones."

"¿Qué hace él?"

"Por qué, nada."

"¿El segundo comprador?"

Guzmán se aclaró la garganta. "El segundo comprador es un jeque petrolero de un pequeño reino cerca de Arabia Saudita. Tiene una gran finca y una extensa colección de arte. Dicen que requiere un personal de docenas solo para mantener sus establos y sus automóviles. Tiene siete esposas y veintinueve niños, en la última cuenta."

"¿Qué hace él?" preguntó Francisco.

El señor Guzmán comenzó a toser prolongadamente. "Perdóneme, ¿qué decía?"

"No importa. Solo dígame quién es el próximo."

"La última oferta viene de alguien que realmente no puedo recomendar. No estoy seguro de que su fortuna sea confiable. Vive en París y pasa mucho tiempo en los casinos de clase alta. Afirma ser un príncipe y un sobreviviente de los Romanov rusos, pero nadie sabe cómo consiguió su fortuna, o, de hecho, si realmente tiene una. Sospecho que es algo así como un gigoló para señoras ricas aburridas." Guzmán sonrió por detrás de su mano. "Entonces, señor Pisarro, ¿cuál es su elección?"

"Ninguno de ellos, señor Guzmán."

"Pero, señor," le espetó Guzmán. "Eso es imposible."

"Ninguno de ellos, señor Guzmán," respondió Francisco. "¿A quién más tiene?"

"Pero, señor," dijo Guzmán, "tenemos un contrato."

"Creo que el contrato requiere un comprador adecuado, a ser determinado por mí," dijo Francisco.

"Sí, pero…"

Un discreto golpe tocó la puerta.

"Sí, ¿qué ocurre?" preguntó Guzmán, mostrando irritación.

Una mujer de mediana edad, vestida con un atuendo sin forma, entró en la habitación con zapatos cómodos. Miró a Guzmán a través de unas gafas de montura oscura. "Tenemos una oferta final adicional que acaba de llegar.¿Quieres verla?"

"¿De cuánto es?"

"Solo 15, señor."

"¿Quince millones? Maravilloso. Déjeme verla." Guzmán sonrió.

"No, señor, quince mil."

"¿Quince mil dólares?" preguntó Guzmán.

"Quince mil pesos, señor" dijo la secretaria.

"¡No me molestes con basura! Tenemos una importante conferencia en curso aquí," dijo Guzmán, hinchándose tanto como podía.

Salió con prisa de la habitación.

"¡Espere!" dijo Francisco levantándose de su silla. "¿Puedo ver esa, por favor?"

Ella le extendió el papel y se escabulló de la habitación, confundida.

"¡Esta oferta es de mi país de origen!" Francisco estaba eufórico.

"Un Inspector López. ¡Sí! Esta es la que vamos a tomar, señor Guzmán."

Guzmán se puso blanco y empezó a temblar.

"Llámelo de inmediato y dígale que aceptamos," dijo Francisco. "Esta es una noticia maravillosa."

"P-pero señor, debo protestar," dijo Guzmán. "Estaría vendiendo eso por una mera fracción de lo que vale."

"Algunas cosas valen más que el oro, señor Guzmán."

"Pero, nuestra comisión, señor Pisarro."

"Usted recibirá el 20%, según nuestro contrato."

El señor Guzmán pareció desmayarse.

"Me llevaré mi dinero en moneda de los Estados Unidos, por favor."

El señor Guzmán simplemente asintió y pareció encogerse.

"*Ahora*, si me disculpa," dijo Francisco mientras se levantaba y se retiraba del escritorio del Sr. Guzmán.

Guzmán abrió un cajón inferior y extrajo un grueso talonario de cuero. Tomó una calculadora y dividió 15.000 por 11.77. "Eso llega a mil doscientos setenta y cuatro dólares estadounidenses y cuarenta y dos centavos, menos nuestra comisión del 20%. Su ganancia es de $ 1,019.54, señor." Miró a Francisco con las lágrimas en los ojos, con la pluma sobre el cheque.

"Escriba el cheque, señor Guzmán," dijo Francisco.

Guzmán se secó los ojos, se aclaró la garganta y escribió el cheque con una mano quebradiza. Lo arrancó lentamente del libro y lo sostuvo, con la cabeza inclinada.

"Adiós, señor Guzmán. Es un placer hacer negocios con usted," dijo Francisco, mientras doblaba el cheque y lo ponía en el bolsillo de su camisa. Dejó el edificio silbando para sí mismo. Junto con sus ahorros de su trabajo, esto sería suficiente para llevarlo a Arizona. Lo mejor de todo, la moneda se iba a casa.

La siguiente parada era la estación de autobuses interurbanos. Francisco quedó impresionado con la terminal limpia y luminosa y los autobuses modernos. Su investigación fue confirmada. Los viajes en autobús a la frontera eran seguros, rápidos y eficientes. Francisco tomó un horario y un pequeño lápiz de los que estaban expuestos y se sentó para estudiar su ruta hacia la frontera. Una vez que llegara a la frontera, contrataría a alguien para que lo llevara. Había oído que los guías, llamados coyotes, estaban fácilmente disponibles.

Parece que había dos clases de servicio de autobús, primera clase y segunda clase. Claramente, el servicio de primera clase sería mucho mejor y más caro para empezar. A diferencia de las clases de servicio de aviones, las clases de servicio de autobús montaba en autobuses completamente diferentes, con mejores terminales, mejores asientos y un mejor servicio para los autobuses de primera clase.

Francisco comprobó los precios y los horarios. Se sorprendió al ver que el viaje a Arizona tomaba diez horas más que a Brownsville, Texas, 24 horas en lugar de 14 horas. Francisco miró en sus papeles hasta que encontró un mapa de México. Estaba un poco sorprendido al ver que Arizona estaba mucho más lejos que Texas. No era de extrañar que el viaje fuera más largo. *Quizás debería pensar mejor en mi plan. ¿Qué tiene de malo ir a Texas? Puedo comprar un boleto de primera clase hacia Texas por la misma cantidad de dinero que cuesta uno de segunda clase hacia Arizona.*

Al final, Francisco tomó una decisión fatídica. Eligió ir a Ciudad Juárez, que estaba al otro lado de la frontera de El Paso, Texas, justo en la frontera con Nuevo México. Este parecía un buen compromiso para Francisco. No se dio cuenta de que este era el sitio de una guerra en curso entre bandas rivales, y el sitio donde ocurrían más de tres mil asesinatos al año. Tampoco se dio cuenta de que era una ruta de contrabando de drogas y personas, y un sitio de secuestros.

## Capítulo 15
<u>Mike y sus Amigos</u>

"¿Juli? Es Mike."

"¡Mike! ¡Hola!" respondió Juliette Carolle. "No había sabido de ti en mucho tiempo."

"Lo siento, Juli. Han ocurrido muchas cosas," explicó Mike con dureza.

"También aquí," dijo Juli, poco dispuesta a parecer demasiado ansiosa. "Entonces, ¿qué hay de nuevo?"

"Uh, bueno, tengo asuntos en San Francisco esta semana. ¿Hay alguna posibilidad de que podamos reunirnos?"

"Espera un minuto mientras reviso mi agenda." Juli sacó un calendario completamente vacío. "Podría ser capaz de hacerte algún espacio."

"¿Podría ser el viernes o el sábado?" preguntó Mike.

"El viernes no, pero tengo algo de tiempo el sábado. ¿Cuándo podrías estar aquí?"

"¿Qué tal para la cena?"

"Por mí está bien."

"Ponte algo bonito. Te recogeré a eso de las siete. ¿Está bien?"

"A las siete será, entonces."

"Te he echado de menos, Juli," ofreció Mike.

"Es bueno escuchar eso," dijo Juli, pensando *Sí, claro. A otro perro con ese hueso.*

"Um, bueno, te veré el sábado, entonces."

"Sábado. Adiós, Mike.

"Adiós, Juli."

*Vaya, vaya, supongo que me merecía eso,* pensó Mike. *Será mejor que vaya toda la noche del sábado.*

Mike marcó otro número.

"Aquí Caruthers."

"Lars, es Mike McBride."

"Bueno, hola, Mike. ¿Cómo están las cosas en la Ciudad de Carson?"

"Igual que siempre, Lars. Tranquilo. ¿Y tú?"

"Oh, ha habido algunas buenas noticias. ¿Alguna posibilidad de que te aparezcas pronto por aquí?"

"En realidad, sí, por eso te llamé. Tengo una cita, el sábado por la noche, con mi novia en San Francisco. Me pregunto si podríamos reunirnos y discutir algunas ideas."

"¡Estupendo! Necesito discutir algunas cosas, también. ¿Puede ser el viernes?"

"Claro, cogeré un vuelo por la mañana."

"Iré a recogerte. Solo envíame el número de vuelo y la hora. ¿Necesita reservar un hotel?"

"No recibí la esperada invitación de Juli para pasar la noche, así que sí."

"Haré que mi asistente te prepare algo."

"Gracias amigo. Necesitaré una limusina para recogerla a las siete en punto el sábado por la noche y reservaciones en un restaurante romántico, preferiblemente donde se pueda bailar."

"¿Flores, también?"

"Algo me dice que necesitaré toda la munición disponible. Sí, también flores."

"¿Tienes un presupuesto en mente?"

"¿Necesitaré una segunda hipoteca en mi casa?"

"No temas, hombre. Tenemos conexiones. Solo trae una tarjeta de crédito con, oh, digamos, un límite de quinientos dólares."

Mike empezó a toser.

"Adiós, Mike." Lars colgó, riendo.

El compañero de Mike, Leroy Bratowski, estaba escuchando la conversación. "Suena como que vas a compensar por descuidar a Juli durante muchas semanas."

"Sí, lo voy a intentar."

Leroy suspiró, "Mucha suerte, amigo."

"Gracias, Brat," a Mike le habría gustado atreverse a preguntarle a Leroy qué había pasado con Doreen Middleton, pero odiaba sacar un tema tan doloroso.

Leroy le ahorró a Mike el problema. "He renunciado a las mujeres, de una vez por todas," comentó.

"Lo siento, Brat."

"Creí que sería diferente."

"Y yo también," dijo Mike, esperando que Leroy dijera más. "Parecía una persona maravillosa."

"¿Cómo pudo mentirme?" suspiró Leroy.

"Lo sé."

"Me dijo que no tenía hijos. Yo le creí. Tonto de mí."

"No, no lo fuiste. No digas eso. No fue tu culpa. Hiciste todo bien y fuiste honorable," insistió Mike.

"No lo sé," dijo Leroy. "No puedo decir que mis pensamientos siempre hayan sido honorables."

"Los hechos son lo que cuenta," dijo Mike. "Palabras y hechos," corrigió. "Te ha mentido con palabras de comisión y palabras de omisión."

"¡Y de qué manera!" gritó Leroy.

"Ella te usó."

"Podría decirse que sí."

"En cierto modo no puedo culparla por intentarlo. Eres un gran partido para cualquier chica."

"Hmmm," dijo Leroy. "No te dejes llevar."

"¿Has hablado con ella?"

"No, no quiero hablar con ella."

"Supongo que cuanto menos se diga, mejor, ¿eh?" dijo Mike.

"Me dejó mensajes un par de veces. Solo me hace alterar."

"No te tortures."

"No puedo evitarlo, Mike. Cuando veo un mensaje de ella, tengo que escucharlo una y otra vez."

"Ah, cielos, Brat."

"Si lo sé. Soy un glotón de castigo. ¿Qué voy a hacer, Mike?"

"No hay manera de evitarlo, Brat. Va a doler por un tiempo; Pero va a mejorar con el tiempo. Tiene que."

"¿Debería llamarla?" preguntó Leroy.

"Supongo que eso depende."

"¿De qué?"

"Bueno, es o/o..."

"Sigue."

"O la cortas, por lo sano; o estás dispuesto a vivir con una criminal condenada, que es adicta a la cocaína y el alcohol."

"¿Esas son mis opciones?"

"Me temo que sí," dijo Mike.

"Quizá pudiera estar curada."

"No hay cura," dijo Mike, "al menos, todavía no."

"Bueno, entonces, ¿cómo se supera? ¿Cómo vive la gente?"

"La abstinencia total y completa, para toda la vida, es la única manera. Tú y yo podemos tomar una cerveza, tomar un trago de alcohol, tal vez dos o tres. Incluso podemos emborracharnos una o dos veces y nuestros cuerpos lo procesarán y se recuperarán; Pero un alcohólico no puede hacer eso. No puede tomar una copa y luego detenerse."

"Pero, yo podría ayudarla, ¿no?" preguntó Leroy, buscando alguna manera de salir de su dilema.

"Eso es un error que los miembros de la familia hacen: pensar que pueden cambiar a un adicto. Oh, claro, puedes enfrentarla, puedes esconder sus cosas, tirarlas por el desagüe, gritarle, suplicarle, llorar por ella, dejarla, golpearla. Nada cambiará hasta que tome esa decisión por sí misma, y entonces será una batalla de por vida y de resultado muy dudoso, en ese sentido. La mezcla de alcohol con cocaína hace que la situación sea mucho peor. Ni siquiera puedo decirte cómo sería eso. Lo bueno es que lo descubriste antes de involucrarte."

Leroy se quedó sentado allí, con aspecto de persona miserable.

"La gente vive con la adicción, Brat. Pero muchos de ellos pierden sus familias, sus trabajos y todo lo que tienen antes de poder revertir la situación."

"¿Cómo lo hacen?" preguntó Leroy, con suerte.

"Primero tienen que desintoxicarse, lo que toma unos días. Es mejor hacerlo en un ambiente controlado con supervisión médica. Pero eso no es suficiente. La mayoría volverá a caer de inmediato, una y otra vez. El impulso es muy abrumador; y la enfermedad afecta su pensamiento. De lo contrario, la gente maravillosa se miente a sí misma y a todos los demás."

"¡Qué bien lo sé!" dijo Leroy.

"Si la víctima puede permitirse el lujo, y pocos pueden porque han gastado todo lo que tienen la alimentación de su hábito, el siguiente paso es de seis semanas en un centro de rehabilitación. Hay varios buenos en todo el país, pero son costosos. La mayoría de las víctimas volverán a caer seis meses después de salir del centro de rehabilitación. Por lo general, toma más de una época de rehabilitación seguida por una vida de terapia de grupo."

"¿Qué clase de grupo? Nunca he oído hablar de tal cosa," dijo Leroy.

"Estoy seguro de que has oído hablar de AA. Finalmente, algunas personas salen del foso con la ayuda de Alcohólicos Anónimos. Después de la rehabilitación, si la víctima puede encontrar un grupo compatible y seguir con él, puede llevar una vida bastante normal, pero habrá resbalones cuando la debilidad vuelva a empezar. Como he dicho, es una batalla de por vida."

"Incluso si Doreen pudiese sobrevivir a todo eso, ¿cómo te gustaría vivir con alguien que pasa tres, cuatro o cinco veces a la semana asistiendo a reuniones de AA? Eso no deja mucho tiempo para otras cosas, pero eso es lo que se necesita para mantenerse limpio para toda la vida."

"¿Cómo sabes tanto de eso, Mike?"

Mike solo sonrió. "Sé un poco sobre muchas cosas, amigo," se encogió de hombros. "Esto es lo que debes hacer: te recomiendo que vayas a unas cuantas reuniones de Al-Anon y a algunas reuniones abiertas de AA y que escuches las historias. Aprenderás cómo es y si puedes enfrentarlo. Entonces, si vuelves con Doreen sabrás en qué te estás metiendo, y cuáles son tus posibilidades."

Leroy apoyó la barbilla en su mano y miró la pared.

Mike volvió a su trabajo, sintiendo pena por su mejor amigo. ¡Qué asunto tan fuerte!

Mike decidió que podía necesitar algo de su terapia propia, de tipo físico. "Nos vemos luego, amigo," dijo mientras tomaba su chaqueta y su sombrero y salía.

Mike se detuvo en un estacionamiento. El letrero discreto decía "Lee Thom, Instrucción de Artes Marciales."

Mike entró en el edificio, asintió con la cabeza a la señora Lee en el escritorio y caminó hacia el vestuario de hombres. Mike se cambió su pantalón blanco y su kimono, ajustado a la cintura con su cinturón negro, guardó los zapatos en su casillero y le dio una vuelta al dial. Los cuidados y las preocupaciones del mundo parecían desaparecer cuando entraba en la sala de ejercicios, forrado con espejos, y saludaba al profesor con el ritual prescrito. Él juntó las manos en el frente, en una actitud de oración y se inclinó con respeto. El profesor Lee lo saludó de vuelta y sonrió serenamente.

Mike conocía la rutina, comenzando con flexiones, abdominales, estiramientos y rutinas de karate. El profesor supervisaba la perfección de los movimientos de Mike, ocasionalmente hacía una pequeña corrección. Luego, practicaron una serie de movimientos de ataque y autodefensa, patadas, golpes, lanzamientos y barridos, desviándose y sometiéndose el uno al otro con movimientos corporales antiguos. Al final de la hora, Mike sudaba profusamente y se sentía renovado. "Gracias, profesor Lee," dijo mientras colocaba las manos juntas y se inclinaba.

"No hay nada qué agradecer, hijo mío," el profesor Lee devolvió el saludo. "No esperes tanto antes de regresar. El cuerpo en reposo se oxida."

"Sí, profesor, tiene usted razón," dijo Mike con una sonrisa. "Buenos días, profesor."

"Buen día, hijo mío."

\* \* \*

El avión de Mike aterrizó en SFO precisamente a tiempo. Salió de la pista de aterrizaje y siguió por la larga zona de embarque más allá del puesto de control hasta donde Lars lo esperaba con una enorme sonrisa. "Saludos, amigo mío," Lars lo agarró con una sacudida de dos manos y un golpe en la espalda. "¿Cómo estuvo tu vuelo?"

"Apretado, como de costumbre, pero sin incidentes," contestó Mike. "Podemos ir directamente a tu auto. Todo lo que traje es este maletín con un solo traje y mi maletín."

"Excelente," dijo Lars, "Mi hombre está estacionado en dos. Trajimos una patrulla de policía, pensando en que no conseguiríamos un boleto."

Mike se echó a reír. "Qué perro."

"El zapato encaja," convino Lars. "Mi agenda está libre por el resto del día. ¿Tienes hambre?"

"Podría comer," dijo Mike. "Esos paquetes de cacahuetes no te llenan exactamente."

"Bien, entonces nos detendremos en algún sitio y nos pondremos la bolsa de comida." Lars abrió el maletero de la patrulla y metió el bolso de Mike dentro. "Es demasiado temprano para registrarte en tu hotel. Conozco un pequeño restaurante barato en la misma manzana. ¿Por qué no vamos a almorzar?"

"Barato suena como algo bueno," dijo Mike.

Lars miró su reloj. "Los tiempos deberían funcionar bien. Después del almuerzo podremos caminar hasta el hotel."

"Suena como un plan," dijo Mike.

Mike sacó su bolso del maletero, le dio al conductor una alegre ola de despedida y siguió a Lars al sitio de hamburguesas. Lars hizo un gesto hacia una mesa en una esquina en la parte trasera. Mike asintió con la cabeza.

Mike eligió una silla y se sentó frente a su anfitrión. Tras un rápido vistazo al menú, Mike pidió un sándwich de chico pobre, patatas fritas, ensalada y café. "Que sean dos," dijo Lars. El camarero recogió sus menús y se marchó.

"Tengo la impresión de que tenías algunas cosas de las que hablar," dijo Mike.

"Bueno, sí, hemos tenido noticias sobre el contrabando de cocaína en la costa. Buenas noticias para nosotros; tal vez no tan buenas para ti. Por eso quería darte una pista."

"¿Cómo es eso?"

El camarero llegó con su café. Lars se tomó su tiempo agregando azúcar y crema, y revolviendo. "Esta es todavía una información altamente clasificada, Mike. Entiende, no podemos dejar que el cartel se ponga al corriente." Lars miró a su alrededor cuidadosamente. "No estoy seguro de lo seguro que es este lugar. Elegí un lugar en el que nunca he estado antes. Aún así..."

"Vamos a tener que poner algo de música de tapadera," dijo Mike y buscó algunas monedas en el bolsillo de sus pantalones. Se acercó a la máquina de música e introdujo cuatro monedas. Hizo varias selecciones y regresó a su asiento.

"Buen trabajo," dijo Lars. "Ahora podemos hablar, pero mantengamos nuestras voces y nuestros ojos en alerta."

"Entiendo," dijo Mike.

"¿Recuerdas el pequeño submarino que se escapó?"

"Claro que si."

"He estado recibiendo informes de nuestros amigos de la Guardia Costera. Ellos estuvieron buscando dónde perforar en busca de petróleo y dieron con un chorro, por así decirlo."

"¿Eso es cierto? ¡Maravilloso!" dijo Mike.

"Ellos han tenido tanto éxito que las entregas casi se han secado en este extremo. Te contaré más sobre esto cuando lleguemos a un lugar seguro. Pero esta es la cosa. Cuando las entregas de un proveedor se secan, la empresa necesita encontrar otra fuente, si quiere permanecer en el negocio."

"Y esa fuente sería por tierra en lugar de por mar. ¿Estoy en lo cierto?" preguntó Mike.

"Supongo que sí, Mike. Le diste al clavo. Creo que vas a ver una duplicación y triplicación de la actividad en tu cuello de los bosques."

"Oh, Dios mío, Lars, esto es serio."

"Posiblemente muy grave," convino Lars. "Cerrar la ruta del Pacífico tuvo consecuencias no deseadas."

"Espero escuchar los detalles."

"Claro, más detalles más adelante, amigo mío. Aquí vienen nuestras comidas. Vamos a ello."

     \* \* \*

Mike se registró en su hotel, inspeccionó su habitación e inmediatamente pidió una habitación diferente al otro lado del hotel. Una vez que él y Lars se sintieron cómodos, Mike explicó. "Cambiar de habitación es solo una precaución, en caso de que mi habitación haya sido infiltrada. Moverme hace que sea un poco más difícil para ellos encontrarme."

"Esa es una buena idea, Mike. Firmar solo con tus iniciales en lugar de tu nombre completo, y pagar en efectivo ayuda, también."

"Correcto, nunca hace daño tener cuidado. Así que, Lars, voy a poner algo de música y luego quiero escuchar toda la historia."

Lars continuó actualizando a Mike respecto a la exitosa misión de los dos cortadores de la Guardia Costera, el Merrimac y el Monitor. Mike estaba hambriento de detalles y Lars estaba feliz de complacerlo.

Lars continuó, "Desde entonces, han capturado cuatro submarinos más, para un total de seis. Lo sorprendente es que el secreto no se ha filtrado. El cartel piensa que estos submarinos y su valiosa carga se han perdido en el mar. Jacobs y la compañía están furiosos, maldiciendo la mano de obra de mala calidad y los operadores mal entrenados. Dependían de esas entregas, por lo que ahora hay una grave escasez de drogas. El cartel no ha podido cumplir con sus órdenes."

"Oh, ¿no es una pena?" Mike se burló. "Eso me rompe el corazón."

"Bueno, en cierto modo, podrías estar en lo cierto, ya que Jacobs y su compañía van a intentar aumentar las entregas por todos los medios posibles, cruzando la frontera en auto, camión, autobús y avión. Eso no puede romper tu corazón, pero seguro que no le hará bien al presupuesto de tu ciudad."

"Sí, me doy cuenta de eso," dijo Mike. "La Patrulla Fronteriza captura a muchos de ellos, pero no a todos. Estamos a solo cuarenta millas de la frontera y en un camino directo a las ciudades en el norte. Los contrabandistas utilizarán a seres humanos, también, escalando cercas, cavando túneles, caminando a través de montañas y desierto, y nadando los canales y el Río Grande. Serán despiadados y no les importará que alguien se lastime."

"He oído que también están usando animales. Ya era bastante malo cuando descubrieron cómo enviar a la gente en vuelos comerciales, después de que tragaran varias docenas de sacos de látex llenos de cocaína hechos con los dedos de los guantes quirúrgicos. Ese método no habría sido descubierto de no ser porque la gente empezó a morir en los aviones cuando uno de los sacos se rompió. Ahora también están usando animales. No estoy seguro de cómo funciona."

"Suena espantoso, ¿no?" dijo Mike. "No es algo para una conversación educada en la mesa durante la cena."

"Algo de esto va a ser imposible de parar. Algo así como tratar de represar el Mississippi," dijo Lars.

"Sí, eso no ha funcionado muy bien."

Lars rió entre dientes. "Tenemos que seguir intentándolo."

"Hacemos lo mejor," dijo Mike. "¿Cuánto sabe la Patrulla Fronteriza acerca de esto?"

"Saben que la ruta de abastecimiento del Pacífico se ha secado, pero nunca sabrán cómo sucedió. Nadie lo sabrá. Al menos ese es el plan."

"Por otro lado, ¿han fijado una fecha para el juicio de John Jacobs?"

"Sí, varias veces, de hecho. Sus abogados son expertos en retrasar la táctica. Se ha pospuesto tres veces, ya; Pero creo que continuará el próximo mes. Es mejor que tu novia esté lista."

"Mañana por la noche hablaré con ella."

"Será mejor que me vaya yendo, Mike. Fue bueno verte."

"Sí lo fue," dijo Mike. "Buenas noches."

     \*   \*   \*

Después de pasar parte del día en la reunión del sábado con los fiscales en el juicio Jacobs, Mike regresó a su hotel para prepararse para su gran cita con Juli. Había alquilado un tux, pero ahora se preguntaba si podría estar exagerando. *Bueno, solo tendremos que ver.* Mike se inspeccionó en el espejo de cuerpo entero. *No está mal*, pensó. *Hay algo en un tux que hace a los hombres irresistibles.*

Un corto repique de su teléfono le avisó que la limusina había llegado. Comprobó todas sus medidas de seguridad y salió de la habitación hacia el ascensor. Caminó por el resplandeciente vestíbulo hasta la puerta principal. Dos jóvenes uniformados abrieron las puertas con un floreo. Otro abrió la puerta de la limusina. "Que tenga una agradable velada, señor."

"¿A dónde vamos, señor?" preguntó el conductor. Mike le dio la dirección de Juli. "Muy bien señor."

La parte trasera de la limusina estaba hecha en plata y cuero blanco. Mike se recostó en los cómodos asientos. Sonaba música suave. Una botella de champán esperaba en un cubo de hielo. Mike vio un sacacorchos y dos copas de champán de cristal. Estas personas pensaban en todo. Un ramillete de orquídeas le guiñó delicadamente a través de la cubierta de una caja de flores blancas. Los pétalos y el arco eran blancos con un tinte de lavanda. *No está mal*, pensó Mike. *Hay quien pudiera acostumbrarse a esto.*

Entonces recordó que John Jacobs había tratado a Juli de esa manera durante los tres meses que estaban saliendo y esperaba fervientemente que éste no fuera uno de los servicios de limusina de Jacobs. Cielos, ¿Juli haría la conexión? Si es así, esto podría ser un error muy caro. Mike miró su reloj, 6:55 P.M. Oh, bueno, ya es demasiado tarde para cambiar de dirección.

Se estacionaron frente al edificio de apartamentos de Juli en exactamente 7:00 P.M. El conductor saltó para abrirle la puerta Mike. "Gracias," dijo Mike. "Espere aquí."

"Sí, señor."

Con las flores en la mano, Mike subió los escalones del vestíbulo y presionó nerviosamente el timbre bajo el nombre de Carolle. "Hola," sonó la voz de Juli.

"Hola, Juli, soy yo, Mike."

"Hola Mike. Estoy casi lista. Ven hasta el 2B. Hay elevadores a la izquierda."

"Está bien."

Despreciando el ascensor, Mike dio los pasos de dos en dos y llamó a su puerta casi antes de que colgara el intercomunicador. Juli abrió la puerta y retrocedió. Ella le cortó el aliento. Con una sonrisa tonta en su rostro, le mostró las flores.

"Oh Mike, son hermosas. Gracias," dijo Juli.

Mike colocó las flores en una silla cercana y la tomó entre sus brazos. Juli se derritió contra él. "Oh, cielos," respiró Mike. "Mmm, te sientes muy bien." Quiso darle un bocado. "Hueles muy bien." Suspiró y besó sus labios. "Y sabes muy bien. Mmmm"

"Me siento como Caperucita Roja," dijo Juli. "¿Vas a comerme?"

"Yo podría hacerlo," Mike sonrió y fingió tomar un bocado. "Mmm, delicioso." Le dio otro apretón y luego se levantó para mirarla. "Gírate y déjame ver." Juli giró. Su vestido se levantó y se acomodó alrededor de sus piernas bien formadas. "Hermoso, absolutamente precioso," dijo Mike. "Me encanta ese vestido."

"Gracias," dijo Juli. Era blanco con un corpiño ajustado y un cinturón de plata y cristal que acentuaba su diminuta cintura. Sus zapatos eran sandalias de plata con tacos de 3 pulgadas. Llevaba su hermoso pelo rojo medio tirado y sujeto a la corona y fluyendo libremente por su espalda.

"Perfecto para bailar," dijo Mike.

"Te ves guapo," dijo Juli. "¿Piensas llevarme a bailar?"

"Esperaba hacerlo," dijo Mike.

"Sí, vamos," dijo Juli. "Quiero enseñarte San Francisco."

"Bueno, entonces, ¿nos vamos?"

"Dame un minuto. Juli se apresuró en dirección a su dormitorio. Ella regresó con un pequeño bolso de noche de cuentas, habiendo retocado su maquillaje donde Mike lo había estropeado.

Mike tomó su brazo mientras se dirigían hacia el ascensor. Se encontraron con otra pareja en el camino hacia abajo. "¿Es una noche especial?" preguntó la mujer.

"Sí, de hecho lo es. Gracias por preguntar," dijo Mike.

"Pasen un tiempo maravilloso, ustedes dos."

Juli no mostró sorpresa o reconocimiento cuando vio la limusina. *Bueno*, pensó Mike. *Sobrevivimos a esa*. Mike la ayudó a entrar en la limusina, aunque no necesitaba ayuda. Se subió al auto tan elegantemente como si lo hubiera estado haciendo toda su vida.

Mike sacó el champán del hielo y lo envolvió en una toalla. Tomó el sacacorchos y lentamente sacó el tapón de la botella con la esperanza de evitar que se espumara. Sirvió un vaso para cada uno y luego propuso un brindis. "Por una agradable velada juntos," dijo. Juli hizo clic en su copa con la suya, "Juntos," dijo.

Mike dejó su copa y abrió la caja de flores. "¿Puedo?" preguntó.

"Sí," Juli asintió.

Mike levantó la orquídea y la colocó en el hombro izquierdo de Juli. "¿Qué tal allí?"

"Eso está bien, pero no me hagas daño."

"Oh, no te preocupes por los alfileres. Esta flor se adhiere con imanes. Parece que a las damas no les gusta tener agujeros en sus elegantes vestidos."

"Es una gran idea," dijo Juli. "Estaba un poco preocupada por eso," admitió.

Mike sostuvo la flor en su lugar con una mano y alcanzó debajo de su corpiño con la otra para colocar el otro lado del imán en la parte inferior de la tela. "Allí," sonrió. "Perfectamente hermosa, y no daña el vestido."

"Gracias," dijo Juli. "Me encanta."

*　*　*

Lars había elegido un restaurante con clase para ellos, en el paseo marítimo. Se especializaba en mariscos. Juli y Mike fueron guiados a una mesa junto a la bahía con una vista de la puesta de sol y el Golden Gate Bridge. Un camarero les entregó enormes menús con varias páginas de especialidades. Otro sirvió agua helada y un tercero trajo una selección de rollos para elegir. El camarero regresó con aperitivos y vino espumoso. "Ordenaremos más tarde," dijo Mike. Tomaron el vino, mordisquearon los aperitivos por un rato y luego decidieron bailar. A estas alturas, el sol bajaba en una inmensa bola roja, arrojando sobre el restaurante unos cálidos rayos de luz, tan halagadores como las velas. "¿Dónde aprendiste a bailar así?" preguntó Juli.

"Mi madre me obligó a hacerlo," dijo Mike con una sonrisa.

Bailaron dos piezas y regresaron a la mesa. Mike llamó al camarero, "Creo que estamos listos para ordenar ahora. ¿Escogiste algo Juli?"

"Sí, pediré el mero."

"Muy bien, señorita, ¿y qué quiere tomar con eso?"

Juli hizo sus elecciones.

"Voy a pedirr el pez espada, por favor, término medio, papa horneada, vegetales, sin ensalada," dijo Mike.

"¿Eso es todo?" preguntó el camarero.

"Café más tarde," dijo Mike.

El camarero tomó sus menús, volvió a llenar sus copas de vino y se marchó.

"Juli, Lars me pidió que te hiciera saber que el juicio de Jacobs está programado para el próximo mes. Quería darte la oportunidad de estar preparada."

"Oh, querido, ¿tan pronto?" dijo Juli.

"En realidad ya ha sido pospuesto tres veces. Lars pensó que probablemente continuara, esta vez."

"No lo sabía," dijo Juli.

"Serás un testigo importante para la fiscalía, ¿sabes?"

"Oh querido."

"Sí, ¿va a ser difícil para ti?"

"Muy duro. No sé qué decir."

"No tienes que preocuparte por eso. Todo lo que haces es responder a las preguntas tan brevemente como sea posible. Que el fiscal se preocupe acerca de qué preguntar.

A veces sus preguntas no tienen mucho sentido, y luego dejan de lado algo que pensabas que era importante. Solo tienes que dejarlo fluir."

"¿Qué hay de Jo? ¿Qué va a hacer? ¿Qué va a pensar? No puedo simplemente subir y decir cosas horribles sobre él justo enfrente de su rostro."

"No tienes que hacerlo. Todo lo que haces es decir la verdad sobre tu relación. Responde cualquier pregunta que se te haga, y deja que las fichas caigan donde puedan. La fiscalía va a querer ser amable con usted y la defensa realmente no puede tocarte porque no has hecho nada malo. Si hacen una pregunta inadecuada, la acusación objetará y solo tendrás que esperar hasta que el juez decida. No debes contestar rápidamente. Tómate el tiempo para pensar en la pregunta. Incluso puedes pedirle al juez que aclare algo que no hayas entendido. La defensa tratará de hacerte temblar. No dejes que lo hagan. Querrás evitar cooperar más allá de la pregunta que se te haga. Además, si no sabes o no estás segura, dilo. "No entiendo" o "no recuerdo" son siempre respuestas seguras."

"Voy a ser un manojo de nervios," dijo Juli.

"Lo sé cariño. Ahí estaré para ti."

"Oh, ¿lo harás? Eso significará mucho," dijo Juli.

"Todo el mundo necesita un amigo."

"Hablando de amigos," dijo Juli, dándole una mirada extraña. "Cuando estábamos en Hawai, pensé que éramos más que amigos."

"Bueno, lo somos, ¿no?" preguntó Mike.

"Supongo que eso depende de ti," dijo Juli.

"¿Qué quieres decir?" preguntó Mike deseando no haber tomado tanto vino. Necesitaba tener la cabeza clara.

"Bueno, Mike, no sé cómo decirlo; pero supongo que necesito saber dónde estoy contigo. Cuando estábamos en Hawaii, eras muy atento y me decías lo mucho que te preocupabas y que solo tenías ojos para mí, ¡y luego llegamos a casa y no escucho nada de ti durante seis semanas! Y ahora, aquí estás vestido a todo dar, me traes flores, me llevas en una limusina a una cena de quinientos dólares como si nada hubiera pasado. No sé qué pensar." Estaba casi llorando. "¿Quién soy yo para ti?"

No estaba seguro de qué decir y no quería meter el pie en la boca, así que Mike le pidió bailar. La abrazó suavemente y bailó de memoria, con la mente perdida en el encuadre de una respuesta a su pregunta.

Juli estaba en alfileres y agujas, lamentando rápidamente su irrupción precipitada por un lado, y afirmando su necesidad de saber por el otro.

"Juli," dijo al fin.

"Sí."

"Estoy pensando en tu pregunta."

"Oh."

"Cariño, cuando estuvimos en Hawaii," respiró hondo y continuó bailando. "Cuando estuvimos en Hawaii, fue tan maravilloso estar contigo." Bailó un poco más. "Estabas exquisita, tan hermosa en la boda de Sam y Suzanne." Él la hizo girar. "No podía quitar mis ojos de ti."

"Gracias, Mike."

"Entonces supe que eras mi chica," dijo Mike. La miró a los ojos. "Me preocupo por ti, Juli. Yo me preocupo mucho por ti." Él se calló después de eso y terminó el baile, esperando que eso la satisficiera. La llevó de regreso a la mesa y la ayudó a sentarse en su silla.

El camarero estaba justo trayendo sus comidas. Las puso delante de cada uno, volvió a llenar sus vasos de agua y vino. "¿Puedo traerles algo más?" preguntó.

"No, gracias," dijo Mike. El camarero se fue. Mike sonrió a Juli. Comieron sus comidas con pequeñas charlas enre bocados. *¿Juli luce más silenciosa e introvertida o me estoy imaginando cosas?*

Después del plato principal, el camarero trajo el café de Mike. "¿Les gustaría algún postre? Nuestro chef de postres es considerado el mejor en San Francisco." Mike miró a Juli y levantó una ceja en cuestión.

"¿Puedo ver un menú de postres?" preguntó Juli.

"De inmediato, señorita." El camarero volvió enseguida con un menú.

Juli se tomó su tiempo leyéndolo mientras Mike bebía su café y disfrutaba de la vista. "Oh, qué rico, mira estas fotos," Juli estaba entusiasmada. "¿Acaso no se ve bueno? ¿Podría interesarte en compartir uno de esos conmigo?"

"No, gracias Juli, pero adelante. Pídelo."

"No, si no quieres," dijo Juli.

"Eso no debería importar", insistió Mike. "Pide un postre y beberé mi café."

"Pero, no quiero uno a menos que te comas la mitad."

"Pero no quiero nada. ¿No puedes entenderlo? No como los platos de otras personas."

"¡Eso es ridículo!"

"Adelante, ordénalo y come lo que quieras. Yo pagaré por ello."

"No me gusta perder comida. Parece que podrías hacerlo solo para complacerme, ¿no?"

"Supongo que podría, pero no veo por qué eso importa."

"¡Bueno, sí!"

"Estás siendo tonta."

"No lo soy. Estás siendo terco."

"¿Terco, verdad? Eres una buena persona para hablar."

"¿Me estás llamando terca?"

"Bueno, ¡si el zapato entra!"

"¡Michael McBride! Tú... tú..."

Mike cruzó los brazos y miró por la ventana, con un firme ajuste en la mandíbula.

Juli se puso a hacer muecas. Muy pronto, las lágrimas comenzaron a correr. Ella olfateó y buscó un pañuelo en su pequeño bolso.

Mike la miró con incomodidad. Convocó al camarero. "La cuenta, por favor." El camarero trajo una pequeña carpeta de cuero en una bandeja de plata. "Aquí, llévese esto, por favor," dijo Mike mientras sacaba de su billetera una tarjeta de crédito. Juli mantuvo la cabeza inclinada hacia el camarero.

El camarero regresó con una factura y la tarjeta de crédito. Mike agregó una propina, firmó la factura, recogió su tarjeta y una copia, la guardó en su billetera y la devolvió a su bolsillo interior. El camarero murmuró algo y retrocedió con una ligera reverencia.

Mike se levantó y en silencio extendió una mano para ayudar a Juli a levantarse. Se puso de pie y él puso su abrigo alrededor de sus hombros. "No olvides el bolso," le dijo. Él tomó su brazo. Salieron del restaurante, esperaron mientras el conductor de la limusina traía su vehículo. Mike la ayudó a entrar en la parte de atrás y la siguió. El conductor cerró la puerta, caminó hacia su asiento, entró y se marchó. Mike trató de rodear a Juli, pero ella se giró y miró por la ventana.

"Juli," dijo Mike.

Ella olisqueó.

"Cariño, lo siento."

Olisqueó nuevamente.

"Realmente lo siento."

Sniff sniff.

"¿Perdóname?"

Se limpió la nariz con un pequeño pañuelo de papel.

"No llores."

"No puedo... sniff... No puedo evitarlo, Michael."

Mike sacó un pañuelo de su bolsillo. "Aquí, déjame," le entregó el pañuelo. Ella lo tomó y se sopló la nariz.

"Ahora, ven aquí. Pon tu cabeza sobre mí, justo aquí." Él palmeó su pecho.

Ella se apoyó en él y él la rodeó con sus brazos y la acarició y la balanceó con ternura. "Así está mejor. Ahora solo relájate, cariño. Todo va a estar bien."

## Capítulo 16
### El Bus al Infierno

Francisco se acomodó en un asiento junto a la ventana y se preparó para un largo paseo. Tomaría el autobús desde Ciudad de México hasta Ciudad Juárez. Se quedaría allí unos días, revisando las cosas. Tenía una vaga idea sobre contratar a un coyote que lo guiara a través de la frontera y luego conseguiría sus papeles y permisos, de alguna manera. ¿Dónde iría a trabajar? Ciertamente, habría un montón de ofertas. Tal vez habría anuncios en el periódico o en una oficina de empleo.

Francisco vio pasar la ciudad por mucho tiempo. El autobús se detuvo dos veces para recoger más pasajeros. Francisco sonrió y saludó al hombre que tomó el asiento del pasillo a su lado. El hombre parecía distraído y poco dispuesto a hablar, así que Francisco reclinó su asiento y ajustó su almohada. El zumbido del autobús lo hizo dormir.

Se despertó, mientras crecía el crepúsculo afuera. A estas alturas, el autobús había salido de la ciudad y estaba atravesando el campo. Francisco se sorprendió al ver que los asientos estaban llenos. Debía haberse dormido y haberse pasado una parada. Volvió a mirar a su compañero de asiento y sonrió. El hombre rápidamente apartó la mirada.

"Discúlpeme," dijo Francisco. "Tengo que salir." El hombre se hizo a un lado mientras Francisco salía del asiento y se dirigía a la parte de atrás del autobús. El baño tenía un letrero que indicaba "vacante". Francisco intentó usar la manilla. La puerta se abrió y se dobló. Entró y cerró la puerta. Se quedó mirándola, preguntándose cómo cerrar la puerta. Luego leyó el pequeño letrero, "deslizar para cerrar". Le tomó algo de tiempo darse la vuelta en el espacio estrecho, orinar en el inodoro inoxidable, y averiguar cómo bajar la palanca. Se mojó las manos en el pequeño fregadero, probó un par de dispositivos antes de encontrar el jabón, se enjabonó y se lavó las manos, se echó agua en la cara y buscó un paño. Determinó que el papel era para secarse. Usó uno, limpió el fregadero y buscó un lugar para deshacerse del papel. Empujó y tiró hasta que descubrió el área de papel de desecho. Sintiéndose renovado, salió del baño y regresó a su asiento en el autobús.

Francisco abrió el espacio para paquetes y tomó su mochila con sus posesiones. Había preparado algo de comida para el viaje. "Por favor, disculpe, de nuevo," dijo, sonriendo a su compañero de asiento. El hombre se puso de pie. "¿Preferiría tomar el asiento de la ventana?" preguntó Francisco con una sonrisa. "No," dijo el hombre secamente. Francisco se metió en el asiento de la ventana y abrió su bolsa de almuerzo. Sacó dos sándwiches perfectamente envueltos y ofreció uno a su compañero de asiento.

"Oh, no, no *senor*. No podría"

"Por supuesto que puede," dijo Francisco, "hice mucho. Ten, toma uno. ¿No tienes hambre?"

"No he comido," dijo el hombre, mirando el sándwich, hambriento.

"Bueno, en ese caso, debes comer," dijo Francisco. "Tenemos un largo viaje por delante, a menos que, tal vez, usted vaya a bajar pronto."

"No," el hombre sacudió la cabeza, tristemente. Extendió la mano y tomó la comida.

Francisco se ocupó de su comida. "Voy a ir a Texas, creo, o tal vez a Colorado o Arizona." Comenzó a comer. "Planeo trabajar para algunos estadounidenses ricos."

El hombre devoró su comida, apenas probándola. Francisco le ofreció una botella de agua. El hombre la tomó y bebió la mitad de ella a la vez.

"Una vez que llegue a Ciudad Juárez, tendré que buscar a mi alrededor y averiguar qué hacer a continuación. No sé cuál sea la mejor manera de cruzar la frontera. Además, no sé si conseguir mis papeles allí o esperar hasta llegar a los Estados Unidos."

"Juárez," dijo el hombre suavemente.

"¿Qué?"

El hombre se inclinó hacia delante y le susurró al oído de Francisco, "Hazlos en Juárez."

"Oh, ¿es eso mejor?"

"Esa es la única manera."

"Ya veo."

"No se nos debería oír hablar de eso," dijo el hombre. "Por favor, podrías causar que nos arresten."

Francisco miró a su alrededor alarmado, "¿Aquí? ¿Estás seguro?"

"*Si, amigo*, debes tener más cuidado."

"Oh, lo siento mucho," dijo Francisco. "No lo sabía."

"Esta es tu primera vez," dijo el hombre.

"Sí, ¿es tuyo?"

"Por favor, no más preguntas."

"Oh, lo siento," dijo Francisco. "No quise decir..."

El autobús viajó por la noche. Francisco se quedaba dormido de vez en cuando. Fue un par de veces al baño, caminando entre pasajeros sin nombre, que estaban o leyendo o dormitando. Francisco se preguntó cuáles serían espías de las autoridades y cuáless podrían ir hacia América.

Al amanecer, estaba claro que estaban en un tramo desierto de la carretera. No había visto ciudades pequeñas en mucho tiempo.

"Este es un lugar peligroso," susurró el hombre. "Será mejor que ocultes todo lo valioso."

"¿Qué quieres decir?"

"Piratas, banditos, ¿quién sabe? Es peligroso."

"¿Dónde puedo esconder cosas?"

"Ponlas en tus botas o debajo del cojín del asiento. Deja lo suficiente en su bolsillo para satisfacer a los ladrones. Date prisa."

Francisco se levantó y recogió su dinero de su cartera en la cabeza. Puso todos los pesos y billetes de dólar en sus botas y calcetines, dejando las botas sobre sus pies. El resto de pesos se guardó en los bolsillos. Dos preciosos billetes de veinte dólares entraron en un escondido bolsillo interior.

Apenas se acomodó en su asiento cuando el autobús redujo la velocidad y se detuvo. Un camión viejo bloqueaba el camino. Seis hombres montados en caballos y mulas caminan hasta el autobús apuntando con armas al conductor. "Todo el mundo fuera del autobús," ordenaron. Las mujeres gritaban, los niños lloraban. Algunas personas se apiñaron en la parte de atrás del autobús. Nadie sabía qué hacer. Dos hombres con armas automáticas de aspecto feroz subieron al autobús y ordenaron al conductor que saliera de su asiento. El chofer cruzó las manos sobre su cabeza y se bajó, sin molestarse.

Un anciano y una mujer se encogieron en el primer asiento detrás del asiento del conductor. "Fuera" gritaron los bandidos. El hombre simplemente la abrazó y trató de protegerla. El bandido la agarró bruscamente y la arrojó fuera del autobús. Ella cayó al suelo gritando. Con el trasero de su arma, los bandidos golpearon al anciano en la parte posterior de la cabeza mientras trataba de ir a su esposa. Se cayó, inconsciente, rezumando sangre. Los bandidos le dieron un puntapié.

"El resto de ustedes, fuera de aquí, o tendrán el mismo tratamiento." Algunas personas se movieron para irse, temblando y agarrando las espaldas de los asientos. "Muévanse," gritó el bandido. Empujó y los echó a patadas por las escaleras. "Manos encima de sus cabezas."

Francisco no veía nada por la ventana. Oyó disparos. Al darse cuenta de que su compañero se escondía con la cabeza baja, decidió emular la acción. *Él ha pasado por esto antes. Quizás esto nos salve.* Los dos se agacharon en sus asientos lo más bajo que pudieron, mientras el resto de los pasajeros tropezaba por los pasillos aterrorizados.

Los otros pasajeros fueron conducidos a una zanja donde se les obligó a acostarse. Los bandidos comenzaron a buscar a través de bolsos, bolsillos, sombreros y botas, recolectando relojes, anillos, dinero, joyas y cualquier prenda de ropa agradable que quisieran. El conductor del autobús se paró a un lado, pareciendo algo desinteresado en el destino de sus pasajeros. Abrió el maletero exterior. Los bandidos arrojaron el equipaje a la parte trasera del camión.

Dos de los bandidos pasaron por el autobús buscando a través de los asientos, sacando los bultos de los portaequipaje, tumbando todo y agarrando cualquier cosa de valor. Al llegar a Francisco y su compañero acurrucados detrás del asiento frente a ellos, los bandidos simplemente les ordenaron que se pararan y esperaran con las manos sobre sus cabezas. *¿También nos tomarán a nosotros? Virgen Santa, sálvanos,* oró Francisco.

Uno de los bandidos tomó los pesos de Francisco y buscó su sombrero mientras el otro hacía un último barrido del autobús. Finalmente, el bandido alcanzó el bolsillo interior de Francisco y sacó los dos billetes de veinte. Con una sonrisa maligna, los agitó en la cara de Francisco. Miró al segundo bandido que retrocedía. Rápidamente deslizó los billetes veinte en su bota. "Vamos, vamos," le gritó a su compañero. Sin decir nada, Augie y Francisco volvieron a sentarse mientras los dos bandidos volvían a la parte delantera del autobús y bajaban las escaleras.

Francisco echó un vistazo fuera. Cerró la cortina por completo excepto por una grieta, para poder ver sin ser visto. Espió mientras los bandidos ataban a las mujeres y a los jóvenes. Luego enviaron al resto de los hombres, las ancianas y los niños al autobús. Los niños tenían que ser arrancados gritando de sus madres. El conductor del autobús subió al autobús y cerró la puerta. El viejo camión salió del camino y el conductor del autobús fue agitado.

Los niños se volvieron histéricos, mientras el autobús se alejaba. Todo el mundo corrió a la ventana de atrás para ver. El anciano y la mujer que todavía estaban acostados al lado del camino fueron fusilados y pateados en la zanja. Los rehenes fueron reunidos en la parte trasera del camión. "¿Qué pasará con ellos?" preguntó alguien. Otro respondió, "Los jóvenes se unirán a la banda o serán fusilados. Las mujeres se convertirán en esclavas." Francisco apenas podía oír los gritos.

Al regresar a su asiento, Francisco le preguntó a su compañero de asiento, "¿Acabo de oír lo que *creo* haber oído?"

"Sí, *amigo*. Este es un lugar muy peligroso."

"Pero, ¿por qué el conductor no salió herido?"

"Sh, él es parte de la pandilla."

Francisco jadeó y asintió con la cabeza.

\* \* \*

El Bus hacia el Cielo

En otro hemisferio, en un autobús diferente, el Inspector Félix López dormía junto a la ventana mientras su compañero Carlos Delgado asintía junto a él. El autobús entró en un largo camino de tierra sin mejorar, dejando una estela de polvo detrás.

Todo el mundo había desembarcado en la última parada para la cena y un descanso antes de subir de nuevo a bordo para la última, más escénica, pierna de su viaje hacia arriba a las montañas Serranías Azules. Félix aprovechó el descanso para ponerse en contacto con su oficina. "¡Buenas noticias!" le dijo a Carlos a su regreso.

"¿Ah?" Contestó Carlos.

"¡Mi oferta fue aceptada! ¿Puedes creerlo?"

"No, ¡eso es sorprendente! Debe haber algún error," dijo Carlos, pensando que Félix podría haber errado al poner el punto decimal.

"No hay error. Ahora, cuando lleguemos a la aldea podemos mostrar las páginas del catálogo a los ancianos y ver si reconocen la moneda."

Había sido un golpe de suerte o divina providencia cuando Carlos descubrió la moneda antigua que se ofrecía en un catálogo de subastas. Se había detenido en una tienda de monedas en una de las ciudades en su ruta. Carlos, que era un ávido coleccionista de monedas, siempre estaba interesado en ver lo que estaba disponible, en caso de encontrarse con una rara moneda que pudiera pagar. El Inspector López estaba dispuesto a seguir aprovechando la oportunidad de encontrar algunos objetos robados.

Mientras Carlos estaba examinando las ofertas en las vitrinas, tomó un catálogo de subastas sentado en el mostrador y lo examinó. El catálogo cayó abierto en el cuadro del centro. "Digo, Inspector, ven a ver esto."

"¿Qué encontraste, Carlos?"

"Echa un vistazo a esta foto."

El inspector se inclinó sobre el catálogo. "Déjame verla más de cerca."

"¿Ves algo familiar acerca de esta moneda?" preguntó Carlos.

"¡Bendice mi alma, creo que puedes tener algo aquí!" El Inspector acercó la revista a sus ojos y la miró a través de sus gafas. "Ciertamente tiene algunas de las mismas características. Tendría que compararla con algunas de nuestras propias monedas, pero no aquí, Carlos. ¿Podemos tomar estas páginas?"

"Lo preguntaré," dijo Carlos.

Habiendo obtenido permiso para retirar el anuncio, Félix y Carlos se apresuraron hasta un hotel cercano donde encontraron un rincón privado con una pequeña mesa. Félix sacó sus monedas, las extendió sobre la mesa y, usando la lupa de su joyero, empezó a compararlas. Después de encontrar más de dos docenas de puntos de similitud, Félix concluyó que la moneda tenía que ser de la misma colección. "Carlos, debo hacer una oferta sobre esta moneda. No podemos dejarla salir de nuestro país."

"Estoy de acuerdo, señor, pero la probabilidad de una puja ganadora en esta pieza es remota en el mejor de los casos. Ninguno de nosotros tiene los medios para competir con los tipos de clientes que estarán pujando por esta pieza. Esta es una prestigiosa casa de subastas. Solo subastan las mejores obras a los clientes más ricos del mundo. Deben pensar que es una pieza extremadamente rara y valiosa. Después de todo, estaba el centro de su catálogo."

"No puedo dejar de intentarlo," dijo el Inspector López. "Vamos a unir nuestros recursos y hacer la mejor oferta que podamos. ¿Estás conmigo en esto?"

"De acuerdo," dijo Carlos, pensando en complacer al inspector, sabiendo que era una causa desesperada.

Juntos encontraron un centro de negocios en el hotel donde pudieron usar una computadora pública para hacer su oferta. Hecho esto, se apresuraron a regresar a la estación de autobuses para reanudar su viaje por la montaña en busca del pueblo de Francisco.

El camino se hizo más estrecho, mientras se abrían camino hacia la montaña. Era apenas lo suficientemente amplia para el autobús en muchos lugares. Encontrarse con otro vehículo se convirtió en un juego escalofriante. Uno de ellos podría tener que retroceder para dar paso a otro en los descensos dramáticos que se encontraban cada dos millas o menos. En cierto momento, el retroceso fue tan agudo que el autobús tuvo que cambiarse para poder dar el giro. Dos de los pasajeros se ofrecieron a salir y dirigir el autobús, de modo que no cayera inadvertidamente por un acantilado. Había ocasiones en que uno podía mirar hacia abajo hasta a 5.000 pies. Fue en una de esas ocasiones en que todo el movimiento despertó al Inspector López de su siesta. Desacostumbrado como estaba a las alturas, se asustó. "Aggggh," gritó y agarró los brazos de su asiento.

Carlos se echó a reír, "Está bien, Inspector, ya lo peor pasó."

El inspector agarró a Carlos y trató de alejarse de la ventana. "No mire hacia abajo," dijo Carlos, "y estarás bien."

Félix empezó a temblar. "¿Estás loco? Déjame salir de aquí."

"Voy a intercambiar lugares contigo," ofreció Carlos mientras se movía para ponerse de pie.

Félix se quedó inmóvil, "No puedo moverme."

"De acuerdo, déjeme ayudarlo," dijo Carlos mientras intentaba inclinar el brazo central de los asientos. "Suelta el brazo, Félix."

"No puedo."

"¿Qué quieres decir con que no puedes? Sí, puedes." Carlos trató de apartar los dedos de Félix del brazo, uno a uno. Estaban congelados en su lugar. Carlos sacó uno de ellos y luego, cuando fue al siguiente dedo, el primero volvió a agarrarse; así que empezó de nuevo. Esta vez él sostuvo los dedos en una mano mientras sacaba el siguiente y así sucesivamente. Finalmente, sacó todos los dedos y rápidamente levantó el brazo. "¡Uf! Ahora, Félix, vamos a moverte a mi lado del asiento. Cuélgate a mí y te moveré. ¡Aquí vamos, uno, dos, tres, muévete!" Félix se levantó un poco. Carlos tiró tan fuerte que Félix se dejó caer sobre su rostro. "Bueno, casi estás allí. Déjame ayudarte a sentarte." Tiró y empujó a Félix en su posición. "Ahora tendré que pasarte," dijo Carlos mientras tropezaba con Félix y se sentaba en la ventana.

Carlos lanzó un enorme suspiro, se sentó y miró por la ventana. Iba a disfrutar del espectáculo. Félix, por otra parte, inclinó su asiento tan lejos como pudo, cerró los ojos, sopló su aliento y se agarró al brazo de su asiento. Carlos alargó la mano y le bajó el brazo central. Félix se apoderó de ese, también.

* * *

Habían llegado al final de la línea. La parada final del autobús era poco más que un lugar ancho en la carretera, lo suficientemente grande para que el autobús diese la vuelta. Una cabaña servía como tienda general, taquilla y servicio de guía. Una bomba de gasolina parecía como si no hubiese sido utilizada en años. El conductor del autobús levantó una bolsa de correspondencia y paquetes de la caja de equipaje con llave y los llevó a la tienda.

Carlos sacó dos mochilas del compartimento superior y le dio una a Félix. Los dos caminaron hacia el otro lado del autobús y recogieron sus mochilas de la caja de equipaje. Necesitaban sacar sus abrigos de la mochila. A esa altura la temperatura era mucho más fresca que en las tierras bajas donde vivían. Carlos notó un patio vallado donde varios burros y un caballo comían heno. El paisaje era extraordinariamente hermoso; parecía que el cielo no podía ser más perfecto. Carlos podía ver kilómetros de la montaña hasta el ancho valle que había debajo y cruzaba a otra montaña, que incluso era blanca en las alturas.

Félix no perdió tiempo mirando la escena, mucho menos se fijó en su elevación. De alguna manera, él tuvo que prepararse antes de comenzar el sendero de la montaña que estaba por delante. Félix entró en la tienda para arreglarse un guía, provisiones y burros que los llevaran a los pueblos de montaña donde esperaban encontrar la casa de Francisco Pisarro.

"Pisarro... ese nombre es bastante común por aquí," dijo el propietario. "Podría ser una de tres aldeas diferentes. ¿Hay algo más que pueda decirme sobre la familia?"

Félix se acercó a la puerta y llamó a Carlos para que entrara.

"¿Qué ocurre?" preguntó Carlos.

"El caballero está tratando de ayudarme a localizar a la familia Pisarro. ¿Puedes decirnos algo más sobre ellos?"

"Nada más, excepto que Francisco recientemente salió de casa con un agente de la compañía que recluta a hombres jóvenes para ir a Estados Unidos a trabajar."

"¿Hace cuánto tiempo fue eso?"

"Oh, tal vez tres semanas, tal vez un poco más."

"Bueno, supongo que sería el segundo de los tres pueblos en que estoy pensando, pero solo hay una forma de averiguarlo. Tendrán que ir allí. Mi hijo mayor los guiará. El primer pueblo está a un día y medio de viaje. Cuando lleguen allí, los aldeanos podrían decirles algo más. Será mejor que empiecen. Pueden montar cinco o seis horas antes de tener que acampar. Diego es muy hábil. Él los guiará bien."

Diego ya ponía dogales y bridas sobre los burros y cargaba mochilas, carpas y víveres en cuatro asnos que servirían de animales de carga. Félix y Carlos llevaban sus mochilas y llevaban su propia agua. Diego puso una manta sobre las espaldas de tres burros más que montarían. Los animales de carga fueron atados a los animales de montar. Carlos y Félix llevarían cada uno un animal de carga. Diego llevaba dos y encabezaba el camino.

Finalmente, montaron y se dirigieron hacia el sendero. Montar un burro no es fácil para los no iniciados. Una lucha de poder comenzó casi inmediatamente entre el jinete y la bestia. El astuto burro reconocía al aficionado en su espalda. Decidía detenerse cada pocos segundos para pastar, mientras el jinete luchaba por seguir adelante. Mientras Diego parecía deslizarse felizmente disfrutando silbando para sí mismo, cantando e incluso cantando a la tirolesa en ocasiones; Carlos y Félix tiraban y arrastraban los riendas, pateaban con los talones a los costados del burro, lo abofeteaban en la espalda, gritaban, maldecían y se abrían camino por el camino.

Cuando se detuvieron para hacer el campamento, Carlos y Félix cayeron exhaustos de rodillas, con sus traseros ardiendo dolorosamente. Diego saltó a la tarea de montar tiendas, hacer un fuego y poner una olla a hervir. Parecía muy impresionado por la falta de energía de sus acompañantes. Carlos y Félix apenas podían esperar para meterse en sus sacos de dormir. Se sentaron sobre un tronco y esperaron mientras Diego preparaba el café, calentaba un buen estofado y ponía agua a hervir para lavar los platos. Carlos y Félix apenas tenían la energía para arrastrarse en su tienda y ponerse ropa de dormir caliente por la noche. Diego entonces limpió el campamento, devolviendo la comida a un contenedor a prueba de animales, y lo colocó todo en un árbol. Para entonces, sus invitados estaban roncando profundamente.

## Capítulo 17
<u>Mike y el Capitán Baker</u>

"Mike, me alegra ver que has vuelto. ¿Cómo estuvo San Francisco?" preguntó el Capitán Baker.

"Fueron días muy interesantes, Capitán," respondió Mike.

"Ven a mi oficina, Mike, y háblame de eso," dijo Baker. "Toma asiento. ¿Entonces qué pasó?"

"Me reuní con el Sargento Lars Caruthers del Departamento de Policía de San Francisco, División de Narcóticos. Me puso al día sobre los esfuerzos de la Guardia Costera para detener la importación de cocaína de América del Sur."

"¿Oh en serio? Eso suena prometedor," dijo el Capitán.

"Antes de decir más, debo decirle que esta información es secreta y estrictamente confidencial."

"Ya veo," dijo Baker.

"La razón del secreto es que el Cártel de la Costa Oeste no debe, bajo ninguna circunstancia, darse cuenta de lo que ha ocurrido con los submarinos. A partir de ahora, están asumiendo que los submarinos se han perdido en el mar, cuando la verdad es que la Guardia Costera de los Estados Unidos, usando equipo altamente secreto, los ha capturado, junto con sus tripulaciones y carga. Por supuesto, si el cártel tuviese alguna sospecha de eso, simplemente moverían sus operaciones y habríamos perdido una oportunidad."

"¡Eso es una noticia increíble!" dijo el capitán Baker.

"Estás en lo correcto. La ruta de suministro del Pacífico está siendo paralizada mientras hablamos. El Cártel no puede cumplir con sus órdenes. Los precios se han disparado casi de la noche a la mañana y los adictos se están volviendo locos."

"Estoy seguro," dijo Baker.

"Lars me advirtió que esperáramos un aumento precipitado del contrabando en la frontera con México. El Cártel no tiene otro recurso disponible inmediatamente para reabastecer su línea de distribución. Lars me pidió que le avisara, así como a la Patrulla Fronteriza en el sector de El Paso. No daré ninguna pista de por qué la ruta de abastecimiento del Pacífico se ha secado. La culpa de las tormentas en el mar, barcos con fugas o lo que sea. No sabemos nada de las acciones de la Guardia Costera."

"Entendido. Debemos reservarnos eso de nuestros propios hombres, también."

"Sí, cuanto menos gente sepa, mejor," convino Mike.

"¿Crees que tendrá repercusiones en la Ciudad de Carson?"

"Es posible," respondió Mike. "Después de todo, estamos en la ruta principal desde la frontera a Albuquerque, Santa Fe y Denver. Depende de cuán exitosos sean los contrabandistas al cruzar la frontera."

"Bueno, sabemos que hace cinco años el sector El Paso de 180 millas se filtraba como un tamiz, especialmente en el área del taco de la bota. Alrededor de 122.000 migrantes al año fueron capturados en nuestro lado de la frontera en un año," dijo el Capitán Baker.

"Sí, eso es verdad. La cerca era poco más que un alambre de púas. Pero con la adición del doble de agentes fronterizos, cercas cercanas, cámaras fijas, anteojos de visión nocturna, drones, vigilancia móvil, mejor iluminación y carreteras mejoradas, ese número se ha reducido a 12.000 al año."

"Esa es todavía mucha gente que pasa cada día."

"Así es," aceptó Mike.

"Eso no cuenta a los que se escapan."

"Eso es verdad."

"Por supuesto, casi todos los que se encuentran son simplemente trabajadores migrantes que van a sus trabajos en los Estados Unidos. Si nuestro gobierno tuviera un programa efectivo de trabajadores invitados, los trabajadores migratorios estarían cruzando en los puertos legales de entrada. Eso liberaría a nuestra patrulla fronteriza para que se concentren en atrapar a los malos," dijo Baker.

"Por lo que entiendo, el negocio de contrabando de cocaína en la frontera se ha secado en gran parte, también, desde el advenimiento de los submarinos de cocaína y la ruta de suministro del Pacífico. Los cárteles mexicanos han tenido que cambiar su base de ingresos por secuestro por rescate, asesinato, extorsión y contrabando humano de todas las variedades," agregó Mike.

"Entonces, ¿Lars está diciendo que el cártel de drogas de la Costa Oeste debe reactivar las rutas de contrabando de cocaína a través de México para compensar la pérdida de los submarinos?"

"Sí, estima que de una a cuatro o más toneladas por carga se pierden, dependiendo de la capacidad del submarino. Se necesitaría una treintena de hombres para llevar una tonelada a través de la frontera. Teniendo en cuenta lo mejor que es nuestra seguridad fronteriza, ahora, muchos de esos hombres van a ser atrapados. Se hace muy ineficiente desde el punto de vista del cártel."

"¿Tienen suficientes hombres?" preguntó el Capitán.

"No veo cómo eso puede ser posible," respondió Mike. "Me temo que algunos pobres trabajadores migratorios que están tratando de mantener a sus familias van a ser secuestrados y presionados a servir como contrabandistas de drogas a punta de una pistola. El daño es el sufrimiento humano y la muerte confunde la mente."

"Nosotros, en los Estados Unidos, tenemos todo el derecho de proteger nuestras fronteras y detener y procesar a cualquiera que sea capturado contrabandeando cocaína; y sin embargo, no sabemos quién ha sido secuestrado y coaccionado y quién no lo ha hecho. ¡Qué desastre!"

"Solo podemos hacer eso," dijo Mike. "Podemos asegurarnos de que los arrestados reciban un trato justo de acuerdo a nuestras leyes. Hay grupos de iglesias y otros que dejan tanques de agua en los lugares del desierto, que alimentan, visten y aconsejan a aquellos que llegan a los Estados Unidos ilegalmente. Y por casualidad sé que, en los lugares calientes del desierto, los alguaciles y la patrulla fronteriza hacen todo lo que pueden para evitar las muertes. Se colocan señales avisando a los inmigrantes sobre los peligros. Estados Unidos tiene un extenso programa de publicidad en los países al sur de la frontera, educando a la gente sobre los peligros de dirigirse hacia el norte. Aún así más de cuatrocientos cuerpos fueron encontrados en el desierto el año pasado. Los cuerpos son tratados con respeto y se hace todo lo posible para localizar a sus familias, pero muchas familias nunca saben lo que les pasó a sus seres queridos."

"Irónicamente, el cruce fronterizo se ha vuelto mucho más peligroso desde que EEUU puso la valla fronteriza y aumentó la seguridad," dijo el Capitán. "Lo peor es que el desierto de Arizona se quedó sin cercas y sin vigilancia porque se pensaba que nadie intentaría cruzar allí. En cambio, los migrantes fueron canalizados hacia ese lugar. El resultado es que muchos mueren en el desierto."

"El costo monetario del cruce ilegal ha aumentado exponencialmente. He oído que los coyotes cobran hasta 2.000 dólares por persona."

"¡Imagínate!"

"A veces las cosas tienen consecuencias no deseadas."

"Eso es seguro," dijo el Capitán. "Mejoramos la seguridad fronteriza, por lo que el cártel comenzó a usar los submarinos. Atrapamos los submarinos, secamos la ruta del Pacífico y regresan a la frontera."

"Y eso nos trae de vuelta a nuestro problema inmediato: la probabilidad de un mayor contrabando de cocaína cruzando la frontera, y el aumento de la violencia contra los migrantes como los cárteles que los secuestran, aterrorizan y obligan a servir como mulas de cocaína."

"Creo que entiendo el problema," dijo el Capitán. "Ahora, hagamos un poco de planificación. Creo que deberíamos programar un par de sesiones de entrenamiento para que nuestros hombres y mujeres se pongan al día sobre el problema y repasen algunos procedimientos apropiados."

"¿Quiere que me ocupe de eso?" preguntó Mike.

"Haré que mi asistente programe las reuniones. Tú y yo podemos dividir las responsabilidades de entrenamiento. Lo siguiente es solicitar una reunión con el jefe de Seguridad Fronteriza y los Alguaciles del Condado de la Frontera, tan pronto como sea posible. Una vez más, creo que ambos necesitamos estar allí," dijo el Capitán Baker.

"Buen plan," dijo Mike.

"Me ocuparé de eso enseguida," dijo el Capitán. "Si no tienes ninguna otra noticia, Mike, hay algunas noticias que necesito contarle. Mientras estabas fuera, recibimos un aviso interesante de la oficina del fiscal del distrito de San Francisco."

"Ah, ¿sí?" dijo Mike.

"Nunca lo adivinarás. Parece que tu trofeo, el Sr. John Jacobs, también conocido como Joseph la Rata, jefe del Cártel de la Costa Oeste, solicitó permiso a la corte para viajar. Por supuesto, estando bajo fianza, no se le permite salir del estado sin permiso. No vas a creer esto, el tipo se va a mudar a la Ciudad de Carson hasta que su juicio empiece."

"¡Qué!"

"¡Sí, no te engaño!"

"¡Bueno, eso parece parte de una historia!" exclamó Mike. "¿Tiene alguna teoría de por qué se está mudando aquí?"

"No pude entenderlo hasta que me dijiste lo que le pasó a la droga. ¿Podría estar aquí abajo estableciendo su nueva ruta de suministro?"

"Parece ser eso, ¿no?" dijo Mike. "Vamos a tener que vigilarlo 24/7. ¿Crees que podríamos obtener permiso para una escucha telefónica?"

"Podríamos intentarlo," dijo el Capitán. "Pero incluso con eso, podríamos no conseguir nada. Ese tipo es muy resbaladizo."

"Bueno, supongo que tengo mis órdenes de marcha."

"Bienvenido a casa, Mike." se rió el Capitán.

La Rata

En otra parte de la ciudad, el jefe del crimen de San Francisco y el jefe del cartel de la Costa Oeste se relajaban en el patio de una modesta mansión rodeada por una alta valla y un espeso arbustos de abetos. John se sentó en la cómoda silla y sopló una serie de anillos de humo. Vio pasar un guardia armado en el terreno siguiendo a un elegante par de Dobermans negros.

La amante de Juan entró en el patio llevando una bandeja con dos vasos de cristal con martini, algunos bocadillos y una jarra de martinis. Llevaba unos pantalones ajustados y una camiseta sin mangas. Su pelo castaño brillante colgaba directamente hasta la mitad de su espalda, balanceándose mientras caminaba en sandalias de tirantes con tacones de tres pulgadas. Su maquillaje estaba impecable, incluyendo las pestañas postizas, la sombra de ojos ahumada y unos brillantes labios rojos.

Sus únicas joyas eran unos brillantes pendientes rojos que colgaban de sus hombros y combinaban con su lápiz labial.

Sin decir nada, se inclinó y depositó la bandeja en una mesa baja. "Gracias, Desiree," dijo John.

"De nada, Jo," respondió Desiree, también conocida como Srita. Parker.

John le tendió el brazo libre, "Ven aquí, nena."

Desiree se acercó a la silla de John. Él puso su brazo alrededor de su muslo y metió sus dedos por debajo de sus pantalones cortos. "Quiero que conozcas a mi amigo del sur de la frontera."

Desiree miró a su huésped, un hombre de piel oscura con pelo negro como el carbón, con bigote y una barba pesada. Sus manos y orejas estaban decoradas con enormes diamantes. Sus brazos bien musculosos estaban tatuados en todo su cuello. Estaba descamisado, revelando tatuajes que cubrían su espalda y pelo rizado oscuro que le cubría el pecho.

"Desiree, conoce a Antonio Medino Torres."

"¿Cómo está, señor Medino?" dijo Desiree.

"Solo llámame Tony, cariño," dijo Medino Torres sin levantarse de su silla.

"Tony es el jefe de la infame pandilla del Zorro con sede en Juárez. Tenemos algunos asuntos importantes que discutir, así que ve a otro lado, nena," dijo John.

"Ahora, señor Medino," comenzó John, "estoy interesado en lo que pueda hacer por mí respecto a las entregas de cocaína. Sin basura, entiendes. Debe ser pura."

"Por supuesto, Sr. Jacobs, nada más que la mejor, blanca colombiana."

"Absolutamente ninguna reducción, ¿entiendes?"

"Sí, señor."

"Hacemos nuestra propia reducción. Nuestra reputación es la del mejor producto. Nuestros clientes dependen de la fuerza que regulamos cuidadosamente. No podemos hacerlos morir por una sobredosis accidental. Ahora, Tony, debes escuchar atentamente y tomar este consejo en serio. No seas codicioso. Sigue las órdenes y te convertirás en un hombre muy rico. Trata de engañarme y te convertirás pronto en un hombre muerto. Nadie toma a John Jacobs por tonto."

Tony se aclaró la garganta y tragó saliva. "Puede confiar en mí, señor Jacobs."

"No confío en nadie." Los ojos de Jacobs lo miraron directamente sin parpadear.

Tony intentó pero no pudo sostener su mirada.

Los dos hombres guardaron silencio por un minuto.

Al final, John rompió la tensión con una risa malévola. "Ten, Tony, necesitas un trago." John sirvió los vasos de martini hasta el tope y le entregó uno a Tony. "A tu salud," continuó riendo.

Tony levantó la copa, derramando algo por un lado. Bebió la mitad de la bebida. "Salud," gruñó.

Jacobs entornó los ojos hacia Medino, tomó un sorbo y dejó el vaso. Se tomó su tiempo encendiendo otro cigarrillo con un encendedor de oro macizo, inhaló profundamente y sopló humo por su nariz mientras seguía observando a Medino a través de los ojos entrecerrados. *No se puede confiar en esta mierda. Miente con tan solo el respiro y degollaría a su madre si tuviera la oportunidad.*

"Tell me, Tony, how soon can the deliveries begin?"

"Después de mañana," dijo Medino.

"No es suficiente," dijo Jacobs.

"Mañana entonces, señor, lo prometo. Comenzarán mañana."

"¿Cómo puedo estar seguro? Nunca es bueno mentirle a John Jacobs, señor Medino."

"N-no, señor, no es mentira. Tenemos el túnel en el lugar de antes. Es solo cuestión de limpiarlo y ponerlo a punto. Voy a tener a mis hombres trabajando toda la noche. Las primeras entregas pueden pasar mañana."

"Veamos si lo hacen," dijo Jacobs. "Necesitaré 500 kilos para comenzar. Si resulta tan pura como dices, tomaremos hasta 1000 kilos a la semana."

Medino calculó apresuradamente su ganancia sobre esta coca. Sonrió para sí mismo.

"Si puedes entregarlos, serás un hombre muy rico," repitió Jacobs, habiendo leído los pensamientos de Tony.

"Los entregaré," dijo Tony.

"Estaremos esperando," dijo Jacobs mientras se retiraba. "Adiós, señor Medino."

Tony terminó su bebida en un trago, bajó el vaso, asintió con la cabeza a Jacobs y retrocedió. "Buen día, señor Jacobs."

Jacobs se sentó en su silla; se echó hacia atrás, sonrió para sí mismo, aspiró profundamente su cigarrillo y sopló anillos de humo.

## Capítulo 18

La Montaña Alta

Era su segundo día en el sendero. Félix y Carlos pensaban que era agradable cuando Diego trataba de hacer las cosas más fáciles para ellos atando todos los animales juntos. Diego explicó, "Los burros avanzarán mejor si están atados." Se guardó para sí mismo la razón de eso, que era evitar que alguien cayera de las salientes extremadamente estrechas que encontrarían más adelante.

Félix y Carlos habían pasado una noche agitada. Sus cuerpos dolían por todas partes, y la tienda se volvió tan fría que sus sacos de dormir se convirtieron en hielo. Diego, por otra parte, se levantó con el amanecer, silbando, removiendo el fuego y poniendo el café a hervir. Preparó un gran desayuno de carne frita y huevos y preparó algunos sándwiches para el almuerzo. Tomó otra hora desmontar el campamento, por lo que el sol estaba bien presente en el cielo en el momento en que montaron sus burros.

El pueblo estaba a ocho horas de viaje, todo cuesta arriba. En las primeras horas, el sendero los condujo a través de agradables bosques y prados; pero poco a poco los bosques disminuyeron y desaparecieron por completo. Ahora estaban subiendo por curvas y atravesando piedras rocosas. Se detuvieron a almorzar junto a un arroyo de montaña donde se sentaron en un tronco y empaparon sus pies en el agua helada. Félix también decidió meterse en el agua. "¡Qué alivio, Carlos, deberías probar esto!"

El sendero parecía estar bien marcado, y Diego claramente sabía lo que estaba haciendo. Los entretuvo con un amplio repertorio de canciones con una voz sorprendentemente agradable.

Hicieron una última parada de descanso. Diego silbó y sonrió para sí mismo mientras revisaba las cuerdas para asegurarse de que los burros estuviesen atados firmemente. Ahora el sendero los conducía a través de un gigantesco monolito de muro de granito, donde se había esculpido un delgado sendero de piedra, apenas lo bastante ancho para los pasos del burro. Félix gritó alarmado, mientras comenzaban el ascenso. "No, no," casi gritaba y se sujetó del burro. Diego parecía no oír mientras continuaba avanzando felizmente; como si esto no fuese algo fuera de lo común. La ladera de la montaña caía a miles de metros. No era necesario recordarle a Félix que no mirara hacia abajo. Sus ojos estaban firmemente cerrados y él estaba acostado sobre el burro con la cabeza escondida detrás de la crin del burro. De vez en cuando gritaba, porque el burro se apiñaba demasiado cerca de la pared, raspando así la pierna de Félix contra la roca. Félix nunca había sentido tal terror en toda su vida. Carlos pensó en ayudarlo, pero no había manera de que se bajara de su propio burro. No había nada que pudiera hacer sino soportarlo.

Después de cuarenta y cinco minutos agonizantes empezaron a descender y emergieron en una gran meseta. Los árboles y prados reaparecieron. En el centro de todo estaba un pequeño lago de montaña azul profundo. Construido a lo largo de la orilla, a un lado del lago, estaba el pequeño pueblo. La gente del pueblo parecía estar preparando su cena. Las voces de los niños jugando era acompañada por aromas tentadores a la deriva a través del lago. Algunos hombres regresaban de las excursiones a los campos de caza, con sus presas y sus armas colgando sobre sus espaldas.

Cuando se acercó el safari de burros, un clamor de ladridos levantó la alarma. Los hombres y los niños levantaron la vista de lo que estaban haciendo y algunos salieron a saludar a los visitantes. Diego desmontó y sostuvo el tren de burros por las riendas. Félix y Carlos permanecieron quietos por el momento.

"¿Este es el hogar de Francisco Pisarro?" gritó Diego.

"No, deben seguir," respondieron. Se oyó a Félix gemir. "Solo un poco más adelante."

"Gracias, señor," dijo Diego mientras montaba su burro. No perdió tiempo para volver a poner en marcha el tren de burros, por miedo a que Félix se cayera y se negara a levantarse. Afortunadamente el segundo pueblo estaba a sólo media hora de distancia. Por desgracia, fueron otros 500 pies, pero bien valía la pena subir. Este pueblo estaba situado en un tarn de montaña aún más deslumbrante por su belleza. El color era de ese tono único de azul que solo se encuentra en los lagos alimentados por los glaciares. Rocas coloridas se alineaban a un lado. Muchachos bronceados y en forma estaban usando una como plataforma de buceo, exhibiéndose ante una audiencia de chicas y viejos. Un pequeño pueblo pintoresco adornaba la costa. Una vez más, una falange de ancianos salió a saludar a los visitantes. Un portavoz del grupo dio un paso adelante, "Bienvenidos a nuestra humilde aldea, viajeros."

"Saludos, abuelo," dijo Diego con un reverencia respetuosa. "Hemos recorrido un largo camino en busca de la casa de Francisco Pisarro."

"En ese caso, han llegado al lugar correcto," dijo el anciano. "Déjenme llamar a alguien para que cuide a sus animales. Estaremos honrados de tenerlos con nosotros."

Al oír eso, Félix y Carlos se deslizaron de sus asientos, teniendo que sujetarse para no caer. Se apoyaban en sus asnos esperando que la vida volviese a sus piernas. El abuelo llamó a los niños para que cuidaran a los burros y descargaran la carga. Montarían las tiendas de Diego en un lugar plano cerca del fuego. Félix y Carlos contemplaban con ansia las tiendas.

"Vengan conmigo," invitó el abuelo. "Los llevaré a donde puedan refrescarse de su largo viaje. Luego, quizás prefieran descansar un rato antes de cenar."

"Gracias, señor," dijo Félix, "lo apreciaremos mucho."

"Enviaré a alguien con bebidas de inmediato. Luego los llamaré dentro de media hora cuando la cena esté lista."


Era una rareza que los forasteros vinieran de esa manera, por lo que todo el pueblo se preparó para una cena festiva en honor de sus visitantes. Hubo brindis y agasajos. Los jóvenes bailaban y cantaban en perfecta armonía. Al final, fueron excusados y el abuelo pidió silencio. Se dirigió a los visitantes. "Cuando llegaron, dijeron que estaban buscando el hogar de Francisco Pisarro. Han encontrado su casa, pero lamento decir que nuestro hijo no está aquí. Se fue para unirse a una compañía que viajaba al extremo norte, donde, se nos prometió que ganaría mucho oro para reponer nuestra fortuna menguante. Estamos ansiosos por tener noticias de él. ¿Ha llegado con seguridad a su destino?"

Félix se levantó para hablar. "Honrado abuelo, y nuevos amigos, soy el Inspector Felix López de la ciudad. Es debido a la desgracia de su hijo en nuestra ciudad que hemos venido a pedir su ayuda. Creemos que ha llegado a la Ciudad de México. A partir de ahí hemos perdido su pista. Por favor, comencemos por el principio.

Le pido a mi socio y amigo, Carlos Delgado, que continúe la historia."

Carlos se levantó y los saludó a todos. "Conocí a Francisco Pisarro cuando se quedó en nuestra ciudad, antes de abordar el barco que lo llevaría al norte. Yo tengo una pequeña posada en el paseo marítimo. Francisco pasó dos noches en mi establecimiento. Sucede que soy aficionado a las monedas y las he hecho mi pasatiempo. Cuando Francisco descubrió nuestro mutuo interés por las monedas, aceptó tomarse algo conmigo. Compartimos durante más de una hora. Me mostró algunas de las antiguas monedas de oro que le habían dado para su viaje. Me quedé asombrado de su perfección y supe inmediatamente que no tenían precio y deberían, algún día, estar en un museo. Francisco no era consciente de su gran valor. Había intercambiado veinte monedas por una cena y algo de moneda local que necesitaba para comprar sus comidas y alojamiento por dos días más. Me quedó claro que él había sido estafado, cambiando monedas invaluables por una miseria y yo se lo dije. Fue por Francisco que supe de su aldea y también de sus planes de viajar a América." Tras eso, se sentó y Félix se puso de pie para continuar la historia.

"Mientras tanto, un informante me contó de monedas raras que estaban apareciendo en tiendas de empeño locales. Investigué y pude recuperar una de las monedas. Mi informante fue asesinado más tarde y su moneda fue robada. Carlos y yo nos juntamos para atrapar al asesino que también resultó ser el mismo hombre que había estafado a su hijo. Pudimos encontrar su apartamento y recuperar todas las monedas perdidas. Es un placer devolvérselas a usted en este momento, abuelo."

Hubo un jadeo de todos en la mesa. Félix se acercó al abuelo y le entregó las monedas con una pequeña reverencia. El abuelo hizo un sincero discurso de aceptación. Felix regresó a su sitio. "Hay más," dijo.

"Primero, debo informarles que el agente que se llevó a su hijo representa a una compañía sin escrúpulos que presiona a gente como ustedes para su propio beneficio. Nuestro gobierno ha sabido de estas personas durante años, pero son astutos. Hasta ahora no hemos sido capaces de condenarlos en un tribunal de justicia."

El abuelo daba muestras de horror. Se puso de pie, apoyado en su bastón. "Pero, Inspector, ¿qué pasa con las promesas que nos hizo el agente? ¿Y el contrato?"

"Mentiras, mentiras y nada más," dijo Félix.

"¿Y el cómodo tren, las camas blandas, la buena comida?"

"Son mentiras, todo eso son mentiras."

"¿Los trabajos que esperan en Arizona?"

"Medias verdades, señor."

El abuelo pareció vacilar. Otros dos se levantaron para ayudarlo a sentarse.

Félix continuó describiendo los horrores y peligros de viajar y cruzar la frontera hacia los Estados Unidos. El viejo parecía desmoronarse. Se le llenaron los ojos de lágrimas.

"Tengo una buena noticia, abuelo." Félix le contó cómo Carlos había descubierto el anuncio de la moneda de oro. "Por favor, ¿puedo mostrarle la foto?"

"Sí, tráela aquí," dijo el abuelo.

"¿Puede identificar esta moneda de la foto?"

El abuelo sostuvo el cuadro cerca de sus ojos y lo escudriñó por varios minutos. "Sí, Inspector López, puedo decir con toda seguridad que esta foto es de una de nuestras monedas, una de la colección que Francisco llevó consigo."

"Entonces, creo que sabemos que Francisco llegó hasta la Ciudad de México. ¿Por qué digo eso? Porque el vendedor de esta moneda aceptó mi oferta por una pequeña fracción del valor real. Entiendo que hubo varias ofertas de países del Extremo Oriente que habrían hecho al vendedor rico. Y sin embargo, aceptó mi oferta, sin duda, porque significaba que la moneda se quedaría en su país natal. Por eso, creo que el vendedor debe ser su hijo."

El abuelo habló con una fuerza renovada, "Dediquemos tiempo a dar gracias a nuestro Dios y a todos los santos por esta buena noticia," y lo hicieron.

Félix permaneció de pie. "¿Puedo continuar, abuelo?"

El anciano asintió con la cabeza.

Una de las formas en que el mal consorcio aumenta sus riquezas es extorsionando dinero a las familias de sus víctimas. Estas familias han sido consideradas como objetivo de antemano por tener los medios para rescatar a sus hijos, maridos y padres. No hay duda de que el agente que tomó su pago, sabía el verdadero valor de las monedas y se propuso obtener el resto de su tesoro. Esperamos que se pongan en contacto con usted exigiendo un enorme rescate, tengan a su hijo bajo custodia o no."

Un jadeo se levantó entre los oyentes. "Lo que propongo es que establezcamos una trampa para el agente y sus compatriotas, para que podamos reunir a esta pandilla malvada y llevarlos a la justicia." Asentimientos y murmullos de aprobación se escucharon alrededor de la mesa.

El abuelo habló. "Estamos de acuerdo Inspector López. Cuéntenos su plan."

"Esto es lo que propongo que hagamos..."

\* \* \*

<u>Augie da un paso al frente.</u>

En algún momento durante la noche infernal los bebés y los niños se agotaron de gritar y llorar. Los adultos restantes a bordo hacían lo que podían para consolarlos de una manera dispersa y desorganizada. Mientras que, antes de que llegaran los bandidos, los pasajeros eran reservados entre sí, ahora se había producido una unión como sucede muy a menudo con los sobrevivientes de una catástrofe.

El autobús estaba en completo caos al principio, con el contenido de los portaequipajes revuelto y roto. Parecía tonto que los compañeros de asiento no se presentaran. "Soy Francisco Pisarro, llámame Fran."

"Soy Augusto Gutiérrez. Mis amigos me llaman Augie." Augie le tendió la mano.

Francisco estaba muy complacido de tomar la mano de Augie. "Bueno, ¿qué piensas, Augie?"

"Tenemos un problema," dijo Augie.

"¿Has pasado por esto antes?"

"Por desgracia sí. Pero esto es lo peor. Tengo una idea de lo que hay que hacer."

"De acuerdo, dinos qué hacer," dijo Francisco.

Cuando Augie fue a la parte delantera del autobús y pidió atención, era una figura imponente. Incluso los niños detuvieron sus lamentos.

"Gente, debemos aceptar nuestra situación y ayudarnos unos a otros," comenzó Augie con una fuerte voz de barítono. "Necesitamos formar grupos. Algunas personas que limpien el desorden y hagan un inventario de nuestros suministros, otros que consuelen a los niños. Hagan su elección ahora, pero esperen, déjenme terminar. En un momento, los que pueden ayudar con los niños llevarán a los niños a la parte trasera. Puede que tengan que tomar dos o incluso tres en su regazo. Hagan lo que puedan para mantener a las familias unidas."

"Ahora, el resto de ustedes trabajarán en la organización de lo que queda de nuestro inventario. Necesitaremos compartir el agua y la comida. Traten de encontrar pañales para los bebés y fórmula para bebés y botellas para los que estaban siendo amamantados."

Una mujer levantó la mano tentativamente. Augie asintió con la cabeza para dejarla hablar.

"Señor, ¿el conductor ha avisado a la policía?"

Augie habló con el conductor y anunció, "Él dice que los bandidos arruinaron su radio."

"Phfffah," escupió la mujer.

Augie mantuvo el orden. "¿Alguien tiene un teléfono celular?" Las cabezas se agitaron, en negación. "Los bandidos tomaron el mío," dijo uno, y otros asintieron. Augie se volvió hacia el conductor. "Su teléfono celular, por favor, señor."

El conductor empezó a negar que tuviese uno, hasta que vio que varios hombres más la mujer que hizo la pregunta se quitaron un zapato y empezaron a sostenerlo de forma amenazante en el aire. Le pasó un teléfono a Augie. "¿Quién de ustedes sabe cómo manejar esta marca de teléfono celular?" La misma mujer extendió su mano hacia el teléfono. "Probablemente no obtenga señal de inmediato, pero sigue intentándolo. Te diré a qué número llamar. Es alguien en quien podemos confiar."

"Muy bien, estamos listos. En primer lugar, me gustaría que los niños mayores que tienen hermanos y hermanas más jóvenes vinieran aquí para reunir a sus familias." Nadie se movió. "Muy bien, niños. Estoy feliz de ver que ya se han hecho responsables de eso. En un momento los adultos que van a ayudarlos se moverán hacia atrás. Permitiré que los niños mayores elijan con quién quieren estar, a menos que haya peleas. No hay peleas, ¿entienden? Solo tienen que elegir a alguien. Todos son gente agradable. Estamos juntos en esto y tenemos que ayudarnos mutuamente. Bien, ahora veo que están listos. Los adultos restantes tomen a los pequeños que quedan."

Se escuchó un murmullo silencioso mientras la gente obedecía. "Excelente," dijo Augie, tratando de sonreír. "Lo están haciendo maravillosamente bien. Ahora los adultos van a hacer lo mejor que puedan, y ustedes también niños, estoy seguro. Llorar está bien, pero traten de no gritar y llorar. Dejen que los adultos los abracen y los acompañen. Sabemos que tienen miedo. También nosotros, pero todos vamos a ser una familia ahora y nos ayudaremos los unos a los otros."

Todavía quedaban algunos niños solos, así que Augie reclutó a dos adultos más para que se ocuparan de ellos. Pronto hizo organizar a todos los demás en la limpieza. Estaba satisfecho con las botellas, pañales y chupetes que se encontraron, así como algunos juguetes de peluche. Él designó a una abuela para que distribuyera los suministros de los bebés. Ella era perfecta pues difundía amor en todo el lugar, un pacificador aquí, un juguete relleno allí.

Augie nombró a dos hombres para racionar la comida lo más equitativamente posible. "Probablemente tengamos que esperar otras ocho horas antes de llegar a Juárez," dijo Augie. "Espero que pasemos a las autoridades antes de eso, pero para estar seguros, planifiquemos para que la comida dure por ocho horas. Dependerá de ustedes cómo priorizar. Mantengan a la gente vigilada y hagan su mejor esfuerzo."

\* \* \*

Ocho horas más tarde, el autobús rodó hacia Ciudad Juárez, acompañado por dos patrullas policiales y un contingente del ejército mexicano. Francisco no estaba seguro de que se pudiera confiar en ninguno de ellos, pero no tenía más remedio que confiar en Augie. Por eso se sorprendió mucho cuando Augie sacó un puñal de su bota y se lo puso en el cuello al conductor del autobús. "Ahora, amigo, vas a girar aquí. Vamos a tomar un pequeño desvío antes de entrar en el depósito de autobuses."

Augie dirigió el autobús a la Casa del Migrante.

La alarma invadió el autobús. "¿Qué está pasando?" "¿Qué está haciendo?" "Madre de Dios, ayúdanos." Algunos de los hombres se movieron como si fueran a avanzar.

Era el momento de darle ayuda a Augie. Francisco susurró en el oído de Augie. "¿Qué les diré?"

"Mi amigo tiene camas y cunas listas para los niños y la mitad de los adultos. Deja que los cuidadores vayan con los niños. El resto de nosotros encontraremos algo más."

Francisco se puso de pie y se dirigió a los demás. "Amigos, no se alarmen. Este es un desvío muy sabio. La gente de la Casa del Migrante ha sido alertada. Han preparado camas y cunas para los bebés y suficientes camas para la mitad de nosotros. Proponemos que los adultos cuidadores vayan con los niños, excepto las parejas que deben permanecer juntas, por supuesto. El resto de nosotros encontraremos algo más."

Hubo un suspiro colectivo de alivio. "Además," dijo Francisco, "sospechamos que el conductor del autobús pudo haber sido cómplice de los bandidos. Quizás contra su voluntad. No lo sabemos. Eso dependerá de lo que determinen las autoridades. Han visto a la policía y a la escolta del ejército. Después de que dejemos a los niños, nos dirigiremos a la sede de la policía donde el incidente será investigado a fondo."

Francisco se inclinó hacia Augie de nuevo. Cuando se levantó, anunció, "En este momento, el ejército está barriendo las colinas donde ocurrió el ataque, buscando a las víctimas. Es todo lo que sabemos por ahora. Traten de mantener la calma por el bien de los niños."

## Capítulo 19
<u>Resentimiento Convertido en Odio</u>

Con una sonrisa satisfecha, John "Jo" Jacobs sorbió su martini, y terminó su cigarrillo, mientras repasaba mentalmente su conversación con Tony Medino. No tenía ni idea de que su amante Desiree Parker estaba, en ese mismo momento, alejándose en puntillas de la puerta, habiendo escuchado toda su conversación.

Desiree odiaba la Ciudad de Carson. Odiaba esa casa. Odiaba vivir como una prisionera virtual; y odiaba ser esclava de Jo Jacobs. No era más que una bonita decoración, siempre a su entera disposición. De alguna manera, tenía que salir de esa casa. De alguna manera, tenía que librarse de Jo Jacobs; ¿pero cómo? Día y noche, examinaba el problema y las posibles soluciones. Cada vez se le ocurría la misma respuesta: Jo Jacobs podría encontrarla, sin importar dónde se escondiera y dondequiera que fuera. No había lugar donde esconderse del rey.

Jo le compraba todo lo que necesitaba y luego le daba algo. Dejaba que ella cargara su ropa a su cuenta. Sin embargo, una cosa que él nunca le daba era fondos propios. No podía pagar un taxi que la llevara al aeropuerto y mucho menos comprar un boleto.

Con el tiempo, el resentimiento de Desiree había seguido creciendo hasta convertirse en un odio crudo. Le molestaba que Jo la usara en algunas de sus andanzas. Comenzó cuando él la hizo hacerse pasar por una asistente ejecutiva de San Francisco y la vistió con un traje imponente, gafas, peluca y maletín para intentar asesinar a una de las amantes de Joe. Estuvo muy cerca de ser atrapada. Era cierto que Jo la había salvado de ir a la cárcel, pero ahora había una orden pendiente para su arresto por un intento de asesinato. Ella no había firmado para que eso pasara.

Mientras tanto, los antecedentes de Jo estaban muy limpios. Utilizaba a sus amigos y empleados para su trabajo sucio, manteniéndose arrogantemente por encima de todo y riéndose de la policía. "Nunca me atraparán," se jactaba. "Soy el maestro de los disfraces... el artista maestro del escape."

Jo no tenía conciencia ni piedad. Desiree tenía que ser muy cuidadosa o un día desaparecería sin dejar rastro y nadie se atrevería a hacer ninguna pregunta. Cuando Jo terminaba de usarte, simplemente te aplastaba como a una mosca.

Ahora que estaba en la ciudad, pensó en entrengar a Jo al Fiscal del Distrito de la ciudad de Carson a cambio de que levantaran los cargos contra ella. ¿Pero qué si el Fiscal del Distrito no estaba de acuerdo? No, eso era demasiado arriesgado. Jo contaba con informantes en todas partes, sin duda también en el despacho del fiscal. Ella no podía revelar su verdadera identidad como la Sra. Parker que había desaparecido aquel día en frente de sus narices.

Tenía que haber una forma de salir de aquí y Desiree tenía una idea de lo que podría ser. *Si tan solo pudiera...*

\* \* \*

## Espantoso

"Las autoridades mexicanas en la ciudad fronteriza de Ciudad Juárez han descubierto otra fosa común," dijo el corresponsal en la escena de su guión preparado, mientras la cámara mostraba imágenes de familiares afligidos. Una mujer se desplomó cuando un hombre de uniforme levantó la sábana que cubría el cuerpo de su hijo. Faltaba la cabeza.

Solo quedaba el sangriento muñón de su cuello. El reportero siguió diciendo, "Se encontraron veinte cadáveres, de los cuales solo seis han sido identificados tentativamente. Los otros están demasiado mutilados para ser reconocidos sin el uso de ADN. Esta es la tercera fosa común encontrada esta semana. El registro fue de setenta y dos cuerpos encontrados el año pasado en otra provincia. Las autoridades especulan que los asesinatos son el resultado de la guerra de pandillas por el control de las lucrativas rutas de contrabando a través de la frontera entre Estados Unidos y México."

La cámara volvió al estudio. "Y en otras noticias, la superestrella de cine Hert Smithy y su esposa estrella Hillerita anuncian que se separan después de que su foto fuese publicada en el Hollywood Mirror con su nueva cita de la semana... etc. etc."

El Comandante de la Patrulla Fronteriza de los Estados Unidos, Bert Nelson, apagó las noticias de la televisión. Llamó a su esposa. "Cariño, voy a correr a la oficina. Solo me iré por una hora más o menos."

Nelson se colgó su arma a la cintura, agarró su chaqueta y salió de la casa.

"Ten cuidado, cariño," dijo su esposa mientras le daba un beso en la mejilla.

"Siempre tengo cuidado, cariño."

Conduciendo, pensó más en el estallido de los asesinatos en Juárez. *Quiero hablar con alguien más sobre esto.*

Al llegar a la oficina, comprobó sus mensajes, buscando pistas. Una nota de la Ciudad de Carson le llamó la atención. "Está invitado a una reunión en las oficinas del Capitán Allen Baker, Departamento de Policía de la Ciudad de Carson, mañana 6 pm. Tenemos información importante para discutir sobre la seguridad fronteriza. Por favor confirmar asistencia."

Bert revisó su directorio telefónico personal y marcó el número de la casa de Allen Baker.

"Residencia Baker, habla Mary Beth."

"Hola, Mary Beth, es el Comandante Bert Nelson de la Patrulla Fronteriza. ¿Puedo hablar con tu padre?"

"Lo siento, Comandante Nelson, papá sigue en la oficina, creo. ¿Quiere dejarle un mensaje?"

"No, Mary Beth, lo llamaré a la oficina."

"¿Quiere el número?"

Bert revisó la lista de contactos de su computadora bajo B, "Gracias, pero lo tengo aquí. Antes de colgar, ¿puedo preguntar cómo estás?"

"Oh, sí, Comandante. Estoy bien, gracias. Todavía estoy en terapia, pero solo una vez a la semana, a menos que sienta la necesidad; y luego puedo ir en cualquier momento. Tengo buenas noticias, si le interesa."

"Las buenas noticias siempre son bienvenidas, Mary Beth."

"Bueno, tal vez se acuerde de Sammy Monroe."

"De hecho, sí. Es el muchacho que sobrevivió una semana en manos de secuestradores, atado como un pavo."

"Así es," dijo Mary Beth. "Sammy y yo estamos saliendo ahora. ¿No es genial?"

"De alguna manera, no me sorprende," dijo Nelson. "Eso es maravilloso. Son dos personas muy amables y les deseo lo mejor."

"Gracias, Comandante," dijo Mary Beth, "pero eso no es todo. Sammy y yo estamos organizando una charla y una demostración sobre los peligros de tomar drogas adictivas de todo tipo, así como sobre cómo un joven puede protegerse a sí mismo. Esperamos ser invitados a mostrarlo a grupos de jóvenes. Los padres también son bienvenidos."

"Inscríbeme, Mary Beth. Estoy seguro de que mi grupo de jóvenes de la iglesia adoraría estar allí. Solo elige un domingo por la noche cuando estén listos. También, comprobaré con las escuelas locales. ¿Puedo compartir sus nombres?"

"Simplemente dígales que vayan a www.drugscankill.edu. Y que se registren para una fecha en nuestro calendario. También puede ir allí, y descargar un folleto y carteles, si quiere."

"Gracias, lo haré."

"Gracias."

"Voy a colgar ahora, y darle un toque a tu papá. Adiós, Mary Beth."

"Adiós, Comandante."

    \*   \*   \*

"Policía de la Ciudad de Carson, ¿puedo ayudarlo?"

"Comandante Nelson que llama al Capitán Baker."

"Un momento, por favor, veré si está."

"Habla Baker."

"Allen, es Bert. Recibí tu invitación."

"Bert, es bueno saber de ti. ¿Cómo están las cosas?"

"En este momento, todo está bien. Pero te diré que estoy preocupado por esas fosas comunes que están apareciendo en la frontera. Tres de ellas apenas en una semana, la última tenía veinte cuerpos."

"¿Ah? No vi las noticias hoy," dijo Baker.

"Sí y los cuerpos fueron mutilados para que no fuesen reconocidos. Esto es más que mera ejecución, Allen. Es terrorismo. Sabemos que la tasa de asesinatos está fuera de las listas, pero esto supera todo."

"Sí, tres mil cuatrocientos asesinatos el año pasado en Juárez."

"No sé qué pensar, Allen, pero esto me parece una escalada. Necesitaba hablar contigo. ¿Por casualidad, la reunión de mañana tiene alguna relación con esta noticia?"

"Tengo que tener cuidado con lo que puedo decir, Bert. ¿Qué tan segura es esta conexión?"

"Moderadamente segura, Allen. La central todavía está abierta en tu extremo."

"Sabrás más mañana en la reunión, Bert -pero en pocas palabras- tenemos información que nos lleva a creer que hay un avivamiento masivo y repentino ocurriendo en el comercio de la cocaína de la frontera."

"Oh, ya veo," dijo el Comandante Nelson.

"Eso es todo lo que puedo decir, Bert, hasta que te vea en persona."

"Tal vez debería conducir, ahora."

"Eso no es necesario, Bert. Te he dado lo que necesitas. El resto son solo antecedentes. Lo que vamos a hacer mañana es coordinar nuestros esfuerzos y concentrar nuestros recursos. Todos los alguaciles fronterizos estarán aquí, así como tú y tus lugartenientes."

"Allen, voy a estudiar estos asesinatos masivos. Basado en lo que me estás diciendo, esto suena como algo más que guerras de pandillas."

#Creo que sé a dónde vas, Bert. Ni siquiera tienes que decirlo. Eso es exactamente lo que temíamos que sucediera."

"Los señores de la droga están reclutando mulas por intimidación."

"Sí."

"Oh, cielos," dijo el Comandante Nelson. "Esto es realmente serio."

"Sí," dijo el Capitán.

"Estaré allí a las seis," dijo el Comandante.

"Hasta entonces."

"Entendido."

Bert colgó y se inclinó para pensar. *Entonces, ¡eso es! Tenía un presentimiento.* Tomó un lápiz y empezó a esbozar una lista de tareas pendientes para el día siguiente.

1. Llamar a seguridad nacional; presionar en esa solicitud... que esperamos...
2. Cancelar los permisos y vacaciones.
3. Convocar una reunión con los tenientes, primera importancia.
4. Hacer inventario de bienes y cronogramas.
5. Solicitar ayuda en los sectores del norte y del este.
6. Preparar un resumen para la reunión de las 6 PM.

Después de eso, Bert tomó su chaqueta y las llaves de su auto y se fue a casa.

\* \* \*

## Ciudad Juárez, Chihuahua

Después de dejar el autobús y al conductor de autobús en la estación de policía, Francisco y Augie encontraron un pequeño parque donde pasaron la noche. Habían logrado rescatar sus mochilas, sacos de dormir, artículos de tocador y parte de su ropa. Francisco todavía tenía los pesos que había escondido en su bota.

Augie nunca lo sabría, pero Francisco aún tenía dos de sus más pequeñas monedas de oro ocultas en un lugar muy seguro en su persona. En la refriega, casi se había olvidado de ellas. Todo el resto de sus monedas se encontraba en la caja de seguridad de la Ciudad de México. Francisco tenía la intención de compartir todo lo que tenía, excepto las monedas, con Augie, que era un héroe ante sus ojos.

Hoy planeaban recorrer la ciudad y aprender lo más que pudieran sobre los cruces fronterizos. Pasaron parte del día registrando a los huérfanos en la Casa del Migrante, esperando recibir noticias de los padres desaparecidos.

"Vamos a tomar el desayuno y luego te llevaré a un lugar donde sé que podemos conseguir nuestros papeles," dijo Augie.

Se detuvieron frente a un vendedor callejero donde tomaron tortillas de maíz rellenas de algún tipo de carne y agua embotellada. Augie lo guió por un laberinto de calles estrechas y callejones hasta que llegaron a una pequeña tienda. Augie sonó una campana y entró. "Espera aquí," dijo. Era una habitación pequeña con una mezcolanza de cosas polvorientas en la ventana. Los artículos más pequeños estaban en una vitrina de cristal agrietada que servía como mostrador de facturación. Francisco suponía que era una tienda de segunda mano. Augie desapareció a través de una cortina colgada sobre una puerta que debía llevar a la parte trasera del local.

Francisco esperó. Parecieron diez minutos, pero podrían haber sido cinco. Era difícil decirlo, cuando se estaba ansioso e incómodo. Francisco se relajó cuando Augie volvió por la cortina. "Todo está listo. Podemos recogerlos en tres días."

"¿Recoger qué cosa?"

"Oh, ¿no te lo dije?" preguntó Augie. "Nuestros papeles. Podemos recoger nuestros papeles. Lo único es que quieren la mitad ahora."

"¿Cuánto?" preguntó Francisco mientras se quitaba la bota.

"Quinientos," dijo Augie.

"¿En serio? ¡Quinientos!"

"Quinientos, cada uno," dijo Augie.

Fran silbó suavemente.

"Eso es mil pesos ahora y mil cuando los recojamos. Créeme, estos serán los mejores. Ya he trabajado antes con este hombre."

Francisco contó mil pesos y se los entregó a Augie.

"Gracias, Francisco. Eres mi amigo." Augie se apresuró a pagar al falsificador.

\*   \*   \*

Era más tarde de lo planeado cuando finalmente llegaron a Casa del Migrante. Se sintieron alentados al ver que a los niños les estaba yendo mucho mejor. Al estar en un ambiente cálido y limpio, con el estómago lleno, su ánimo había mejorado. Tener juegos, juguetes y un entorno alegre había hecho maravillas por ellos. El Padre se detuvo para invitar a los hombres a su cuartel. "Tengo mucho que compartir con ustedes," dijo. "Por favor, entren y tomen asiento."

Después de las presentaciones, el Padre comenzó, "Te recuerdo de antes, Augusto. ¿Cómo fue tu viaje el año pasado?"

"Salió muy bien, Padre, gracias a sus consejos. Pude trabajar durante seis meses cosechando uvas en California, manzanas en Washington y luego regresé a Texas para el inicio de la temporada de pomelo. Pero no me quedé toda la temporada. Extrañaba ir a casa."

"Entonces hiciste lo correcto," dijo el Padre. "Me alegro de que hayas encontrado trabajo. Sin embargo, debo decirte que las cosas han cambiado desde entonces."

"Díganos, Padre. Estamos ansiosos de noticias y de su consejo," dijo Augie.

"La ciudad se ha vuelto muy peligrosa," dijo el Padre. "Ustedes deben tener cuidado. Ya no es seguro estar en las calles, incluso en medio del día. Estos malhechores de las pandillas -o carteles si lo quieren- están en guerra. Es así de simple. Se pueden oír los disparos durante todo el día y toda la noche, también. La gente se ha vuelto insensible a eso. Algunos incluso salen por la noche en desafío, para disfrutar en los cafés como antes. Muchos transeúntes inocentes han sido asesinados. A veces pienso que las pandillas lo hacen solo por deporte."

"Pero ¿qué hay de la policía, del ejército?" preguntó Francisco.

"Están abrumados y muchos son corruptos. Los cárteles les ofrecen inmensos sobornos. Los que desafían a los cárteles a menudo son asesinados. A veces parece que la única policía que queda son las que no molestan a los cárteles."

"Tenemos que esperar tres días para nuestros papeles," dijo Augie.

"En ese caso, los invito a quedarse aquí," dijo el Padre.

"No, gracias, es muy amable de su parte, Padre, pero no vamos a aumentar sus cargas."

"Entonces temo por su seguridad," dijo el Padre.

"Tendremos cuidado," dijo Augie.

"A veces el cuidado no es suficiente. Tengan mucho cuidado."

"Lo haremos," le prometió Augie.

"Dios los bendiga a los dos," dijo Padre.

Augie y Francisco se cruzaron y se marcharon.

## Capítulo 20
Relaciones en la Ciudad de Carson

"Mike, cariño, ¿eres tú? Es Juli. Fue muy dulce de tu parte llevarme a la limusina, traerme orquídeas y champaña. Lucías impresionante con tu esmoquin, cariño. Necesito verte pronto. He decidido tomar una semana de vacaciones y volar a la Ciudad de Carson. ¿Vas a estar en casa? Llámame cariño."

Mike apagó su contestador automático y se recostó en su sillón favorito. Ajustó la espalda y el reposapiés y tomó el mando del televisor. *Así que Juli viene a la Ciudad de Carson. ¡Eso es genial! Me gustaría no estar tan ocupado. Descansaré aquí solo por un minuto. Luego la llamaré.*

Cuando Mike despertó ya estaba oscuro afuera. *Oh, cielos, debía llamar a Juli.* Mike revise su reloj. *Es casi media noche. ¿Es demasiado tarde? Probablemente esperó toda la noche a que la llamara. Veamos, apenas son las once allí. Será mejor que la llame.* Mike buscó su celular en teléfono, lo encendió, y marcó su botón. Repicó siete veces y finalmente cayó la contestadora. *¿Qué debería decir? ¿Decirle la verdad?* "Hola, Juli, cariño, es Mike. Acabo de recibir tu mensaje. Son buenas noticias. No puedo esperar para verte. ¿Cuándo llegarás? Te iré a recoger al aeropuerto si puedo. Llámame." Mike colgó, satisfecho con su mentirilla blanca.

"Eso no será necesario, querido, ya estoy aquí," dijo Juli. Mike se giró y buscó su arma, que no estaba allí por supuesto.

"¡JULI! ¡Oh, Dios mío, me asustaste! ¿Cómo entraste aquí?"

"De la manera habitual, cariño, por la puerta. ¿No te alegras de verme?"

Mike estaba casi sin palabras. "Uh, por supuesto que lo estoy, querida. Me has sobresaltado."

"No has cambiado el código de seguridad desde que estuve aquí la última vez, Mike. Qué descuido de tu parte."

"Me ocuparé de eso mañana," dijo Mike, agradecido por un cambio de tema, "pero primero lo primero. Ven aquí, nena." Él extendió sus brazos y la recibió apropiadamente.

Después de un largo y satisfactorio beso, él la miró a los ojos y sonrió. "Um, qué agradable." La besó de nuevo. "Estoy tan feliz de verte. Aquí, ven a sentarte conmigo." Él la empujó hacia atrás en el sofá. "Entonces, ¿qué has estado haciendo, Juliette Carolle, entrando furtivamente aquí y sorprendiéndome después de la cosecha de un año?"

"No habría tenido que meterme si hubieses contestado mi mensaje. Esperé hasta el último minuto para subir al avión."

"Lo siento, cariño." Él la besó de nuevo y luego sonrió. "¿Cómo llegaste hasta aquí?" preguntó Mike.

"Papá me fue a recoger en el aeropuerto. Estuve con mamá y papá por un par de horas. Mi teléfono celular estaba casi agotado, así que decidí pasar por aquí y ver qué proyecto te había atado tanto que ni siquiera pudiste recibir tus mensajes."

"Oh-oh, me atrapaste."

Le tocó la punta de la nariz con una uña bien cuidada. "La pasaré por alto esta vez, siempre y cuando durmieras solo."

"¿Quién, yo?" replicó Mike. "Siempre, querida, siempre. Acabo de llevar a cabo mi vida de soltero solitario - trabajar, comer, dormir, trabajar, comer, dormir. Nunca miro a otras chicas."

"Más vale que no lo hagas," dijo Juli. "Así que ahora que has dormido, ¿qué es lo siguiente en tu agenda?"

"Bueno, yo iba a comer, pero ahora que estás aquí, tengo otras cosas en mi mente." Se inclinó para besarla de nuevo.

Ella puso una palma en su pecho, se alejó y se levantó. "Voy a ver lo que tienes en la cocina en el camino de la comida."

"Ay, Juli, vuelve. Un hombre tiene más de un apetito."

Juli rió y cantó. "Guárdate eso, machote." Mike la siguió a la cocina como un cachorro hambriento. Admiró sus pantalones ajustados mientras se inclinaba para mirar en la nevera. Gimió en su interior. Su presencia en la casa era como un cálido tsunami. Se acercó a su cintura y la abrazó. "Ahora, Mikey, sé un buen chico y siéntate mientras preparo tu cena." Se sentó en la mesa con una sonrisa tonta en su cara esperando ser alimentado.

Juli encontró una cazuela de sobras que Grace había enviado, sin duda. Sirvió una porción generosa en un plato y lo calentó en el microondas, mientras cortaba un poco de fruta. El horno tintineó. Juli levantó el plato y lo puso delante de Mike con unos cubiertos y una servilleta. "¿Quieres agua o leche con tu comida?"

"Leche, por favor," murmuró Mike alrededor de un bocado de comida.

"¿Pan y mantequilla?"

"Pan, mantequilla y mantequilla de maní, por favor."

Juli sacó dos rebanadas. Terminó de cortar la fruta y poner los dos elementos en otro plato.

"Gracias, Juli, esto es genial."

"Ya sabes lo que dicen," dijo Juli.

"¿Quieres decir primero lo primero?"

"No, tonto, quiero decir 'el camino al corazón de un hombre...'"

"No es cierto," dijo Mike.

"¿Cómo sabes lo que iba a decir, sabelotodo?"

"¿Adivino?"

"Ok, supongo."

"¿El camino hacia el corazón de un hombre es a través de su auto deportivo?"

"No."

"¿El camino al corazón de un hombre es a través de su dormitorio?"

"Nuevamente incorrecto,"

"¿El televisor?"

"No. ¿Te rindes?"

"Me doy por vencido."

"El camino hacia el corazón de un hombre es a través de la cocina de su madre," rió Juli.

"Si supieras."

"Oh, claro, solo Grace puede hacer cacerolas así. ¿Quieres repetir? Aquí hay más."

"No, estoy lleno. Pero sírvete si quieres algo."

"Bueno, no tengo mucha hambre."

"Oh, adelante," dijo Mike.

"Tal vez solo un pequeño bocado. ¿Puedo tomar un poco de la tuya?"

"¡Juliette!" advirtió Mike.

"¿Qué quieres, querido?"

"No vamos a empezar de nuevo."

Juli se echó a reír mientras buscaba su propio plato y tenedor. "De ninguna manera, Sr. Coma-por-usted-mismo. He aprendido mi lección."

"Ves, ahí está," dijo Mike, "nunca se es demasiado viejo para aprender." *Uh-oh, cosa equivocada para decir. Vete mientras puedas, tonto.*

"Hablando de viejo, Michael James McBride, he estado pensando," dijo Juli mientras se movía para sentarse en su regazo con un brazo alrededor de su cuello.

*Solo mantente callado, hombre.*

"Michael, ¿no quieres saber qué he estado pensando?"

"Por supuesto, Juli. ¿Qué has estado pensando?"

"Bueno, ya sabes, Michael, las chicas son diferentes de los chicos."

"No me había dado cuenta."

"Quiero decir, las chicas tienen que ser más cuidadosas con su edad."

"Um," dijo Mike, tratando de no ser comprometido.

"Bueno, ya sabes, los hombres mayores se ponen más sexys y más distinguidos. Las viejas solo pierden sus figuras."

"Bueno, me atrevo a diferir contigo allí. Muchas mujeres mayores son muy atractivas y hermosas. Ahí tienes a tu madre, por ejemplo, o a mi madre, por cierto."

"No me confundas, Michael."

"Lo siento, podría ser más fácil si me besas."

"Michael, estoy hablando."

"Puedes hablar después de que me beses."

"Michael, ¿estás prestando atención?"

"Ciertamente lo hago," dijo mientras besaba su cuello y sentía su pecho a través de su blusa sedosa. "Mmm bien."

Juli le dio una palmadita en la mano. "Si estás prestando atención, entonces, ¿qué acabo de decir?"

"Que las mujeres mayores son atractivas y hermosas, al igual que tú." Él besó el lado de su cuello y mordisqueó su oreja.

"¡Michael! No tienes remedio."

"Lo sé."

Rodeó su cabeza con las manos y le besó la boca. Él la inclinó suavemente sobre el sofá y trató de acurrucarse junto a ella. Sus piernas colgaban sobre el extremo. No era lo mejor, pero funcionaría.

*   *   *

Al día siguiente Mike hizo algo de tiempo libre para almorzar en la casa de Juli con sus padres Nan y Harold Carolle. Nan respondió a la puerta. "¡Mike! ¡Adelante!"

"Hola, señora Carolle, ¿cómo ha estado?"

"Mike, olvídate de eso de señora Carolle, para ti soy Nan. Y estoy bien. Gracias por preguntar." Ella le dio un abrazo y beso al aire.

"¿No queda ningún efecto de tu accidente?"

"Ninguno, ¿no es maravilloso?"

"Estoy feliz por ti," dijo Mike.

"Fue todo un proceso, pero ahora todo ha terminado. Sal al patio. Es un día muy agradable; pensé que comiéramos afuera." Lo condujo al patio donde Harold y Juli ya estaban disfrutando del día. Se levantaron cuando Mike entró.

Juli le dio un abrazo y un breve beso. "Dile hola a papi."

Mike se volvió hacia el señor Carolle y le ofreció una mano. "Hal, qué bueno verte."

"También a ti, Mike. ¿Cómo están las cosas?"

"Muy ocupado, últimamente, Hal. ¿Y tú?"

"Manteniéndome firme, Mike."

"Ven, siéntate y Juli nos traerá unas copas. ¿Qué quieres tomar?"

"¿Limonada, té, agua, café?" preguntó Juli.

"La limonada suena bien," dijo Mike, "si tienes mucha. Pero cualquier cosa está bien."

"Trae dos, cariño," dijo Harold, "Por favor."

Juli se fue.

"Entonces, Mike, ¿estabas tan sorprendido como nosotros cuando Juli se presentó?"

"En realidad, me había quedado dormido frente a la televisión. Así que sí, me sorprendí bastante cuando me desperté para encontrarla observándome."

"Así que tú tampoco la esperabas."

"Bueno, dejó un mensaje en mi teléfono, justo hoy. Debía de estar ya en camino cuando llamó."

"Ya veo," dijo Harold.

"¿Es eso inusual para ella?" preguntó Mike, preguntándose por qué Hal lo había mencionado.

"No puedo decir. Es la primera vez, por lo que sé. Tal vez la Ciudad de Carson tiene una atracción especial para ella ahora."

Mike hizo una pausa, sin saber a dónde iba.

Hal guardó silencio.

"Um... uh... bueno, obviamente es su hogar."

"¿Tengo que hacerte un dibujo, Mike?"

Mike comenzó a sudar. "No, supongo que no señor Carolle. Ya no estoy en la secundaria."

"Bueno, entonces, si tú y Juli tienen planes para el futuro, Nan y yo estaríamos encantados si estuviéramos entre los primeros en saberlo."

"No creo que sea por eso que está aquí, Harold," dijo Mike. "¿Lo es?"

"Créeme que no lo sé, Mike; pensé que podrías decírmelo."

"Um, bueno, si te estás preguntando si he propuesto a Juli, la respuesta es no."

"¿Ella te lo propuso?"

"¡Cielos! ¿Ella haría eso?"

"Bueno, espero que no, pero las mujeres tienen sus formas."

Mike se sentía muy, caliente ahora. "Bueno, señor, me doy cuenta de que tiene todo el derecho de saber cuáles son nuestros planes. Por lo que a mí respecta, no tengo planes."

"No digo lo que hay en esa bonita cabeza de ella, o en la cabeza de mi esposa en ese sentido. Ya sabes cómo son las mujeres. No pueden esperar a que lleguen las bodas y los novios."

"Ni que lo digas, Hal. Mi madre es la peor del mundo. Ella ha estado insinuando, no, exigiendo, que me establezca, encuentre a una muchacha agradable y comience una familia. Eso está bien para ella, ella no tiene que criarlos. Ella solo tiene la parte divertida. Cuando empiezan a llorar o ensuciar sus pantalones, es "Ve a ver a tu mamá y papá"."

"Tienes razón. Yo también planeo ser así." Hal rió entre dientes.

"Has demostrado mi punto," dijo Mike.

"Bueno, Mike, no depende de mí, pero debo decir que no creo que encuentres a una chica más bonita que mi Juliette. Entonces, ¿por qué seguir buscando?"

"Oh, no estoy buscando, señor. Juli es mi chica. Pero..."

"¿Pero qué?"

"Bueno, el problema es evidente, señor. Vivo aquí y ella vive en San Francisco. Me gusta mi trabajo, me gusta mi casa, me gusta la Ciudad de Carson. Mi gente vive aquí. Juli es una chica de la ciudad. No se lo critico, lo entiendo, pero esos son simplemente los hechos."

"¿No crees que se mudaría?"

"¿Tú sí?"

"No es mi trabajo preguntarle."

*"Touché,"* dijo Mike, infelizmente. "Hal, si le pido que se case conmigo, ella podría decir que sí, y entonces ¿dónde estaríamos? Déjeme reformular eso, señor. Me preocupa que Juli pudiera hacer el sacrificio y mudarse aquí para estar conmigo y luego, después de unos meses, darse cuenta de que es miserable viviendo aquí. ¿Ves lo que estoy diciendo?"

"Veo lo que estás diciendo, Mike. Es un dilema. Tú y Juli tendrán que resolverlo, de una forma u otra. Todo lo que quiero decir es que Nan y yo estaríamos encantados si tú y Juli se casaran y se establecieran en la Ciudad de Carson."

"Nos encantaría que fueras nuestro yerno, sin importar dónde vivas. ¡Nos encantaría!"

"Gracias, Hal. Eso significa mucho para mí. Yo también pienso así de ustedes dos."

Los dos se quedaron en silencio. Mike recordó la conversación la última vez que Juli y él estaban juntos; Juli dijo que necesitaba saber dónde estaba con Mike.

*¿Necesito más pistas? Lo siguiente será tener a mi mamá encima.*

      *   *   *

Leroy levantó la vista mientras Mike entraba en el lugar. "Entonces, ¿cómo estuvo el almuerzo?" preguntó.

"¿Sabías que Juli estaba en la ciudad, verdad?"

"Realmente no. ¿Cuando pasó eso?"

"Anoche tarde. Visita sorpresa "

"Oh-oh, esas son malas noticias."

"¿Por qué dices eso, Bratowski?"

"Ella no se trae nada bueno. Nunca confíes en una mujer, amigo."

"Entonces, ¿crees que tiene algo malo en mente?"

"Ella tiene planes, cierto, planes contigo."

Mike gimió. "Juli no haría eso."

Leroy lo miró con lástima. "Pobrecillo." Sacudió la cabeza. "¿Cómo crees que todos esos solteros perfectamente felices terminan casados, eh?"

"No lo sé. De la forma habitual, supongo."

"Eres tan ingenuo, Mike. ¿Crees que fue idea de ellos? ¿No es cierto?"

"¿No lo fue?"

"¿Adán le ofreció a Eva la manzana?"

"Entiendo tu argumento."

"Eres hombre muerto. Es solo cuestión de tiempo."

      *   *   *

Juli tenía muchos planes para la semana. Pasar tiempo con Mike, mamá y papá, por supuesto, pero también *tenía que ver* a Suzanne y Sam para ver cómo les iba a los recién casados, y ella quería ver a la familia de Mike y su hermana Kelly y así sucesivamente.

Mike y Juli estaban sentados en un restaurante de estilo familiar cenando y haciendo planes para la semana.

"Lo que quieras hacer está bien para mí," dijo Mike agradablemente. "No puedo prometer estar disponible todas las noches, pero haré todo lo posible."

"Oh, esperaba que estuvieras cerca," dijo Juli.

"Bueno, cariño, las cosas están muy ocupadas en la estación y el Capitán me necesita," dijo Mike.

"¿No tienes vacaciones?"

"Mi cielo, todas las vacaciones y permisos han sido cancelados."

"¡Pero, Mike, no pueden hacer eso! Los empleados tienen derechos."

"Es cierto, pero es una circunstancia especial."

"¿Qué circunstancia especial?"

"Juli, no puedo hablar de eso. Lo siento."

"Pero, pensé que estábamos..." ella se detuvo repentinamente. "Pero, supongo que no lo estamos, ¿verdad? Realmente no."

Mike simplemente miró fijamente su bebida y frunció los labios. *Oh cie... los. Aquí vamos de nuevo. ¿Qué le pasa?* Mike sacudió la cabeza ligeramente, respiró profundamente y exhaló.

"De acuerdo, Juli, ¿qué es lo que quieres?" preguntó.

Ella aspiró con su nariz, "Nada."

Mike estaba tratando de mantener su paciencia, con dificultad. "Juli, eso no está ayudando. Al parecer, quieres algo que no soy capaz de dar. Soy un policía, Juli. Los policías tienen responsabilidades; los policías tienen secretos. Es parte del trabajo. A veces hay cosas que simplemente no puedo compartir contigo. Así es como es. No ayuda que te ofendas cuando no puedo encajar en tus planes. Soy un oficial, Juli. No puedo simplemente irme cuando me venga en gana."

Juli aspiró con su nariz y no dijo nada.

"¿Y bien?" dijo Mike.

"¿Bien qué?"

"Bueno, ¿vas a volver a la discusión o me vas a dejar de hablar?"

"No importa," dijo Juli. "No es nada. No debería haber dicho nada." Ella cogió su tenedor y reanudó su cena, con la mirada baja.

Mike terminó de cenar. Esta vez supo que era ella la que estaba equivocada y tenía razón. Entonces, ¿por qué se sentía tan miserable?

\* \* \*

Al día siguiente, Leroy estaba en su escritorio antes que Mike llegara... ¡otra vez! "Buenos días, Teniente."

"¿Qué tienen de buenos?" replicó Mike.

"Oh, vaya, ¿qué tenemos aquí?" preguntó Leroy. "Una noche dura, ¿eh?"

"No quiero hablar de ello."

"Claro que sí," dijo Leroy. "Solo dile al viejo tío Leroy."

"¿Por qué debería hacer eso? ¿Para que puedas regodearte?"

"¿Quién, yo?" dijo Leroy. "¡Nunca!"

Mike le dirigió una mirada fea.

"No me lo digas. Déjame adivinar. Es un problema de mujeres," dijo Leroy.

"¿Y qué? ¿Qué hay con eso?"

"Eso pensé," dijo Leroy.

"Malditas mujeres, de todos modos. No puedes vivir con ellas, no puedes vivir sin ellas."

"Seguro que se puede. Lo has hecho por... ¿cuántos años, ahora?"

"Diez o algo así, si no cuentas el tiempo con papá y mamá."

"Mamá no cuenta. Nunca te deshaces de ella."

"Supongo que tienes razón," dijo Mike. "Tal vez eso es lo que necesito ahora mismo. No sé qué le pasa a ella... Juli, quiero decir."

"¿Qué hizo ella ahora?"

"Bueno, ella aparece sin ninguna advertencia y espera que me tome la semana libre y la acompañe por la ciudad para ver a todos sus amigos, y cuando trato de explicar por qué no puedo hacer eso, ella se bajonea por completo."

"Eso no parece razonable," dijo Leroy.

"Sí, eso es lo que traté de decirle."

"¿Y qué dijo ella?"

"Nada."

"¿No dijo nada?"

"No, ella no dijo "nada"."

"Oh, eso es fácil, Mike. Cuando las mujeres dicen "nada" significa realmente lo contrario, todo. Además, no va a decirte. Espera que averigües lo que ocurre."

"Oh," dijo Mike.

"Entonces, cuando ella dijo 'nada', ¿qué hiciste?" preguntó Leroy.

"Yo le tomé la palabra."

Leroy sacudió la cabeza, "Hijo, hay muchas cosas sobre las mujeres que necesitas aprender."

"No todas pueden ser así," dijo Mike.

"Sí, lo son," dijo Leroy.

"Mamá no era así."

"¿Eso piensas?"

"Sí, lo hago," dijo Mike.

"Tal vez deberías preguntarle a tu papá, alguna vez."

## Capítulo 21

El Plan

No había nada que hacer, ahora, más que esperar y esperar que funcionara.

El Inspector Félix López sabía que la espera era parte del juego. Había puesto la trampa. Ahora el culpable tenía que tomar el cebo.

Cuando los ancianos del pueblo oyeron toda la historia, juraron vengarse por Francisco. Demasiados jóvenes habían sido llevados por el agente y su despiadada compañía. Demasiadas familias habían sido engañadas por sus ahorros de toda una vida y perdieron a sus hijos en el trato. Eso tenía que parar, y el abuelo juró que lo harían.

El plan era muy sencillo. Cuando el agente viniese a extorsionar su reserva de oro como rescate a cambio de su hijo, las cámaras ocultas registrarían todo el asunto. El aislamiento mismo de la aldea hacía que el plan fuese viable. La única manera en que el agente podía contactar con ellos era en persona. No había teléfono, teléfono celular o Internet. Estaban a cientos de kilómetros de la torre de comunicaciones más cercana.

Lo que el agente no sabía -y nunca sabría- era que Félix había sugerido al pueblo que comprara un teléfono por satélite. Ahora podrían llamar a cualquier persona en el mundo, a través de esta maravilla de la tecnología. Antes de que Félix y Carlos los dejaran, seleccionaron un lugar llano para un aterrizaje de helicóptero y despejaron los árboles y barrieron la zona. Ahora, cada vez que necesitaran a la policía, simplemente marcarían el campo con una gran X hecha con una pintura en aerosol de día, o luz de linterna por la noche. En helicóptero, la policía podría estar allí dentro de veinte minutos después de recibir la llamada.

No era lo menos beneficioso del plan que Félix nunca tuviese que volver a hacer ese escalofriante paseo en burro. Diego acompañó a Félix a la ciudad para buscar los suministros necesarios: cámaras, pintura en aerosol, linternas adicionales y el teléfono satelital.

Estarían listos. Los aldeanos tenían sus tareas asignadas, si el agente llegaba alguna vez. Algunos manejarían la pintura o las linternas. Otro estaría listo para hacer la llamada telefónica, otros dos trabajarían con las cámaras, otros más prepararían comida y bebidas y servirían como testigos.

Otros aún guardaban sus armas de caza cerca, por si acaso. El abuelo y otros dos ancianos actuarían como víctimas.

Félix había sugerido que les proporcionara algunas monedas falsas en lugar de arriesgarlas. El abuelo dijo: "No, gracias. Podemos manejar eso." No iba a admitir que deslizaría una poción de dormir secreta en la bebida del agente antes de que tuviera la oportunidad de escapar con las monedas reales. Cuando el agente se durmiera, tres personas lo atarían y sacarían las monedas de sus bolsillos. Estaría despierto, todavía atado, cuando llegara la policía. El abuelo se aseguraría de eso.

## Misión Cumplida

La misión exitosa del Merrimac y el Monitor quedaría en los anales de la historia de la Guardia Costera catalogada como un secreto. Después de apoderarse con éxito de ocho submarinos de cocaína, con su carga y tripulación, el Merrimac y el Monitor invadieron la base secundaria y tomaron al personal como prisioneros. La interrogación de los detenidos había confirmado que no había más submarinos, en ese momento. En lugar de arriesgarse a incendiar toda la isla, el toldo sobre la base fue desmontado con herramientas manuales. El resto de los edificios fueron dejados para que la naturaleza asumiera el control. En ese ambiente tropical, la naturaleza destruiría la base en poco tiempo.

El Merrimac y el Monitor tuvieron una celebración privada en la isla desierta. Fue allí donde una hoguera gigante se encargó de las pruebas restantes: los submarinos y la cocaína. Los marineros asaron malvaviscos y perritos calientes, riendo y bromeando sobre los efectos de la inhalación. Varios de los presentes trajeron guitarras, ukeleles, banjos y bongos y se entretuvieron con una sesión de improvisación emocionante. Algunas de las mujeres marineras hicieron un hula creíble ante los aplausos y silbidos de los hombres. Por último, Burns y Burns se permitieron unirse a la hula tras rugidos de aprobación.

Un detalle seguía allí: los prisioneros. Había llegado el momento de hacer que el Teniente Lars Caruthers cumpliera su promesa de ocuparse de ese problema. Burns usó el codificador para enviar su petición. "Hemos decidido hacer efectivo nuestro acuerdo respecto a los presos. Di cuándo y dónde. Esperen sesenta personas."

El mensaje de regreso decía: "Lleguen a Picadilly Island. Sesenta celdas disponibles. Hora y fecha de llegada al estado."

Burns y Burns tuvieron que escanear los gráficos con una lupa para localizar la isla de Picadilly. Parecía estar deshabitada y abandonada. Sin embargo, cuando llegaron estaban contentos de ver que tenía un puerto de aguas profundas, instalaciones de atraque, una prisión y muy poco más. Lars se reunió con ellos en el muelle.

Los prisioneros fueron esposados y sacados en pequeños grupos por marineros armados. Lars pasó dos horas charlando con Burns y Burns con algo de té y café, ansioso por escuchar todo sobre sus hazañas.

"Este ha sido un momento agradable," dijo Lars. "Felicitaciones por su exitosa misión. Esto tendrá un impacto en la salud de la nación durante mucho tiempo."

"Gracias, Lars," dijo Burns. "¿Podemos ofrecerte un aventón a casa?"

"Muchas gracias por la oferta, pero planeo quedarme unos días. Nola se unirá a mí. Planeamos interrogar a los prisioneros, y luego regresaré con ella."

Burns levantó y arqueó las cejas, "¿Nola?"

"Te acuerdas de Nola Kingston, jefa de la oficina de la DEA," dijo Lars.

Burns se limitó a levantarse y le tendió una mano. "Gracias por liberarnos de nuestros prisioneros, Lars. Son todos tuyos."

"Buen viaje, capitán Burns y capitana Lycombe," dijo Lars mientras saludaba.

\* \* \*

Tres días después, El Merrimac y El Monitor entraron en San Diego. Los marineros se alineaban en los carriles con sus vestidos blancos esperando ansiosamente la señal del jefe para indicar su retirada.

En la orilla, las esposas y los niños esperaban con impaciencia, escudriñando los rostros para tener la primera vista de su ser querido. Era fácil ver quién sería el primero en unirse con sus cónyuges. Eran las mujeres jóvenes que llevaban bebés recién nacidos. La tradición militar permitía a los nuevos padres irse primero. Todo el mundo disfrutaba viendo los rostros de los marineros cuando conocían a sus bebés por primera vez.

Pronto, una corriente constante de hombres y mujeres sonrientes fluyó por la pasarela, y comenzaron a verse felices reuniones. Solo un oficial se agachó para subir la pasarela al Monitor. Cuando el capitán Billy Burns pasó, fue recibido por todos los marineros del Monitor con un saludo inteligente y una palabra alentadora. El capitán Burns era legendario.

"¡Burnzee, bebé!" dijo su esposa, Lynne Lycombe-Burns, Capitana del Monitor.

No necesitaron más palabras mientras él la levantaba en un enorme abrazo de oso y la besaba. Juntos bajaron corriendo las escaleras, cogidos de la mano, dirigiéndose hacia sus aposentos privados. Para su deleite, Burns la levantó y la llevó a través de la puerta con una sonrisa de una milla de ancho. Cerró la puerta con su pie, la llevó a su despacho, y la acostó suavemente. Cuando se quitó la chaqueta, la gorra y los zapatos, abrió los brazos.

"Ven con mamá," dijo ella.

## Juárez

Eran las tres de la mañana cuando sucedió. Augie y Francisco estaban envueltos en sus mantas detrás de unos arbustos en el pequeño parque. De repente, un grupo de hombres los puso en pie. Ninguno de los dos podía pelear porque las mantas mantenían sus brazos a ambos lados. En cuestión de segundos, las mordazas les ahogaron la boca y les cubrieron los ojos con vendas. Francisco tropezó, se mantuvo apretado en su manta y empujó y tiró hasta que fue cargado, colocado en cruz, sobre una especie de bestia, un burro o una mula. Sus manos y pies estaban atados, también. Luchó durante algún tiempo, tratando desesperadamente de liberarse. Ocasionalmente se caía de la bestia, era pateado y subido de nuevo.

Por fin lo bajaron de la bestia y lo arrojaron sobre un suelo de tierra en algún tipo de refugio. Allí estaba, incapaz de moverse o hablar. Pensó que había detectado a otras personas en la habitación, pero no podía estar seguro. ¿Acaso estaba Augie o no? La espera y la duda eran agonía. Oyó que un grupo de perros ladraba. Alguien estaba viniendo.

Oyó que alguien entraba en la habitación. Fue arrastrado a una posición sentada y la mordaza quitada. "Ten, bebe," ordenó la voz de un hombre. "¿Quién eres tú? ¿Qué haces conmigo?" preguntó Francisco.

"Dije que bebieras," dijo la voz. "Pronto aprenderás lo que le hacemos a los traidores."

"Pero..."

"¡Dije que bebas!"

Las orejas de Francisco sonaron por el golpe que recibió. Él bebió.

Lo empujaron sobre su espalda. El hombre se fue.

Francisco oyó un murmullo. Pronto un cálido cuerpo se apretó contra el suyo. "¿Eres tú, Augie?"

Una respuesta amortiguada fue acompañada por un cabeceo de cabeza.

"¿Oíste todo?"

Otra vez la cabeza asentía.

"Santa Madre, tenemos que salir de aquí."

Más de la cabeza asintiendo. Francisco sentía algunos dedos escarbando en él. "De acuerdo, lo entiendo. Intentaremos unir nuestras manos y ver si podemos desatarnos." Francisco se giró. Era difícil maniobrar, pero lograron deslizarse y deslizarse hasta que sintió sus manos juntas. "Siento tus manos, Augie. Las mías están atadas con demasiada fuerza. Ni siquiera puedo mover los dedos. Intenta tú primero." Francisco sintió los dedos trabajando en sus lazos durante mucho tiempo sin ningún efecto de aflojamiento. De repente, algo cedió. "¡Eso es, Augie! Puedo sentir que se está relajando. Sigue trabajando en ese lugar." Augie tenía los dedos crudos pero seguía trabajando.

Por fin una mano salió libre. "¡Soy libre, Augie!" Francisco casi arrancó los lazos restantes de su otra mano. Se quitó la venda y se desató los pies. "De acuerdo, te desamarraré ahora." Francisco se masajeó las manos. Se inclinó para trabajar sobre las ataduras de Augie.

De repente, la puerta se abrió de golpe y entraron dos hombres armados. Francisco fue a por ellos con sus propias manos y se encontró con un rifle en la cabeza. Los dos hombres patearon a Augie y a Francisco. "¡Levántense!" Gritaron. Francisco se puso en pie de un salto y levantó a Augie lo más suavemente que pudo. "Fuera," gritó el jefe.

El otro los empujó por la puerta y se dirigió a una mesa. "Siéntense", ordenó.

Augie solo podía saltar con los pies atados. Francisco lo arrastró la mayor parte del camino y lo ayudó a deslizarse sobre un banco crudo.

"Te mostraremos lo que hacemos con los prisioneros que usan sus dedos, para tratar de escapar," dijo uno mientras agarraba la mano derecha de Augie y la abofeteaba sobre la mesa. El otro hombre se adelantó con un machete maligno en sus manos. Lo elevó por encima de su cabeza. Francisco gritó, "¡Noooooo!" mientras la hoja se balanceaba por el aire y cortaba limpiamente los dedos de Augie de su mano. La sangre brotaba de los tocones. Francisco siguió gritando de horror. Los dos hombres rieron como hienas, recogieron los dedos y los arrojaron uno a uno a la manada de perros que peleaban, gruñían y luchaban por ellos. "¡Alto!" Gritó Francisco. "Por favor deténganse. En el nombre de la Santa Madre, no pueden hacer esto." Los otros rugieron de risa. Francisco sollozó y sostuvo a su amigo, frenéticamente tratando de detener el sangrado. Augie se había desmayado.

Uno de los hombres apartó a Francisco y envolvió un trapo sucio alrededor de la mano de Augies. "No podemos tenerlo sangrando hasta morir. No hemos terminado nuestra diversión", se rió. Gruñó y cogió a Augie por los brazos, lo arrastró de vuelta al cobertizo y lo dejó allí tendido.

El otro hombre volvió a llevar a Francisco al cobertizo, le ató las manos y los pies de nuevo, y lo empujó hacia abajo. Francisco yacía allí, temblando y sollozando en desesperación. Trató de acurrucarse con Augie para prestarle la calidez de su cuerpo. Eventualmente, Francisco sintió que Augie había despertado de su desmayo. Detectó temblores en su cuerpo y oyó gemidos. Se amontonaron juntos durante la larga y dolorosa noche. A lo largo de la mañana, Augie empezó a delirar.

Al amanecer, los perros ladraron escandalosamente. Una vez más, dos guardias vinieron por ellos. Francisco apenas podía levantarse, y Augie estaba demasiado débil para moverse. Los dos guardias tomaron uno de los brazos de Augie y lo arrastraron fuera, donde una docena de hombres se habían reunido. Algunos de ellos llevaban uniformes de la policía. Un hombre salió de la multitud. Francisco lo reconoció como el conductor del autobús que Augie había desafiado. Se acercó a Augie, le dio una patada y lo abofeteó. "Despiértalo," ordenó. Se le arrojó un cubo de agua helada. Augie chasqueó y empezó a gemir. "Quita la venda de sus ojos. Quiero que vea quién lo tiene, ahora." Augie pestañeó ante la luz. El conductor del autobús tomó a Augie por el pelo y levantó la cabeza. "¿Ves esto, amigo?" se burló mientras un cuchillo malvado brillaba en su mano, a pocos centímetros del rostro de Augie. Con el cuchillo, rompió la camisa y los pantalones de Augie en pedazos. "Abre los ojos," gritó. Augie lo intentó y fracasó. "¡Te abriré los ojos, cobarde!" Con el cuchillo cortó perfectamente los párpados de Augie. "¿Puedes verme ahora? ¡Habla!"

Augie gimió, con sangre fluyendo de sus ojos.

"¿Puedes oírme?" El conductor del autobús cortó las orejas de Augie y las arrojó a los perros. "Entonces, ¿pensaste que podrías ser un héroe? ¿Cómo se siente, héroe?" Él cortó una Z grande en el pecho de Augie. La sangre corría por la cabeza y el pecho de Augie. "Encadénenlo," dijo el hombre del autobús.

Tres hombres corpulentos ataron una cuerda alrededor de las muñecas de Augie, tiraron la cuerda sobre una rama y lo alzaron para que sus dedos de los pies apenas tocaran el suelo. El horrible hombre comenzó a cortar las entrañas de Augie y a arrojarlos a los perros. Más sangre corría. Afortunadamente, Augie estaba inconsciente ahora. Pero Francisco fue sujetado fuertemente por dos hombres y forzado a mirar. Cada vez que intentaba cerrar los ojos, le golpeaban. Por fin, el conductor del autobús hundió su cuchillo en el corazón de Augie, luego en su estómago y lo destripó. Francisco vomitó sobre sí mismo y sus torturadores. "Arrrgh," gritaron y lo arrojaron a un lado.

Alguien subió con un balde de agua y lo arrojó sobre los hombres. "Llévenselo," dijeron.

A Francisco se le vendaron los ojos, lo ataron y lo dejaron, una vez más, sobre un burro. Su desesperación no tenía límites. Al final, fue devuelto al pequeño parque, donde fue desatado y liberado. Los guardias y el burro desaparecieron dejando a Francisco solo para sollozar y retorcerse en agonía durante el resto del día y de la noche. Su cuerpo estaba sufriendo una conmoción. Durante la noche cayó en un sueño atormentado. Cada pocos minutos se despertaba gritando, luego caía de nuevo agotado.

Al día siguiente se despertó y se sentó. Su sed era abrumadora. Cuando un vendedor ambulante pasó, Francisco le hizo un gesto. "Por favor, algo de beber," gruñó.

"Déjame ver tu dinero," dijo el vendedor, retrocediendo ante el hedor.

Francisco luchó por quitarse una bota. Extrajo algunas monedas. "Eso es suficiente," dijo el vendedor y le tendió una botella de agua.

Una hora después Francisco empezó a notar a los que lo rodeaban. Llegó un taxi. *Debo irme,* pensó Francisco. *Debo ir a Casa del Migrante y decirle al Padre.* Y así, reunió sus miserables pertenencias y se quedó junto al bordillo esperando otro taxi. Vio a uno que venía y reunió la fuerza para silbar. Este siguió de largo. Francisco lo intentó de nuevo. El taxi se detuvo. "¿A dónde?" preguntó el conductor.

"La Casa del Migrante," soltó la voz de Francisco. Era la segunda vez que la usaba en 18 horas, excepto para llorar y llorar. Se aclaró la garganta y volvió a intentarlo, "Casa del Migrante, por favor." El conductor giró alrededor. Francisco tuvo un momento de pánico. "Este no es el camino," proclamó.

"Lo sé," dijo el chofer, "pero tengo otra carrera en la misma dirección. ¿Te importa?"

"Oh," dijo Francisco y se acomodó en su asiento. Tomaron la otra carrera y se pusieron en camino. Francisco desembarcó primero. Pagó al chofer y se metió en el refugio, cabeza abajo; lágrimas involuntarias le corrían por las mejillas. Se dirigió directamente a los aposentos del Padre sin detenerse y tocó suavemente en la puerta.

El Padre respondió a la puerta y echó un vistazo a Francisco. *"¡Dios Mío!"* exclamó el Padre. "Entra, hijo mío. Aquí, por favor, siéntate. Te voy a traer un poco de té caliente." El Padre volvió enseguida con el té y algunos pasteles dulces. "Aquí, debes comer, beber." Él le ofreció la taza y picó una porción del pastel. Después de que desapareció, el Padre volvió a mirar a Francisco. "Ha ocurrido algo horrible."

Francisco asintió y más lágrimas fluyeron.

*"Caramba,"* dijo el Padre, "atraparon a Augusto, ¿cierto?"

Francisco asintió con la cabeza, derramando más lágrimas.

"Es suficiente," dijo el Padre. "No hables más." Le extendió una servilleta y le secó suavemente las lágrimas. "Santa María, Madre de Dios, Preciosa Jesu, rogamos al Señor por Francisco en su hora de agonía. Comienza la curación de su corazón roto. Toma sus amargas lágrimas en súplica por el espíritu de su difunto amigo." El Padre hizo la señal de la cruz y bendijo a Francisco. "Ven conmigo, Francisco." Llevó a Francisco por el pasillo a una pequeña habitación, escasamente amueblada, con una sola cama cubierta con un edredón de goma y una almohada suave. "Acuéstate, hijo, y descansa. Estás a salvo aquí. Nadie se atreve a invadir el santo refugio de Dios." El Padre retiró los zapatos de Francisco, los colocó en el suelo, acarició la mejilla de Francisco, salió de puntillas y cerró la puerta.

El Padre convocó a un mayordomo y lo envió con un recado para ver si el cartel liberaría los restos para darles un entierro católico apropiado. Tenía poca esperanza de que quedara algo. Luego entró en la capilla y se arrodilló en el altar en profunda tristeza.

## Capítulo 22
<u>Cupido Usa Pantaloncillos.</u>

Mike contestó el teléfono. "Hablao McBride."

"Hola Mike. Es Dean Davis."

"¡Dean! Dios mío, no he tenido noticias tuyas desde hace mucho tiempo. ¿Cómo estás, hombre?"

"No podría estar mejor, Mike. ¡Las cosas están yendo realmente genial! Soy feliz como un gamo que come peras espinosas; así de genial van las las cosas."

"Eso es maravilloso. ¿Y cómo está la bambina?"

"Debes estar hablando de mi niña. Ella está creciendo tan rápido; Ya no es una bambina."

"No más charla de bebé, ¿eh?"

"Eso es, ella habla hasta por los codos. De hecho, ya ni siquiera necesita pañales. Le hemos estado poniendo pantaloncillos. En este mismo momento, ella está de compras con Brenda -la Oficial Goodfellow- buscando sus primeros pares de bragas de niña grande. Solo necesitará los pantaloncillos por la noche, ya sabes, en caso de que tenga un accidente.

*¡Cielo santo! ¿Esto es lo que le pasa a los hombres agradables? Señor, sálvame,* pensó Mike. *No hay forma de que le hable a mis amigos sobre el entrenamiento de mis hijos para ir al baño, braguitas, y pantaloncillos, por caridad.*

"Eso es maravilloso, Dean," dijo Mike, buscando otro tema. "Me parece recordar que Tracey estaba muy unida a un conejo de peluche llamado Buffie."

"Bueno, Buffie está en su cuarto, ahora. Tracey superó ese apego, una vez que se adaptó a vivir con nosotros. Tiene otros juguetes."

"He oído que te refieres a "nosotros", Dean," dijo Mike.

"Oh, pensé que lo sabías. Brenda y yo somos una pareja ahora."

"¿Una pareja?"

"Bueno, sí. Justo después de que Tracey llegó a casa, Brenda accedió a mudarse conmigo."

*¿Qué debería decir? ¿Felicidades?* "Ah, ya veo," dijo Mike. "Bueno, ¡qué afortunado eres! Brenda es una chica dulce."

"Sí, y déjame decirte que ella y esa niña son inseparables. Tracey la llama mamá, ahora. Aún piensa en mí como Bapa, es decir abuelo."

"¿Cómo te sientes sobre eso?"

"Bueno, ¿cómo te sentirías tú?"

"Realmente no puedo decirlo," dijo Mike diplomáticamente. "Nunca he pensado en ello."

"Bueno, por lo que a mí respecta es *mi* niña."

"Aún es tu hija de crianza, ¿verdad?"

"Sí, es mía, y no de Brenda."

"Oh, ya veo," dijo Mike. "Eso podría ser un problema, si tú y Brenda deberían alguna vez... ¿cómo voy a decir..."

"Exacto, Mike. He decidido solicitar la adopción."

"Bueno, Dean, estaré presionando por ti."

"Va a necesitar mucho apoyo, Mike. La agencia no está optimista en absoluto. No colocan niñas perfectas con hombres solteros. Sugieren que pida un niño mayor, o un niño minusválido. Entonces tendría una mejor oportunidad."

"Gorrón."

"Brenda tendría una mejor oportunidad que yo."

"Ya veo." *¿A dónde quiere llegar?*

"Por eso llamé, Mike. Quiero tu consejo. Estoy pensando en pedirle a Brenda que se case conmigo."

"Bueno, Dean, no soy consejero matrimonial. Por favor, no me preguntes qué hacer."

"Necesito que me lo digas, hombre."

"Bien, vale. Parece ser la solución obvia, ¿no? Por supuesto, el gran problema es ¿cómo te sientes con Brenda? Perdona mi franqueza, pero no me parece correcto casarte con alguien solo para conseguir un hijo."

"Eso es exactamente lo que ocurre, Mike, creo que la quiero, pero no lo sé con seguridad. ¿Y si me estoy enamorando de ella, por Tracey?"

"¿Has hablado con Brenda sobre esto?"

"No específicamente."

"Creo que ustedes dos necesitan explorar sus sentimientos del uno hacia el otro, antes de tomar cualquier decisión. Sé honesto con ella, Dean. Necesitas pensar en ello como un compromiso de por vida. Mira esto de esta manera: Tracey tiene tres años. En dos años más comenzará la escuela y pronto estará haciendo sus propios amigos. En quince años o menos, es probable que se enamore y se vaya de casa. Solo somos dueños de los corazones de nuestra niña, por completo, por un breve tiempo. Si te casas con Brenda, debes tener su corazón para siempre."

"Mike, ¿cómo has llegado a ser tan sabio?"

"Cielos, no soy sabio. Esos son mi mamá y papá hablando. No puedo manejar mi propio romance, menos el tuyo. Escucha Dean, llego tarde a una reunión," murmuró Mike, "¿puedo colgar ahora?"

"Claro, Mike. Gracias por el consejo."

"Déjame saber cómo sale todo, Dean."

"Lo haré. Adiós."

*¿Qué debería hacer ahora? Iba a llamar a Juli.* Mike abrió la puerta del refrigerador y se quedó mirando los estantes vacíos. Más por el hábito que por necesidad, sacó una cerveza y saltó a la parte superior. Llenó el plato de comida de la Perra Lady Dog y su tazón de agua. Se estiró, se acercó y empezó a comer. Mike sacó una silla de la cocina y bebió su cerveza mientras rascaba la cabeza de Lady y le acariciaba la espalda.

Lady terminó su comida y tomó un poco de agua. Movió la mano de Mike para recordarle que la siguiera acariciando. La rascó detrás de las orejas.

Su mente estaba repasando las palabras que había hablado con Dean. Podría haberse hablado a sí mismo de esa forma: *"Creo que los dos necesitan explorar los sentimientos del uno hacia el otro, antes de tomar cualquier decisión. Sé honesto con ella, Mike."* Las palabras de Juli volvían para atormentarlo como lo habían hecho tantas veces. "Necesito saber en dónde estoy contigo, Mike."

*Dean dijo creo que la amo, pero no estoy seguro. ¿Cómo puedo estar seguro? Necesito tanto un consejo como lo necesita Dean.*

Mike cogió el teléfono. Comenzó a sonar antes de que pudiera marcar.

"¿Hola?"

"Hola, Mike," dijo su padre. "¿Cómo estás?"

"Estoy bien, papá. ¿Qué van a hacer esta noche?"

"No mucho, Mike. ¿Tienes alguna sugerencia?"

"Estaba pensando que podría ir a charlar un rato esta noche."

"Ven, Mike, si puedes. Grace preparará la cena en media hora. Vamos a hacerte un lugar."

"Gracias, papá, estaré allí en veinte minutos."

\* \* \*

Mike y Lady entraron por la puerta de atrás sin llamar. Mike besó a su madre y abrazó a su padre.

"Me alegro de que hayas venido," dijo Grace. "No te hemos visto mucho últimamente."

"Eso es verdad, mamá. Hemos estado muy ocupados en la estación y Juliette Carolle está en la ciudad. Ha estado monopolizando el poco tiempo libre que tengo."

"Oh, eso está bien, querido."

"¿Lo está?" preguntó Mike.

"Bueno, supongo que sí... es solo un dicho." Grace se preguntó, "¿Por qué lo has dicho así, Mike?"

"Oh por nada." *Cielos, dije nada. Ahora sé a qué se refería Leroy. Nada significa todo.*

El padre de Mike se dio cuenta enseguida. "Pareces algo inseguro acerca de Juli, Mike."

Mike estaba tan asombrado que miró a su padre. "Pop, ¿cómo lo supiste?"

"Oh, no lo sé. Probablemente fue la forma en que dijiste: "Nada"."

*Leroy dijo que debería preguntarle a mi padre. ¡Así que hazlo, tonto!*

"Tienes razón, Pop. Creo que necesito un consejo."

"¿Ah? Bueno, no lo sé, Mike. Eres un hombre adulto. Quiero decir, ahora tomas tus propias decisiones."

"Pop, *necesito* tu consejo."

"Bueno, vale, déjamelo a mí."

"Primero déjame decirle esto a mamá, por favor toma esto como un cumplido, pero creo que sé lo que dirías sin preguntar. Siento que necesito oír a mi padre."

"Los dejaré a los dos solos," ofreció Grace.

"No, no, mamá, no seas tonta. Sé que tú y Pop son un equipo. Quédate aquí."

"Ahora, Pop, aquí está la cosa: me siento presionado por Juli e incluso un poco por su padre, para tomar una decisión sobre ella. Pero, no sé qué hacer. No me gusta que me presionen, pero puedo entender por qué Juli quiere saber dónde está. Supongo que no quiere perder más tiempo conmigo si no hay futuro para nosotros. Es cierto que la he descuidado desde que llegamos a casa desde Hawaii. Pero, maldita sea, ella está demasiado lejos. La llamo y le escribo por correo electrónico y por mensaje de texto, pero eso no es suficiente para ella. Creo que por eso vino a la Ciudad de Carson esta semana. Quiere que tome una decisión."

"¿Cómo te sientes respecto a ella?" preguntó Michael Sr.

"Es justo eso, Pop, no lo sé. No estoy seguro."

"¿Cómo han estado las cosas entre ustedes dos?"

"Bueno, muy bien. Me alegro de verla y la quiero mucho, cuando ella está por aquí, pero también hemos tenido problemas."

"¿Serios?"

"Parecen triviales en ese momento, pero creo que hay una tensión subyacente sobre el tema básico."

"Ah, el síndrome del elefante en el salón. Quiere que se lo propongas."

"Tal vez, al menos algún día. Es aún más básico que eso. Quiere que le diga que la amo."

"¿Y no lo has hecho?"

"No."

"¿Por qué no?"

"Estoy tratando de ser honesto aquí, con ustedes y conmigo, también."

"Así que no le has dicho que la amas. Es bastante importante, ya sabes, para una mujer. Ese es el gran paso," dijo Michael Sr.

"Bueno, supongo que me doy cuenta de eso y es por eso que no puedo decirlo. Es como que si lo dijiste, no hay vuelta atrás."

"Pierdes algo de control," dijo Pop, "Cuando te comprometes con otra persona, le das una porción de control sobre tu vida. Eso es difícil para un hombre independiente."

"Muy bien," dijo Mike.

"¿Alguna vez te has sentido como si la amas, pero no lo dices?"

"Oh, sí, así lo pensé en la boda de Sam. Cuando estábamos de pie allí y ella se veía tan hermosa, me sorprendió lo mucho que quería que ella fuera mía."

"¿Otras veces?"

"Oh, tal vez cuando la abrazo y la beso."

"¿No tanto cuando estás lejos?"

"Es así."

"¿Y tú, ya sabes, has llevado más lejos tu relación física?"

"Todavía no," contestó Mike.

"Pero, ¿te gustaría?"

"Bueno sí. Soy un varón sano."

"Normal varón sano, ¿verdad?"

"Sí."

"¿Esta charla te está ayudando, Mike?"

"Sí, es bueno pensarlo, pero todavía no sé qué hacer. ¿Qué piensas?"

"Bueno, yo estaba haciendo esa pregunta porque una relación física más íntima tiende a fomentar el amor y el compromiso, pero no sería justo que Juli lo hiciera a menos que estuvieras listo al 90% para el largo plazo. ¿Sabes a lo que me refiero?"

"Mmm, no estoy seguro."

"Déjame decirlo de esta manera," dijo Michael padre, "Pocas personas están 100% seguras cuando asumen el riesgo de comprometerse. Es a través del tiempo, viviendo juntos, compartiendo vidas, que el amor crece más profundamente hasta el punto en el que realmente se unen como uno solo y no pueden imaginarse estar separados. Con el tiempo, la separación, ya sea por muerte o enfermedad, se convierte en su mayor temor."

"Oh, ¡wow!" Mike nunca había tenido un charla de corazón-a-corazón tan íntima con su padre.

"Mike, creo que estás a punto de enamorarte de Juli, pero no estás listo para comprometerte. Sentir presión realmente te está alejando. Es una renuencia natural de quien ha sido soltero por mucho tiempo. No me preocuparía demasiado por las peleas. Algunas parejas necesitan liberar la presión de esa manera, siempre y cuando puedan arreglarlo después. Cada pareja tiene que limar sus asperezas. Se llama ajuste. Eso realmente demuestra que te importa. Si no te importa no te molestes en absoluto por tener una pelea."

"Creo que la distancia es una gran desventaja para ustedes dos. Necesitan estar juntos más tiempo, y eso es difícil. De hecho, creo que puede ser el gran obstáculo para sus posibilidades de casarse."

"Ah, tienes tanta razón, papá. Eso me está conteniendo. Creo que es mi mayor temor. Necesito quedarme en la Ciudad de Carson."

"¿No la amas lo suficiente como para marcharse?"

"No."

"¿Ella se mudaría aquí?"

"No se lo he preguntado."

"Hmm. Puedo ver por qué no lo has hecho."

"Eso equivaldría a hacer un compromiso."

"Cierto."

"Me temo que ella diría, 'Sí', y entonces ella se mudaría aquí y sería infeliz."

"Debes averiguarlo antes de casarte."

"Exactamente."

"Entonces, creo que sabes lo que tiene que pasar," dijo Michael Sr.

"Sí, tenemos que probarlo por algunos meses y ver cómo Juli se siente acerca de vivir en la Ciudad de Carson."

"Para que eso suceda, tienes que ser abierto y honesto con ella. Dile que no estás listo para hacer un compromiso y que necesitas saber qué tan bien le iría a ella, viviendo en la Ciudad de Carson. Piense en eso por un día o dos. Consúltalo con la almohada. Si eso es lo que realmente necesitas, entonces le corresponde a ella decidir si vale la pena tomar la oportunidad y hacer ese sacrificio. Tienes que pensar en ello antes de convertirlo en un ultimátum. Podrías perderla en el proceso."

"Gracias papá." Mike le dio un apretón de manos y un abrazo.

Grace se había sentado, escuchando este intercambio, en silencio. "¿Puedo hablar ahora?" preguntó.

Ambos Michael se echaron a reír. "Lo siento mamá. Olvidé que estabas allí."

"Bien," dijo Grace. "Eso es lo que yo quería. Lo que me gustaría decir es lo maravilloso que fuiste, Poppa, y tú también, Mike. Además, me doy cuenta, al escucharte que he estado muy equivocada durante todos estos años."

"¿Qué? Oh no, mamá. ¡Eres maravillosa! Te amo mucho y no tengo el menor temor de decirlo."

"Yo también te quiero, hijo, pero aquí es donde me he equivocado: he estado presionándote para casarte y tener hijos por mis propias razones egoístas. Lo siento mucho, querido."

"Está bien, mamá." Mike le dio una palmadita en la mano. "Creo que puedo soportar un poco de molestia de mi madre," dijo Mike y le sonrió.

"Gracias, Mike." Grace aspiró un poco por la nariz y fue a cenar en la mesa.

Después de su visita a Mamá y Pop, Mike tenía mucho que pensar. Se fue temprano y fue a casa a buscar la soledad. Él y Lady se sentaron en el patio trasero mirando la puesta de sol mientras él se relajaba.

\* \* \*

Al día siguiente, se levantó temprano, sintiéndose descansado y mucho más acomodado en su mente. Pop le había ayudado mucho. Su consejo de "consultarlo con la almohada" fue excelente.

En la oficina, temprano, para variar, Mike y Leroy estaban bien inmersos en sus tareas de la mañana cuando una información anónima llegó. Podría ser una broma, pero tenían que revisarlo. Cuando llegaron a la mansión de Jacobs, la puerta estaba abierta y sin llave.

### Ojos

Una pequeña mariposa despegó, aterrada en el vuelo. John "Joseph la Rata" Jacobs estaba disfrutando su café de la mañana, paseando entre sus rosales. Podría acostumbrarme a esto, pensó. *No estoy seguro de que Desiree sea feliz aquí, sin embargo. Ella parece inquieta, últimamente.*

"John," dijo una voz masculina.

John alzó la vista, sobresaltado.

"Lo siento, John, odio hacer esto."

Una cara familiar nadó en su visión cuando cayó al suelo, con su cuerpo lleno de balas. La explicación inundó su cerebro y gradualmente se desvaneció hasta la nada.

El pistolero se acercó y escupió sobre el cuerpo. La sangre fluyó hacia el suelo. Los ojos muertos de John Jacobs miraban hacia el espacio. El pistolero se agachó y le cerró los ojos y pateó el cuerpo hacia los arbustos.

Una cortina se movió en una ventana de arriba, donde otro par de ojos había presenciado el asesinato. Una mujer salió de puntillas, cogió una maleta grande y bajó las escaleras.

En el camino de entrada una patrulla de la policía entró silenciosamente al local, dos pares de ojos alertas. "Ahí está," dijo Leroy, señalando a un hombre solitario con un arma automática emergiendo del jardín.

Mike activó el altavoz en el techo. "¡Policía, suelta tu arma!" El pistolero cayó de rodillas detrás de un arbusto. Mike y Leroy salieron disparados de la patrulla y se agazaparon detrás del capó del coche. Pusieron los rifles encima y sacaron sus armas de mano. "Ríndete, Medino. No puedes escapar. Hay refuerzos en camino." Una descarga de balas esterilizó el automóvil y los terrenos.

"¿Cuántas municiones tienes, Medino? Podemos esperar todo el día."

Más balas volaron.

"Tira tus armas en el suelo donde las podamos ver y sal con las manos arriba."

Más disparos.

Una hermosa mujer salió por una entrada lateral donde el vehículo de escape del pistolero estaba apagado. Colocó su maleta y su bolso en el asiento trasero, entró por el lado del conductor y condujo para alejarse.

Era casi el mediodía cuando el pistolero se quedó sin munición y tuvo que rendirse. Una falange de policías lo tomó bajo custodia. Mike examinó cuidadosamente la escena de la muerte. Por ahora las moscas estaban pululando en el cuerpo y las mariposas estaban bebiendo la humedad y la sangre. Mike se reunió con el equipo médico y el equipo de la escena del crimen, antes de que el cuerpo fuera removido. Se puso en contacto con el Teniente Leo MacGrady.

"Leo, es Mike."

"Sí, Mike."

"¿Tienes tiempo para asumir una investigación de asesinato?"

"Todo el tiempo para ti, amigo."

"Me gustaría retirarme de este caso, teniendo en cuenta mi historia pasada con el difunto."

"Está bien, Mike. Escuché el despacho."

"Bueno. Esperaré."

Tan pronto como Leo llegó, Mike le dio las gracias y dejó a Leroy para poner al día a Leo. Mike llevó la patrulla dañada de regreso a la estación para informar al Capitán Baker.

"Entonces, la mujer anónima llamó al pistolero conocido como Tony Medino-Torres, el famoso líder de la banda el Zorro de Juárez," preguntó el Capitán Baker.

"Eso es lo que ella dijo. Todavía no lo hemos verificado. Lo sabremos en unas pocas horas después de que coloquemos su fotografía e impresiones en la base de datos de la Ciudad de México."

"¿Por qué Ciudad de México y no Juárez?"

"Juárez es demasiado corrupto. Pensamos que la Ciudad de México sería más confiable."

"Buen pensamiento," dijo Baker.

"Mantendremos a Medino-Torres en solitario. No podemos arriesgarnos a que escape."

"¿Tiene una teoría sobre el motivo detrás del asesinato?"

"Jacobs debe haber estado tratando con Medino para comprar enormes envíos de cocaína. Podría haber sido un asunto entre criminales. Sabemos que los asesinatos en Juárez son en gran parte el resultado de la intromisión de la pandilla Zorro. Quizás vieron una oportunidad de expandir su operación en la frontera hacia los Estados Unidos. Eso requeriría deshacerse de Jacobs. Muy útil, ahora que Jacobs estaba en la Ciudad de Carson."

"Entonces, ¿cómo encaja la llamada anónima en esto?" preguntó Baker.

"Creo que era la voz de una mujer. Los muchachos del laboratorio están trabajando para verificar eso. Cuando salimos de la casa, parecía que la mujer de Jacobs había estado en el dormitorio empacando cuando ocurrió el asesinato. Desapareció y no hay rastro del auto de Medino. Teorizamos que ella se marchó."

"¿Estás seguro de que había una mujer viviendo allí?"

"Sí, eso es lo que informó nuestra vigilancia. Oyeron una voz de mujer. Además, saben que Medino-Torres visitó la mansión, la semana pasada."

"Todo encaja perfectamente, ¿no?"

"Salvo, ¿cómo se abrió la puerta? ¿Dónde estaban los guardias de seguridad? Medino debió haber tenido alguna ayuda interior."

"¿La mujer?"

"Podría ser, o uno de los guardias, o todos ellos. Llevamos a los guardias para interrogarlos y coloquemos una orden de arresto para la mujer. A partir de aquí, voy a entregarle el caso a Leo, si no tiene objeciones."

El Capitán Baker alzó una ceja.

"Puede que no sea imparcial, señor."

"Ya veo. Muy bien," dijo el Capitán. "En ese caso, tengo otra tarea en mente para ti."

"Por supuesto."

"Repasando la lista de activos combinados que tenemos de nuestra reunión con la patrulla fronteriza, veo una deficiencia flagrante. Aquí, echa un vistazo."

Mike tomó la lista. Incluía agentes de patrulla fronteriza, alguaciles y diputados, agentes de la ATF, ICE, policía estatal, policía local, aviones, helicópteros, vehículos todo terreno, camiones, automóviles, drones, gafas de visión nocturna, cámaras regulares e infrarrojas, cercas, sensores de movimiento, centros de detención, jueces, tribunales y salas de emergencia según era necesario. Además, habían establecido un puesto de mando y control, repleto de equipos de comunicaciones.

Mike lo miró, "Días celestiales, Capitán, ¿qué más se puede pedir?"

"Sencillo," dijo el Capitán,"Perros que detecten la cocaína."

Mike se quedó boquiabierto.

"Su perra, teniente."

"¿Lady?" Mike tragó saliva.

"La misma," sonrió el Capitán.

"Es una buena perra, Capitán, pero no soy un entrenador entrenado."

"He oído cosas muy buenas acerca de tu perro."

"Bueno, encontró a una niña de dos años que caminaba a media milla de su casa. No es algo especialmente difícil. Es algo bastante alejado a la localización de la cocaína en medio de miles de kilómetros cuadrados de desierto."

"De acuerdo," dijo el Capitán. "Pero tendrás mucho respaldo."

Mike permaneció en silencio.

"¿Está rechazando una misión, teniente?"

"No, señor," dijo Mike.

"Eso pensé. En ese caso, usted y Lady se reportarán al comandante Bert Nelson en El Paso a las 8:00 de la mañana. Ahora puede retirarse para hacer los preparativos."

\* \* \*

Mike desbloqueó la puerta trasera de su casa, introdujo su código y desarmó el sistema de seguridad. Lady se levantó de su alfombra y se acercó para un saludo, meneando la cola. "Hola, perra," dijo Mike. "Parece que vamos a cazar de nuevo. ¿Qué piensas de eso?" Lady se meneó y levantó la cabeza para una caricia. Se acercó a su plato y olisqueó. Su mirada decía, "Mi plato está vacío, Mike."

"Vamos a salir primero." Él abrió la puerta trasera y la dejó salir al patio. Mike lleno su agua y comida así que estaba allí para ella. Cuando regresó, se dirigió directamente a la comida.

Mike irrumpió en la secadora de ropa para ver lo que tenía allí. Comenzó una lista mental: ropa interior, calcetines, uniformes de trabajo, artículos de tocador, botas, zapatos, zapatillas deportivas, pantalones cortos y camiseta sin mangas. *¿Necesitaré algún vestido o ropa casual? Siempre llevo un traje y nunca lo use. Oh bueno. Lleva uno. Toma todo lo que necesitas para el perro: comida, correa, golosinas, manta, agua. Mejor llevar un arma extra, tal vez un cuchillo, también. Gafas de visión nocturna, gafas de sol, protector solar, kit anti-veneno, comunicador, teléfono celular. ¿Qué más? Avísale a mamá y Pop para que cuiden la casa. Busca la correspondencia. Gasolina para el auto. Comprueba el aceite.*

### ¿Reno, Vegas o Juárez?

Mike casi había saltado cuando sonó el teléfono. "Mike McBride al habla."

"Mike, es Dean Davis. ¿Tienes un minuto?"

"Seguro Dean, estoy a punto de tomar un descanso. Déjame tomar una cerveza. Mike se movió en su silla favorita. "¿Cómo va la batalla?"

"Bueno, Mike, Brenda y yo tenemos noticias. Tuvimos una conversación agradable, honesta y abierta entre nosotros y -estás listos para esto- ¡nos vamos a casar! "

"Bueno, eso es una noticia maravillosa, Dean. Felicitaciones."

"Fue lo que dijiste, Mike."

"¿Ah?"

"Una vez que hablamos sobre nuestros sentimientos, quedó claro lo que ambos queremos hacer."

*¿Yo dije eso?* "Eso es genial, Dean."

"Y quiero que seas mi padrino."

"Sería un honor, Dean."

"Esta noche."

"¡Qué!"

"Esta noche, Mike, nos casaremos esta noche."

"P-p-pero..."

"¿No es genial?"

"Uh..."

"Decidimos que no tenía sentido esperar. De todos modos, estamos viviendo juntos. Lo haremos legal y seguiremos viviendo juntos. Sencillo. Y, ahorraremos mucho dinero en gastos de boda. "

"Um..."

"Entonces, podemos estar listos dentro de una hora, Mike. ¿Te recogemos?"

"Whoa, espera, Dean. Calma. No sé si pueda esta noche. Esto es tan repentino."

"Oh, no, no digas que no puedes hacerlo, Mike. Ambos contamos contigo. Si no fuera por ti, nunca nos habríamos encontrado. Tienes que estar allí, Mike. Por favor."

"Bueno, tengo un lugar en el que tengo que estar a las ocho de la mañana, pero creo que tengo la noche, si no es demasiado tarde. Dame tiempo para tomar una ducha y arreglarme. ¿Qué dices una hora?"

"Sí, bueno, cincuenta y cinco minutos, ya," dijo Dean.

"¿A dónde vamos, Dean?"

"Estoy trabajando en eso, ahora mismo. Podemos alquilar un avión a Las Vegas o Reno, o podemos conducir hasta Juárez."

"No estoy muy interesado en Juárez, Dean. No puedo llevar mi arma al otro lado de la frontera."

"Ok, voy a tratar de que sean Las Vegas o Reno, pero trae tu pasaporte, por si acaso."

Mike se giró y terminó de hacer las maletas para el día siguiente, saltó a la ducha, se afeitó y se vistió para una boda. Se tomó un tiempo para desenterrar su pasaporte. Afortunadamente, no había expirado. *No me siento cómodo con ir a México*, pensó preocupado.

Dean se detuvo frente a la casa cinco minutos antes, saltó y tocó el timbre. Mike estaba listo. "Hombre, ¿a dónde vamos?" preguntó Mike.

"Juárez. No te preocupes, Mike, estará bien. Encontré un ministro y un verdadero lugar seguro para ir. Ya llamé por adelantado. Estarán listos y esperándonos."

"Hola, Brenda," dijo Mike mientras subía al asiento trasero.

"Hola Mike. ¿No es emocionante? ¿No es una locura?" Dean se subió al asiento delantero y le dio un gran beso.

"Loco, estoy de acuerdo con eso," dijo Mike.

Se rieron y besaron de nuevo.

"Entonces, ¿qué pasó con el avión chárter?" preguntó Mike.

"Las tormentas de arena."

"¿Qué?"

"Tormentas de polvo en Nevada. No puedes aterrizar o despegar en medio de una tormenta de polvo. La arena es un asesino de aviones."

Mike estaba haciendo todo lo posible para no parecer infeliz.

Afortunadamente, la línea de espera en el cruce de fronteras no era demasiado larga a esa hora. Volver a los Estados Unidos podría ser más difícil. Mike se relajó y se ocupó de sus propios asuntos. Las dos personas en el asiento delantero estaban en un mundo propio.

Sobre el puente hacia Ciudad Juárez, había una ciudad continua. "Cariño, comprueba el GPS para mí y léelo, o sube el volumen, ¿de acuerdo?" dijo Dean. Brenda subió el volumen. La voz empezó a decirle a Dean a dónde dirigirse.

Mike miró por la ventana.

Dentro de media hora, Dean anunció, "Aquí estamos, gente." Era una casa de misiones de adobe, con una cruz en la parte superior y una estatua de la Virgen en el frente. Dean aparcó cerca de la puerta y se apresuró a abrirle la puerta a su futura esposa. Tomándola de la mano, la ayudó a salir, y le besó la mejilla.

Caminaron juntos hasta la entrada. Mike se arrastraba detrás. Dean tiró de una cadena que hizo sonar una campana. Una mujer, con un delantal, abrió la puerta, secándose las manos sobre una toalla.

"Señor Lewis y señorita Goodfellow para ver al Padre."

"*Sí, señor,*" dijo la mujer. Los dejó esperando y se alejó. En un momento, el Padre llegó a la puerta. "Entren, entren, amigos. Siento dejarlos fuera. Es el Sr. Lewis y esta es su hermosa novia. Hola queridos. Estoy feliz de verlos."

"Hola, Padre, gracias por complacernos. Estamos enamorados y queremos casarnos."

"Ahora, niños, vamos a entrar a mi oficina donde podamos estar cómodos... Aquí estamos. Por favor, siéntense." El Padre indicó sillas para todos y se sentó detrás de un escritorio sencillo. "Me gusta adelantar todo el papeleo, primero, antes de realizar la ceremonia. Lo he hecho muchas veces y he aprendido hace mucho tiempo, cómo hacer el papeleo primero," se rió entre dientes. "Ustedes no van a creer esto, pero algunas personas están tan emocionadas y con prisa para ir a la parte consumación de la ceremonia, que salen sin tener su licencia de matrimonio. Je-je."

Brenda adquirió una bonita sombra rosa, y Dean se aclaró la garganta. Mike tosió detrás de su mano.

"Ahora, veamos," dijo el Padre, "primero tenemos que ocuparnos de la cuota."

"Por supuesto," dijo Dean, "¿prefiere dólares o pesos?"

"Los dólares estarán bien," dijo el Padre. "Ahora, mi cuota mínima es de $ 150. Eso incluye la ceremonia mínima y la licencia. Los artículos opcionales son la ceremonia completa, música, flores, recepción del champán con pastel de bodas, fotógrafo, y las semilla de arroz."

Dean miró a Brenda en la pregunta, "¿Qué piensas, querida? Es el día de tu boda."

"Lo que quieras, querido," dijo.

"¿Qué piensas, Mike?"

Mike salió de su ensoñación, "¿Quién soy yo? Uh... lo que ustedes quieran."

Ambos lo miraron, esperando una decisión.

"Uh... adelante. Vamos a seguir adelante."

"Muy bien," dijo el Padre, "Excelente decisión." Él sonrió y comenzó a escribir. "Veamos, ahora. Eso es 150 dólares, más 50 dólares por cada uno de los extras, ceremonia mejorada 50, flores 50, música 50, recepción de champán 50, pastel de bodas 50, fotógrafo 50. ¿Será arroz o semillas para pájaros?" Dean y Brenda se miraron el uno al otro. Mike dijo "semillas de pájaro," y miró su reloj.

"Buena elección," dijo el Padre. "Ahora solo hay unas cosas más y entonces podemos continuar. ¿Es su padrino, señor Lewis?"

"Sí, Padre, permítame presentar a mi buen amigo Michael J. McBride Jr. de la Ciudad de Carson."

Mike se levantó y se inclinó ligeramente. "Buenas noches, padre."

"¿Cómo está, señor Michael?"

"McBride, señor."

"Sí, sí, J. M. Bride. Por favor siéntese, J.M."

Mike se encogió de hombros y se sentó.

"Tiene usted un testigo, señor Lewis."

"Sí," dijo Dean. "Eso es correcto."

"Debe tener dos testigos, señor Lewis. No será legal de otra manera."

"Pero lo firmará usted Padre," dijo Dean.

"Debe haber dos además del clérigo. Veamos," dijo Padre, lamiendo el lápiz con la lengua, "cincuenta dólares por un testigo." Levantó la vista con una sonrisa. "¿Hay algo mas?"

Dean se agarró el cuello con un dedo y tiró. Sostenía su billetera abierta a un lado de Brenda y contaba sus billetes de manera subrepticia. Le saltaban gotas de sudor en la frente. Atrapó la mirada de Mike y se frotó los dedos con el dedo en la señal universal de "Dame dinero."

Mike le ofreció algunos billetes por detrás de la espalda de Brenda. Dean se dirigió a ellos y pronunció las palabras, "Gracias."

"Ahora, niños, en cuanto a su disposición para el matrimonio. ¿Se han tomado el tiempo para considerar esto cuidadosamente y para orar para que la voluntad de Dios sea revelada?"

"Sí, Padre," dijeron al unísono.

"¿Entienden que se trata de una ceremonia católica?"

"Sí, Padre."

"¿Están bautizados y son practicantes católicos, de buena reputación?"

"Sí, Padre."

"¿Prometen criar a los hijos con quienes Dios los bendiga como buenos católicos?"

"Sí, Padre."

"¿Entienden que según las leyes de la iglesia, el divorcio está prohibido?"

"Sí, Padre."

"Además, el control artificial de la natalidad está prohibido."

"Lo sabemos, Padre."

"Parte de la ceremonia completa incluye la Eucaristía. ¿Han asistido hoy a la confesión?"

"No, Padre."

"No hay problema. Puedo escuchar su confesión antes de entrar en la capilla. La oferta habitual para fiestas de boda es..."

"¿Cincuenta dólares?" preguntó Dean.

"Sí, por desgracia, lo es. Sin embargo no cobramos a la novia, así que eso es una buena noticia."

"El registro de la licencia es de solo $ 75, a menos que quieran ocuparse ustedes."

"Nos encargaremos de ello."

"Tienen que volver al ayuntamiento de Juárez para hacer eso."

"Oh." Se miraron el uno al otro.

"Hágalo, Padre," dijo Mike y le entregó más billetes a Dean.

"¿Podemos tener ese total, por favor, Padre?" preguntó Dean.

"Eso será un total de 675 $, una ganga tremenda para la boda encantadora que tendrán con todos los accesorios. Están recibiendo lo mejor."

Dean le dio a Mike la señal más alta por detrás de la espalda de Brenda.

El Padre sacó una licencia en blanco de un cajón y comenzó a llenar el formulario, pidiendo la ortografía correcta y fechas de nacimiento. Él lo firmó con una floritura. Sonriendo a la pareja, lo giró para sus firmas y luego para la firma de Mike.

Por primera vez, Brenda habló, "Padre,"

"Sí," dijo el Padre.

"Hemos cambiado de opinión acerca de los extras. Todo lo que queremos es la simple y rápida boda, sin extras."

"¡Oh, cielos, oh, cielos!" dijo el Padre. "Esto es de lo más inusual. ¿Estás absolutamente segura de que quieres una boda sencilla? Sin música, sin flores, sin fotógrafo. Esta es una experiencia única en la vida. Debe querer que sea lo mejor que pueda ser. Piensa en los hermosos recuerdos."

"No, Padre, solo la boda sencilla, en la capilla, por favor."

"Pero, señorita... señorita..." miró su papel... "señorita Goodfellow, esta es uno de nuestras formas de apoyo para este excelente ministerio que tenemos aquí."

"Sí, lo es," dijo Brenda, "un buen ministerio. Usted debe ser elogiado." Ella se levantó. "¿Estamos listos?" Ella le sonrió a Dean.

"Creo que estamos listos, querida," dijo Dean con un brillo en los ojos.

"¡Maravilloso!" dijo el Padre. "Vamos a seguir adelante. Creo que puedo encontrar un testigo que estará dispuesto a servir sin cargos."

"Eso es perfecto," dijo Mike.

"Discúlpenme un momento," dijo el Padre. Salió de la oficina para ir a su apartamento, pasó corriendo por el pasillo y tocó suavemente en un pequeño dormitorio. "Francisco, ¿puedo entrar?" el Padre esperó.

"Francisco, ¿estás despierto?"

Francisco abrió la puerta y dio un paso atrás. "Adelante, Padre."

"Hijo, necesito tus servicios por unos minutos. Tengo que celebrar una boda para realizar y necesitamos un testigo más. Será aquí en el local y será breve."

Francisco miró sus prendas y trató de suavizar parte de la sangre, el vómito y la suciedad.

"Oh, Padre, no estoy presentable."

"Estás bien, Francisco. Ven conmigo."

"P-p-pero, Padre ..."

Y así sucedió que el señor y la señora Dean Lewis se unieron en el santo matrimonio a los ojos de Dios y del hombre, ante testigos, en Ciudad Juárez, México, mientras el sol poniente fluía en los vitrales de la hermosa capilla y se establecía alrededor de la pareja locamente enamorada, dando un arco iris de colores más brillantes que las más bellas flores. Mientras el Padre leía la ceremonia sencilla, se tomaban de las manos, se miraban a los ojos, y pronunciaban sus votos con una sinceridad conmovedora.

Cuando el Padre los declaró marido y mujer, sus sonrisas iluminaron la habitación y su tierno beso hizo su propia música.

El ama de llaves hizo una foto de toda la fiesta de bodas, con el teléfono inteligente de Brenda. El Padre presentó la licencia al segundo testigo para la firma final. Así, Brenda Goodfellow-Lewis, Dean Lewis, Michael McBride Jr., Francisco Pisarro y el Padre Zacarías -el fundador de la Casa del Migrante- se unieron para siempre en la historia.

## Capítulo 23
<u>Venganza</u>

Fue un día brillante en la montaña. El cielo tenía ese color azul especial reservado para Montana y ciertas cumbres. Las voces de los niños jugando eran un telón de fondo encantador para los sonidos y los olores intoxicantes que venían de la cocina. Todo parecía normal, aunque no lo fuera, porque un vigilante había visto al Agente y a dos secuaces que subían por el sendero. Tan pronto como sonó la alarma, la gente dejó de hacer lo que estaba haciendo y asistió a sus tareas designadas. Este sería el día en que tendrían una dulce venganza por el trato de Francisco a manos de la Compañía.

El abuelo y dos ancianos se reunieron con el agente y sus secuaces cuando se acercaron a la aldea. "Bienvenidos visitantes," dijo el abuelo, mientras se inclinaba formalmente. "Tengan un buen día."

"Buenos días, abuelo y ancianos de la aldea. Les traemos saludos de Francisco."

"Eso da alegría a mi corazón," dijo el abuelo. "Vengan conmigo a mi salón y nuestro asistente traerá refrescos." Su sonrisa era inescrutable.

Pronto se acomodaron cómodamente en las sillas que el abuelo indicaba. "Estoy ansioso por oír noticias de Francisco," dijo.

"Francisco está bien," dijo el agente, "después de un viaje cómodo al norte de Arizona. Debo decirle; sin embargo, que la mala suerte ha caído sobre el buen hijo de su pueblo."

"¡Oh no! ¿Qué ocurre?" preguntó el abuelo, fingiendo horror.

"Después de que nos dejó, algunos secuestradores en América lo tomaron como prisionero. Lo están tratando bien, pero exigen dinero para liberarlo. Parece ser la práctica de algunos americanos feos y el gobierno no lo detendrá. Francisco no tiene nada para pagarles."

"¡Oh, no!" El abuelo estaba claramente molesto. "¿Cómo pudo haber perdido todo su dinero?"

"Bueno, nos pagó el saldo pendiente por su entrega segura a Arizona, por supuesto. Siento decir que gastó el resto del dinero tontamente."

El abuelo no estaba bien. Los otros dos lo abanicaron y pidieron agua. Por fin se recuperó. No puedo soportarlo. "¿Qué podemos hacer?"

"La demanda de rescate es extremadamente grande. Estoy seguro de que no serían capaces de satisfacer sus demandas," dijo el Agente.

"¿Cuáles son sus demandas?" preguntó el abuelo con voz temblorosa.

"Quieren un millón de dólares en oro."

"Le daré todo nuestro oro, todo lo que tengamos," dijo el abuelo, "si tan solo pudiera ocuparse del regreso del hijo de nuestra aldea."

"Bueno, no sé si aceptarán eso, pero estaré dispuesto a intentarlo. ¿Debo entregarlo a los secuestradores?"

"Sí, eso hará. Enviaré a uno de los muchachos para que se lo busque." El abuelo hizo una seña para indicar una instrucción al pie y en voz baja. "Debo tomar algo para restaurar mi energía." El auelo aplaudió las manos para pedir la comida y la bebida. Dos de las jóvenes atractivas del pueblo trajeron las bandejas, sonrieron a los visitantes y colocaron las bandejas en las mesas de servicio.

El muchacho volvió con una bolsa de monedas de oro. El abuelo la tomó, comprobó el contenido y se lo ofreció al Agente, quien lo revisó, a su vez. "Creo que estas bonitas monedas serán un rescate suficiente para su Francisco. Las entregaré tan pronto como sea posible. Pueden confiar en su seguro regreso pronto."

"Gracias," dijo el abuelo. "Déjeme ofrecer un brindis." Él alzó su copa y esperó a que todos tuviesen un vaso lleno de la bebida especial. "Por su seguro viaje y el éxito de nuestro esfuerzo." Bebió con entusiasmo, mirando para asegurarse de que los tres canallas bebían también.

Inmediatamente el segundo anciano ofreció otro brindis, y luego ofreció un tercero. "Por favor, tomen parte de la comida, caballeros y paseen por ahí." Todos tomaron un puñado de la merienda salada. Todos los aperitivos ofrecidos eran muy salados, asegurando así que se consumieran las bebidas.

Pronto los invitados se quedaron muy dormidos y asintieron. El abuelo torció un dedo hacia una puerta oculta. Seis personas se apresuraron y amarraron a los visitantes con facilidad. Mientras tanto, la policía había sido convocada. En cuestión de minutos se oyó un helicóptero alzándose del valle. El piloto no tuvo problemas para detectar la gran X pintada en medio de un claro. Félix y Carlos fueron los dos primeros de la aeronave. Algunos oficiales uniformados lo siguieron desenfundado las armas.

El abuelo se levantó para encontrarse con ellos. "Bienvenidos, caballeros," dijo. "Sus prisioneros están listos." Una sonrisa astuta le adornó los labios. Le tendió una bolsa de cuero para que Félix la viera. Sonó un poco cuando desapareció bajo su túnica.

## Capítulo 24
El Paso

Mike había viajado por este mismo camino el día anterior con Dean y Brenda Lewis en el camino a Ciudad Juárez, Chihuahua, México para su boda. El Paso y Juárez son ciudades gemelas, divididas por el río Rio Grande, que forma la frontera entre Texas y México hasta que gira hacia el norte hacia su fuente. Las ciudades combinadas tienen una población de alrededor de dos millones, siendo Juárez la más grande.

Mike esperaba pasar el día con la Patrulla Fronteriza y quedarse en un hotel esta noche, pero todo dependía de lo que el Comandante Nelson quería que hiciera. Todo esto había surgido de repente, y Mike simplemente estaba siguiendo las órdenes. Se dejaría llevar por la corriente.

Mike encontró un estacionamiento cercano al edificio de oficinas de la Patrulla Fronteriza. Tomó el ascensor hasta el quinto piso y se detuvo en una recepción. Una encantadora joven hispana en uniforme sonrió a Mike. "Buenos días, ¿cómo puedo ayudarlo?"

"Teniente Michael McBride Jr. del Departamento de Policía de la Ciudad de Carson reportándose ante el Comandante Nelson," dijo Mike.

"¿Cómo está, Teniente McBride? ¿Puedo preguntar si tiene una cita?"

"Mi oficial al mando me dijo que estuviera aquí a las 8:00 A.M. Y me reportara ante el Comandante Nelson. Eso es todo lo que sé."

"Aparentemente su oficial no nos lo comunico, señor. Parece que ha habido un colapso en las comunicaciones. Siento decir que el Comandante Nelson estará fuera durante todo el día. ¿Hay alguien más a quien pueda ver?"

"No tengo ni idea," dijo Mike. "Me dijeron que trajera a mi perra, debido a su capacidad de seguimiento y para obtener mis instrucciones de Nelson. Bueno, si no soy necesario aquí, voy a salir de mi lista de tareas pendientes." Mike sonrió.

"Oh, estoy seguro de que tendrá mucho que hacer, Teniente. Hemos estado abrumados con el trabajo en la frontera. Siento mucho la confusión. El Comandante Nelson estará mañana. ¿Puede quedarse? Puedo darle una cita de 11:30."

"11:30 mañana estará bien. Voy a volver. Gracias."

"De nada. Lo tengo para las 11:30 AM."

"Adiós, señorita"

"Adiós."

Mike bajó el ascensor, cruzó la calle hasta el estacionamiento y volvió a su auto donde Lady lo estaba esperando, feliz de verlo.

Mike regresó a su auto y se dirigió por la misma carretera por cuarta vez en veinticuatro horas. *Esto se está volviendo monótono*, pensó Mike. *¿Qué hago con un día de descanso inesperado? Llamaré a mi chica.*

"¿Hola?"

"Heh, nena. ¡Sorpresa! Tengo el resto del día libre."

"¡Maravilloso! Sabía que podrías hacerlo."

"Con calma." *No tiene sentido decirle que no tuve nada que ver con eso. Hee-hee.* "Entonces, ¿estás libre en cualquier momento hoy?"

"En realidad, tengo planes, pero puedo cambiarlos".

"Probablemente estaré fuera de la ciudad el resto de la semana."

"Los cambiaré."

"Estoy en mi auto en este momento y Lady está conmigo, así que voy a tener que pasar por mi casa y dejarla."

"Llévala," dijo Juli. "No he visto a mi perra favorito en años."

"De acuerdo, puedo estar allí en media hora."

"No puedo esperar, Mike."

"Te veo pronto. Te amo," dijo Mike y colgó.

"¿Qué acabas de decir?" preguntó Juli, sorprendida, cuando sonó el tono del teléfono en su oído.


Mike llamó al Capitán Baker y le contó lo que había sucedido. "Decidí tomarme el resto del día libre, Capitán."

"Humph, acaso no eres el hombre de ocio," Baker se burló, "yo quería informar al Comandante Nelson, en el distrito de El Paso, no en El Paso, ¡idiota!" exclamó.

"¿Cómo podría saber dónde está, en el campo, en algún lugar, ¿quién sabe dónde?" replicó Mike, igualmente enfurecido. *Vaya, no fue inteligente.*

"¡Señor, dame paciencia!" Gruñó el Capitán Baker. "¿Quién se supone que es el detective de punta en blanco de aquí? McBride, ¡ayúdame...!"

Mike rápidamente se disculpó antes de que Cap pudiera ir más lejos. "Me reuniré con él mañana, Capitán. No se preocupe."

"Hummph, cuidado con lo que haces."

"Gracias Señor. Adiós señor."

\* \* \*

Juli corrió a la puerta cuando Mike tocó el timbre campana. Ella sonrió cuando le dio la bienvenida y le dio una gran beso.

"Bueno, así me gusta que me den la bienvenida," dijo Mike.

Juli casi se rompía la cara sonriendo. Mike la sostuvo alrededor de la cintura y le devolvió la sonrisa. "¿Cómo estás cariño?"

"¡Genial!"

Le dio otro beso y la soltó. "¿Puedo traer a mi perra?"

Juli tomó su mano y caminó hacia la puerta. Lady acababa de terminar de hacer sus necesidades en la hierba. "Ahí va un punto amarillo en el césped."

"Oops, lo siento por eso," dijo Mike. "Tendré que usar la manguera, más tarde."

"No te molestes. Papá le echará la culpa al perro del vecino," se rió ella. "Ven aquí, Lady. Quiero verte." Lady trotó con una sacudida feliz y se movió por todas partes. Juli se agachó y le dio una profunda caricia. "Hola, Lady, cosa linda. Eres una perra tan bueno, ¿verdad?" Lady estaba extasiada.

Mike observó el episodio, pensando *¿Quién dijo que el camino al corazón de un hombre era a través de su estómago? ¡Es a través de su auto y de su perro!*

"Preparé un poco de café y brunch," dijo Juli. "¿Tienes hambre?"

"De hecho, el desayuno fue muy temprano esta mañana."

"Bien, entonces tienes hambre. Pensé que podríamos sacarlo al porche. ¿Qué dices?"

"Es un día perfecto para eso."

"Hoy es el día de mamá para ser voluntaria en la biblioteca, así que tenemos la casa para nosotros solos."

"Um," sonrió Mike y levantó una ceja.

Juli preparó una bandeja y se movieron a unos cómodos muebles de descanso. Mike se acomodó, revolviendo su café, sonriéndole a Juli.

"¿Mike?"

"¿Um?"

"Tengo una pregunta."

"¿Qué pasa por tu mente?"

Juli se inclinó hacia delante, "¿Recuerdas lo que dijiste cuando terminaste nuestra llamada telefónica?"

"¿Qué dije?"

"No lo recuerdas."

"Supongo que no."

"Entonces supongo que no era importante, después de todo." Ella se recostó, cruzó los brazos y dejó de sonreír.

Mike notó el lenguaje corporal inmediatamente. *No me llaman Detective McBride por nada.* "¿Qué dije?"

"Oh, nada."

*Nada, ¿entonces? Bueno, no me atraparás con eso.*

Mike se sentó, se sentó en el resto de la silla de Juli y tomó las dos manos de Juli entre las suyas.

Juli miró sus manos.

Mike le dio un gentil apretón de manos, "Juli, cariño, creo que era importante. Es hora de que comencemos a ser honestos el uno con el otro. Mírame a los ojos, Juli y dime lo que dije cuando terminé nuestra llamada telefónica."

Una lágrima se formó en el ojo de Juli. Ella no podía levantar la vista.

Mike le dio un suave beso en la frente. "Recuerdo lo que dije, Juli. Ven aquí, amor." La envolvió en sus brazos y comenzó a acariciarle la espalda. "Te dije 'te amo.'"

Las lágrimas empezaron a fluir en serio. Mike la sacudió de un lado a otro hasta que aspiró por la nariz, se enjugó las lágrimas con los puños y sonrió a Mike con los ojos rojos.

Juli se soltó del agarre y se recostó en su sillón. Mike regresó a su propia silla y tomó su taza de café frío. "¿Te importa si voy a calentar nuestros cafés en el microondas?"

"Gracias, eso sería genial," murmuró Juli, "y tráeme un pañuelo, por favor."

Mike volvió con los cafés y una caja de pañuelos. "Aquí tienes," dijo él mientras dejaba la caja en su regazo. "¿Crees que esto te bastará?"

"Muy divertido."

"Eso pensé."

Mike se relajó y fue a ocuparse de su café y una magdalena, ignorando la fruta. "Ahora, como estaba diciendo," dijo entre mordiscos, "creo que es hora de que tengamos una conversación de corazón a corazón, Juli. ¿Estás dispuesta?"

"He estado esperando eso durante meses," respondió.

"Déjame arreglar eso, entonces. No te emociones creyendo que te voy a proponer matrimonio, porque no lo haré. No, no, por favor, no llores de nuevo."

Juli rió y se sonó la nariz. "Ok, lo intentaré."

Mike respiró profundamente y exhaló. "Esto es lo que pienso, Juli. Solo tienes que asentir sí o no. ¿Bueno? Pienso que has deseado - corrección necesaria - que yo diga esas tres pequeñas palabras. ¿No es cierto?"

Juli asintió con la cabeza, aspiró con la nariz y miró el papel arrugado en sus manos.

"No había podido hacerlo, por algunas razones que me gustaría discutir contigo, y ver lo que piensas. ¿Vale?"

Juli asintió y trató de no seguir aspirando.

"Tal vez te hayas dado cuenta de que faltaba una pequeña palabra de las tres. Esa es la palabra "yo." Tal vez eso es significativo. No lo sé. Es que me preocupo por ti, un montón. Tú eres mi chica. Y quiero casarme algún día y tener una familia. No estoy 100% seguro de si funcionaría para nosotros vivir en la Ciudad de Carson. Estoy bastante seguro de que si te pidiera que te casaras conmigo, dirías que sí. Y si lo hicieras, esperaría que renuncies a tu carrera y a tu feliz vida en San Francisco y que te mudes a mi casa.

"Eso es injusto," continuó Mike. "Sé que ni siquiera empezaría a encontrarte a medio camino. Quisiera que tomaras todo el compromiso y quisiera seguir adelante con mi vida aquí, esperando que encajaras en ella. Esa es la única gran cosa que me impide poner la palabra "yo" en esas tres pequeñas palabras. Eso es, Juli. Eso es lo que tengo que decir."

Mike se echó hacia atrás, tomó su café y la miró por encima del borde de la taza, midiendo su reacción. Ambos estaban en silencio. Mike esperó.

Juli todavía no podía levantar los ojos. Sacó un nuevo pañuelo de la caja. Finalmente dijo, "¿No crees que me iría bien en la Ciudad de Carson?"

"Creo que probablemente pasarías de la idea y saltarías con ambos pies. Por eso no puedo proponértelo. Para empezar, soy policía. Estarías sola y muy descuidada."

"Me temo que después de seis meses o incluso un año o dos, a menos que hayas encontrado otra gran carrera aquí en la Ciudad de Carson, lo cual dudo, la luna de miel se acabaría y te morirías de aburrimiento aquí. No puedo pedirte que hagas ese sacrificio. Y, admito que es terriblemente egoísta de mi parte, pero no puedo hacer el sacrificio yo mismo.

Te quiero, Juli. Te quiero tanto que me duele por dentro. Pero no puedo dejar que mis necesidades físicas superen mi buen sentido y mi obligación hacia ti. Siento que quiero protegerte a ti y a tu felicidad. No estoy seguro de que tu felicidad a largo plazo esté conmigo. Si no estuvieras contenta, moriría también."

"Mi cielo," continuó Mike, "sé que es egoísta, pero estoy seguro de que no estaría contento si dejara la Ciudad de Carson, al menos en este momento de mi vida. Por lo seguro que estoy de eso, también pienso que se puede decir lo mismo de ti, serías infeliz si dejaras San Francisco." Mike hizo una pausa.

"Pero, Mike, la gente de diferentes partes del país se casan todo el tiempo, y lo resuelven," argumentó Juli.

"Tienes toda la razón; Y a veces funciona maravillosamente y a veces no."

"Si, tienes razón."

Tomaron sus cafés, cada uno profundamente sumido en sus pensamientos. Mike había expresado -bastante bien- su opinión. Esperaba la respuesta de Juli.

"Mike, no puedo decirte cuánto aprecio tu apertura conmigo. Reconozco que he estado loca por ti durante algún tiempo, ahora." Ella respiró hondo. "En lo único que podía pensar era que quería que dijeras lo que dijiste... esas tres pequeñas palabras. Tienes razón, habría dejado todo para casarme contigo y mudarme. También, tus preocupaciones sobre si podría ser feliz aquí son preocupaciones legítimas.

"Admito que también te quiero, Mike. Todo eso me ha cegado a la realidad. Cuando consideras las estadísticas de divorcio en este país, sabes que muchas parejas se casan sin tener en cuenta las consecuencias. Ya sabes, no piensan en cómo va a funcionar a largo plazo."

Mike la animó, "Eso es correcto, estoy seguro. Sigue, Juli."

"No sé qué más puedo decir, Mike," hizo una pausa. "Tenemos un problema, ¿verdad?"

"Mmm," dijo Mike.

Ella dudó ... "Um, ¿deberíamos considerar un matrimonio de prueba? Muchas parejas lo hacen."

"Gracias por la oferta, querida, pero no puedo dejar que hagas eso. Sé que muchas parejas lo hacen y es aceptable en algunos barrios. Pero no creo que sea abiertamente aceptado en la generación de nuestros padres. Hace que el hombre se vea como una especie de perro egoísta que tiene sus mañas con las mujeres, y creo que es degradante para la mujer, como si ella no pudiera conseguir marido, así que se conforma con menos."

"Oh, nuestros padres nunca dirían nada abiertamente, pero sí tendrían su opinión privada. Juli, no voy a hacer eso. Si vamos a vivir juntos, me voy a casar contigo. Es muy pasado de moda, pero si vamos a hacer el amor, será después de que al menos estamos comprometidos, probablemente casados. Es demasiado difícil para la mujer que un hombre llegue a lo íntimo con ella y luego la deje. Es aún más perjudicial emocionalmente si la mujer está enamorada. He visto que sucede demasiadas veces."

"Mis dudas sobre casarme contigo no tienen nada que ver con nuestra compatibilidad física," continuó Mike. "No hay duda de eso, ninguna en absoluto. Seríamos geniales juntos. Mis dudas tienen que ver con tu felicidad en la Ciudad de Carson. Eso es todo. Admito que no tengo solución al problema. Puedes prometerme todo lo que quieras, pero no lo sabremos hasta que no lo intentemos."

"Entiendo tu punto, Mike y yo estoy completamente de acuerdo. Creo que estaría feliz, sobre todo después de que me instale y empecemos nuestra familia, pero eso podría no ser suficiente."

"¿Quién sabe?"

"Nadie más puede decirnos eso, Mike. Otras personas lo han intentado, y a veces funciona, a veces, no. Mike, si renuncio a mi trabajo y me mudo a la Ciudad de Carson, ¿qué te parece eso?"

"Oh, cariño." El corazón de Mike saltó.

"¿Estarías dispuesto a darme algún estímulo, algún tipo de compromiso?"

Mike no dijo nada, pensando en qué tipo de compromiso tenía en mente.

"No es un compromiso oficial, pero tal vez algo como lo que hacen los chicos de secundaria cuando empiezan a salir, se comprometen a comprometerse."

"Ya lo he dicho, Juli. Tú eres mi chica. Es una promesa."

"Entonces, voy a empezar a buscar un trabajo y un apartamento en la Ciudad de Carson," dijo Juli con determinación.

Mike sonrió de oreja a oreja, dejó su taza de café, se adelantó y dio una palmadita en el cojín a su lado, "Ven aquí, nena."

## Capítulo 25
<u>El Tren de Mulas</u>

Al tercer día, Francisco se despertó y salió de su habitación. Su pesar y su culpa, sin embargo, tendría que cargarlos. Se reunió con Padre para el té. "Ha llegado el momento, hijo mío, de que empieces a pensar en tu futuro."

"Eso es cierto," suspiró Francisco. "Estoy perdido sin mi amigo Augusto. Nos iba a guiar a América. Ahora, estoy solo y no sé el camino."

"Hay gente que se encarga de guiar a los inmigrantes a América. Tal vez pueda ayudarte a localizar a alguien. Me temo que se paga una cuota bastante alta."

"¿Cuánto?" preguntó Francisco.

"Varía, dependiendo de a dónde quieras ir."

"Originalmente planeaba ir a Arizona, pero eso está muy lejos, he cambiado mis planes, ya sea a Texas o Nuevo México, dependiendo de donde pueda encontrar trabajo."

"En ese caso, la cuota sería de unos dos mil dólares o veintitrés mil pesos."

"Oh, no tenía eso en mente," dijo Francisco.

"¿Tienes tus papeles?" preguntó el padre.

"Estarían listos hoy. Los pedimos y pagué la mitad de antelación, pero Augie sabía el camino de regreso a la pequeña tienda donde pusimos la orden. No tengo ni idea de cómo llegar."

"¿Qué recuerdas de eso? Quizás pueda ayudarte."

"Bajamos por una serie de calles estrechas y callejuelas hasta una pequeña tienda. Augie entró en la parte trasera de la tienda. Nunca conocí al propietario."

"Oh, querido," el Padre frunció el ceño. "Podría estar casi en cualquier parte."¿Puede reunir fondos para un nuevo juego de papeles?"

"Tengo suficiente para un juego, con un poco de comida y agua. Necesitaré encontrar trabajo de inmediato en América."

"¿Puedes esperar otros tres días para los papeles?"

"Mis fondos estarán peligrosamente bajos para entonces."

"Puedes quedarte aquí y comer y dormir sin cargo."

"Gracias, Padre, pero prefiero no hacer eso. Necesita conservar sus recursos para los huérfanos."

"No, hijo mío. Nuestra misión es ayudar a todos los migrantes en necesidad. Eso te incluye a ti."

"Bendito, Padre; Estoy necesitado, está bien. Tal vez pueda trabajar para pagar mi estancia."

"Sí, siempre hay trabajo que hacer."

"¿Ha sabido algo de los padres de los huérfanos?" preguntó Francisco.

"Nada, siento decirlo. Me temo que hay muy poca esperanza."

"Qué terrible," dijo Francisco con sentimiento genuino.

"Sí," convino el Padre.

"Todavía me queda encontrar un camino hacia América," dijo Francisco.

"Hay otra forma, aunque no la recomiendo."

"Dime."

"Esta forma es sólo para aquellos que están desesperados y dispuestos a tomar un riesgo peligroso a cambio de libre paso."

"Ya veo."

"Como he dicho, no lo recomiendo."

"¿Cuál es el riesgo?"

"He oído que hay muchos policías patrullando la zona fronteriza. Detienen a muchos inmigrantes."

"¿Por qué es eso?"

"Tiene que ver con las leyes americanas. Los estados tienen sus propias leyes, las ciudades tienen leyes y el país tiene leyes. Todo es muy confuso para un inmigrante."

"¿Qué puede pasarle a alguien arrestado?"

"Estarías en un centro de detención, hasta ser procesado y enviado a casa."

"¿Es lo peor que podría pasar?"

"Supongo que sí, a menos que hayas cometido un acto criminal."

"Ser enviado a casa, suena bien para mí, ahora mismo. Entonces, ¿cómo me pongo en contacto con estas personas?"

"Realmente no lo sé. Me imagino que te encontrarán si vas por ahí," dijo el Padre.

"Tal vez busque la tienda donde Augie ordenó mis papeles."

"¿Debería enviar a un chico contigo?"

"Alguien que sepa cómo volver a casa sería útil."

"Después del desayuno enviaré a alguien," dijo el Padre. "Si no encuentras la tienda, el chico puede llevarte a otra persona donde puedas pedir otro juego."

"Gracias, Padre."

\* \* \*

A media tarde, Francisco y su guía estaban cansados. Estaban sedientos y tenían ampollas en sus pies. Se sentaron juntos en una pared y descansaron. "No puedo seguir por hoy," dijo Francisco."Puedo llevarte a una imprenta cercana donde puedes comprar papeles, baratos, y hacer que te los hagan mientras esperas," dijo el niño.

"Vamos," dijo Francisco.

     \*   \*   \*

"¿Qué nombre te gustaría en los papeles?" preguntó el de la imprenta.

"Francisco Pisarro."

"¿Es ese tu verdadero nombre?"

"Sí."

"La mayoría de la gente no usa su nombre real."

"¿Es eso así?"

"¿Cuál es tu dirección local?"

"Me quedo en la misión."

"Te puedo dar una casa en Nuevo México o en Texas."

"Gracias, señor," dijo Francisco, malinterpretando el comentario del hombre. "Eso sería muy útil! ¿Hay trabajo cerca?"

El de la imprenta lo miró, extrañamente, "¿Qué prefieres, Texas o Nuevo México?"

"Nuevo México, creo."

"Nuevo México será." El hombre escribió por un tiempo.

"Te daré un número de teléfono, también, sin cargo adicional."

"¡Estoy abrumado por su generosidad!" dijo Francisco.

"Un número de seguro social y una tarjeta verde costarán 100 pesos adicionales."

"¡Maravilloso! ¿Es todo lo que necesito para conseguir trabajo?"

"Algunos trabajos requieren una licencia de conducir. ¿Sabes conducir?"

"No, pero me gustaría aprender."

"Te daré la licencia de conducir, sin cargo alguno."

"¿Es todo lo que necesito para conseguir trabajo?" preguntó Francisco.

"Sí, debería servir."

"¿Y estos son papeles auténticos?" preguntó Francisco.

"Oh sí, por supuesto, genuinos. Espera aquí mismo y descansa mientras yo termino estos para ti. Pasarán unos minutos," dijo el de la imprenta.

Francisco estaba contento con su buena fortuna. "Debería haber venido aquí en primer lugar," dijo. "Estos papeles van a ser mejores y cuestan menos. Me pregunto si este sujeto sabría cómo ponerse en contacto con las personas que hacen la guía a través de la frontera. Le preguntaré cuándo regrese."

"Aquí tiene todo lo que necesita, señor. He laminado tus tarjetas, para protegerlas."

"Muchas gracias," dijo Francisco. Examinó las tarjetas y se permitió un poco de orgullo ver su propio nombre impreso en una tarjeta genuina. Sonrió y pagó a la impresora. "¿Será esta mi dirección en Nuevo México?"

"Podría serlo," dijo la impresora.

Francisco dio un paso: "Estoy buscando un guía que me lleve a la frontera," dijo, "pero mis fondos están bastante bajos. ¿Conoces a alguien?"

"Podría ser," dijo el de la imprenta. "¿Qué tenías en mente?"

"Bueno, supongo que voy a tener que trabajar para mi paso, ya que solo puedo pagar un poco."

"En ese caso, conozco a alguien. Este hombre puede hacerte pasar si estás dispuesto a servir como una mula."

"¿Una mula? No entiendo."

"Una mula llevaría una carga en su espalda. Si eres fuerte y puedes llevar una mochila durante muchos kilómetros, puedes ganar el pasaje sirviendo como una mula. Hay personas que necesitan transportar mercancías a través de la frontera. Están dispuestos a pagar, si quieres hacer viajes repetidos. Si quieres ir solo una vez, te llevarán gratis, a cambio de servir como mula."

"Eso suena como una solución perfecta para mí. Puedo llevar la mochila, y luego ir a vivir a mi nuevo hogar, gracias a usted, y utilizar mis papeles para encontrar un trabajo."

"Asi es como funciona. ¿Te estás quedando en la misión?"

"Sí."

"Sal exactamente dos horas antes del amanecer mañana y alguien te recogerá en un camión. Muéstrale tus papeles y sabrá que te he recomendado."

"¿Tendrá esta persona un nombre?" preguntó Francisco.

"No pidas ningún nombre," dijo el de la imprenta.

"¿Ah? ¿Por qué no?"

"No importa, simplemente no hagas preguntas."

"Pero, ¿cómo voy a saber si es el camión correcto?"

"No te preocupes, te encontrarán."

\* \* \*

Francisco estaba tan emocionado de irse. Eso lo ayudó a calmar el dolor por haber perdido a su amigo.

Todavía estaba oscuro afuera cuando un ruidoso y viejo camión apareció y retumbó por la calle. Francisco estaba esperando con su mochila de pertenencias. ¿Sería esta la gente que iba a llevarlo a América? El camión se detuvo frente a la misión. Francisco vaciló y luego salió de las sombras. ¿Cómo lo sabría? *No hagas demasiadas preguntas*.

Francisco se quedó inmóvil. A la luz de las estrellas pudo distinguir las formas oscuras de la gente que estaba de pie en la parte trasera del camión. Todavía estaba entrecerrando los párpados para darse cuenta, cuando sintió que alguien le agarraba los brazos. "Ugh," gruñó mientras dos hombres fuertes lo empujaban hacia adelante. "¿Qué están haciendo?" gritó. Pronto fue impulsado en la parte trasera del camión con alrededor de otros veinte. En cuestión de segundos seguían avanzando. "¿A dónde vamos?" preguntó. Nadie respondió. *No hagas preguntas*.

Todavía no había amanecido cuando el camión se detuvo frente a un galpón. "Todo el mundo fuera," gritó un hombre sosteniendo un Uzi. Una corriente de hombres saltó de la parte trasera del camión. Francisco fue empujado junto con la multitud en el galpón. Parecía estar vacío al principio. El grupo se dirigió directamente a un rincón donde había pesadas mochilas apoyadas contra una pared. Francisco observó cómo los otros estaban cargando los paquetes. Tomó uno y trató de ponerlo sobre su espalda. Se equivocó y se deslizó sobre su espalda hacia el suelo. De nuevo, observó a los otros hombres. Parecía haber un cierto truco. Uno debía poner el paquete de frente, cruzar los brazos, agarrar la correa opuesta, ganar ímpetu y balancearse. El cuerpo debía posicionarse bajo el paquete oscilante con una sincronización perfecta; de lo contrario, el paquete se deslizaría de inmediato. En el tercer intento, Francisco casi lo logró. Cuando el paquete a deslizarse, una mula lo agarró y lo alzó.

"Gracias," dijo Francisco.

El hombre gruñó, "Aprenderás a sostenerlo."

Francisco trató de equilibrarse y se sintió caer hacia atrás.

"Tienes que apretar esas correas."

"Ah, ¿qué correas serían?" Francisco se arriesgó a hacer una pregunta, pero esta parecía bastante inofensiva.

El hombre señaló las correas de sus hombros y cintura. "Será más fácil si equilibras tu mochila más arriba en la espalda y tensas las correas de la cintura para que la carga no cambie demasiado. Aquí, voy a sostener tu mochila, y luego puedes hacer lo mismo por mí."

El hombre se quedó atrás y tomó el peso de la mochila de Francisco. Francisco apretó las correas. El hombre bajó el peso. "¿Cómo se siente?"

"¡Qué diferencia!" dijo Francisco. "Déjame ayudarte, ahora."

"Muévanse," dijo el hombre con la pistola. Francisco se preguntó a dónde podían ir. Entonces vio una fila de hombres desapareciendo por una puerta. Se puso en fila y pronto vieron que estaban descendiendo a un túnel a un ritmo rápido. "Cojan el ritmo, hombres," gritó el jefe. "Debemos llegar antes del amanecer." Estaban casi trotando ahora, bajando, bajando y bajando. El pasillo se estrechaba y el espacio libre desapareció. Francisco temía caerse. Con esa pesada mochila, ¿cómo se levantaría? ¿y si los demás lo pisoteaban? Tan pronto como lo pensó, alguien cayó delante de él. La línea se detuvo abruptamente mientras los hombres se estrellaban contra la persona que estaba delante de ellos en la fila. Hubo gruñidos, gritos, maldiciones y un enredo de cuerpos y mochilas.

Francisco fue inmovilizado bajo un peso pesado. El túnel estaba oscuro. De repente, una voz amplificada habló "¡Silencio!" Una luz de linterna brilló en el otro extremo de la línea. "Empezaremos por los extremos de la línea. Ayúdense unos a otros y dejen más espacio entre las personas. Los heridos quedarán atrás. Doblaremos el salario de cualquiera que lleve dos paquetes."

La gente encima de él se levantó, se ayudaron unos a otros con sus mochilas y se fueron. Alguien ayudó a Francisco y él ayudó a una persona y ambos se fueron. Pronto todos, excepto los heridos, estaban de nuevo en marcha. Francisco se sorprendió de los tres hombres que ahora llevaban dos mochilas, delante y detrás. Trató de mantener un espacio entre él y la mula que iba delante. Pronto la línea pareció establecerse a un ritmo constante. Francisco se imaginó que ahora iban a subir, pero no podía estar seguro. De vez en cuando, vislumbraba la luz de la linterna. ¿Cuánto más estarían en este túnel? Navegó por los sonidos de los pasos delante de él. Cuando se topó con una pared, fue capaz de enderezarse, gracias al amigo que le había equilibrado la mochila a él.

"Hombre caído," se oyó una advertencia. La línea entera se detuvo, al instante. Esta vez nadie más cayó. Francisco oyó gruñidos y golpes. "¡Atención, prepárense, en marcha, ahora!" gritó una voz y la línea empezó al unísono. El tiempo interminable pasaba en una bruma. Por fin, más instrucciones. "Atención, a la cuenta de tres todos se detienen. Uno, dos, tres." Francisco oyó al hombre de delante apoyarse contra la pared. Él hizo lo mismo, apoyando su mochila contra la pared para tener un poco de alivio. Vio una luz que descendía hacia el túnel por delante. La línea comenzó a moverse lentamente. Cuando Francisco se acercó a la cabecera de la fila, pudo ver a hombres trepando por una escalera llevando sus pesadas mochilas. Uno de los jefes estaba al pie de la escalera, hablando en un walkie-talkie. Solo cuando recibió una cierta señal enviaba a otro hombre por la escalera. Pronto fue el turno de Francisco. La subida fue difícil. Le dolían los brazos y las piernas y su corazón latía al llegar a la cima. Emergió en una arboleda gruesa de árboles. Aún no había amanecido. Eso era bueno. Otro jefe con un walkie-talkie, le indicó que fuera en una dirección determinada. Siguió un camino a través de los árboles. De vez en cuando, vislumbraba a la mula delante de él. Excepto por eso, todo era oscuro y mortal todavía. ¿Estaban en América? No hagas preguntas.

Francisco llegó al borde de un claro. Había un poco de luz pues se acercaba el amanecer. Hizo una pausa durante un segundo para jadear y escuchar. Por delante, oyó un alboroto y un grito. "¡Alto, policía! ¡*Deténgase, Policia!*"

Francisco escuchó hombres corriendo en todas direcciones con sus mochilas. Oyó disparos. "Oh, *Dios, Sálvame*. Oh Dios, Sálvame," rezó.

En lo alto, un helicóptero inundó el claro con luz. Francisco se giró y corrió hacia el bosque. Se metió en un grueso matorral de arbustos. Apresuradamente, se desabrochó la mochila y la apartó lo más posible. Entumecido de terror, comenzó a gatear sobre su vientre, más profundo en el matorral. De repente, se quedó inmóvil. Algo frío y húmedo presionó en su mejilla. Oyó un "Yip." Volviendo la cabeza, se encontró con una lengua húmeda lamiéndose la cara. Vio una cola sacudiéndose.

"¡*Deténgase! Policia!*" El cañón de una pistola le presionó las costillas.

"*Manos arriba*, manos arriba," ordenó la voz. Francisco estaba inmóvil—aterrorizado.

"¡*Manos arriba*!" dijo la voz, más alto, mientras el arma lo presionaba de nuevo.

Francisco luchó para sentarse con las manos por encima. "Por favor, no dispare," le suplicó, arrodillado.

"¿Hablas inglés?"

"Sí, sí," dijo Francisco.

"Está bien, levántate y date la vuelta con las manos sobre la cabeza," ordenó el hombre.

Francisco sintió que las manos lo palpaban de arriba abajo dos veces, asegurándose de que no tuviese un arma. El hombre dio dos pasos atrás y se guardó el arma. "Quítate las botas y los calcetines y echalos delante."

Francisco cumplió, recuperando un poco la esperanza. Al hacerlo, algunos de los pesos se le cayeron de la bota.

"Ahora, baja las manos y cruzalas detrás de ti."

Francisco sintió algo asegurando sus manos.

"No te muevas," dijo la voz. "Si te mueves tendré que atarte los pies, también."

El perro había descubierto la mochila. Se sacudió y movió la cola. El policía arrastró la mochila a Francisco. "Mira esto," ordenó. "¿De dónde crees que salió esto? Debe haber algo importante aquí, ¿no? Esperabas que no lo notara. Muy tonto de tu parte. Vólteese, señor."

El corazón de Francisco se hundió. Observó sus pies y se volvió para mirar al oficial.

El tono del oficial cambió, "Mírame, amigo."

Francisco alzó la vista con los ojos cerrados.

"Abre los ojos y mírame."

Francisco abrió los ojos. Su boca se abrió cuando reconoció al oficial.

"¿Pisarro?"

"¿McBride?"

Ambos hombres estaban asombrados.

"Pequeño mundo, ¿no?" dijo Mike. Se sorprendió cuando casi bajó la pistola.

"¡Oh, qué diablos!" Él colocó su arma contra la mochila y le tendió la mano. Entonces se sintió estúpido de pie allí con su mano a un hombre que tenía esposado. En cambio, abrió los brazos. Francisco se metió en ellos y Mike lo abrazó.

"*Dios* me ha salvado," respiró Francisco.

Mike terminó su abrazo. "¿Qué diablos estás haciendo aquí, contrabandeando cocaína a Estados Unidos?"

"¡Ah, cocaína! ¡Oh no!"

"Bueno, ¿qué creías que eran, caramelos?"

"¡Qué estúpido he sido!" Francisco bajó la cabeza avergonzado. "He traído vergüenza a mi abuelo, a mi familia y a todo el pueblo. Lo siento, Michael. Yo solo quería conseguir un trabajo en América para apoyar y traer honor a mi familia. Verás, tengo papeles en el bolsillo. Tengo permiso de trabajador, número de seguro social, licencia de conducir, todo lo necesario. Son documentos genuinos."

"Oh, Francisco, eres tonto si crees que creo eso."

"Entonces soy tonto. He pagado por ellos, a estrenar, no robado."

"Francisco, son falsificaciones."

Francisco aspiró un suspiro y volvió a bajar la cabeza. Lady le dio un codazo a su mano para una caricia. Francisco le rascó la cabeza lo mejor que pudo.

"Bueno, amigo, no puedo tragarme una historia tan absurda, pero mi perro te cree. Gírate de nuevo." Mike cogió los calcetines y el dinero de Francisco y los metió en los zapatos. "Gírate otra vez. Ponte estos, si puedes." Francisco consiguió agarrar los zapatos. Mike cogió su pistola y le dio una fuerte patada a la mochila en el cepillo. "Ven conmigo, Francisco. Voy a tener que entregarte a la patrulla fronteriza. Este ha sido mi día de suerte, y el tuyo, también, diría yo. No te harán daño si cooperas. Te encerrarán en un centro de detención. Puede tomar algún tiempo que te procesen a través del sistema judicial. ¿Es la primera vez que te metes en Estados Unidos?"

"¿Estoy en los Estados Unidos?"

"Sí."

Francisco sonrió por primera vez. "¿Texas?"

"Nuevo México."

"Alabado sea Dios. ¡Lo hice!"

"Bueno, no es legal."

"Oh." Francisco estaba abatido. "Supongo que debería haberlo sabido. Fui un tonto iluso."

"Estarás bien, Francisco, si cooperas y no intentas nada tonto. Diles que fuiste secuestrados. Lo fuiste, ¿verdad?"

"Bueno, he hecho arreglos para ir con algunas personas. Me dijeron que no hiciera preguntas. Mientras esperaba, subió un camión y algunos hombres me agarraron. Así que, realmente no sé quiénes eran."

"Diles que fuiste secuestrado y obligado a llevar el paquete con un arma."

"Eso es cierto."

"Serás juzgado por un juez y enviado de vuelta a tu país de origen."

"¿Por tren?" preguntó, esperando que no.

"Depende de dónde seas."

"Sudamérica."

"Entonces probablemente en avión. Ven conmigo. Tenemos que sacarte de aquí."

## Epílogo
Cena del Domingo en donde Gracie

"¡Oh, Mick, estoy tan emocionada! Michael y Juliette vienen a cenar. ¿Crees que ellos...?"

"Ya, Gracie, te prometiste que ya no ibas a presionar a Mike."

"Bueno, lo sé, pero puedo pensarlo, ¿no?"

Michael McBride Sr. se empujó la esquina del ojo hacia arriba con la yema de un dedo y se sostuvo la nariz mientras hablaba, "Confucio dijo, viejo proverbio chino: El pensamiento precede al hecho."

Ella se echó a reír y le reprendió, "Michael, qué vergüenza. Eso es sucio."

"Tienes razón, pero recuerda que una mujer no puede testificar contra su marido."

Grace siguió cortando verduras para la ensalada y revisando sus asados en el horno. Estaba preparando un asado combinado de carne y cerdo en un gran asador de hierro fundido. Los aromas eran divinos. En pocos minutos, añadiría unas papas peladas y unas pequeñas cebollas al guiso para alcanzar un hermoso tono de marrón. Justo antes de servir, colocaría la carne y las verduras en dos enormes platos para servir, agregaría la harina y el agua -en una mezcla- al guiso y herviría hasta que se convirtiera en una deliciosa salsa marrón. Al mismo tiempo, encendería el calor y haría crecer los rollos caseros en el horno.

El día anterior había preparado dos ensaladas vecoces: una de vegetales, una de frutas, y ayudó a Michael padre a sacar la mesa del comedor y a añadir los asientos adicionales, haciendo espacio para veinte. Estaba probando una nueva receta para el postre, lo que siempre era una maniobra peligrosa para un cocinero quisquilloso. Por eso, tenía su postre de reserva listo -unos suspiros de crema con una selección de crema batida o natillas.

Grace y Mick habían preparado la mesa desde el día anterior con su antigua vajilla de porcelana que había pasado entre sus tías y su madre. Grace no sabía exactamente qué edad tenía, pero era invaluable para ella. La madre de Grace tenía dos hermanas que la habían usado antes que ella. Tenían un pacto de toda la vida de mantener la vajilla junta. El último que sobreviviera la heredaba toda. Así, había pasado a la madre de Grace, que fue la última en morir, y ahora a Grace.

Cuando las tres hermanas eran novias jóvenes, su abuela les había dado una vajilla con los mismos patrones de porcelana, cristal y platos de plata. "Pueden necesitar prestarse algunas cosas extra las unas de las otras," dijo "y tener que alimentar hasta veinticuatro personas con la misma vajilla."

A lo largo de los años, las hermanas habían añadido complementos y decoraciones hasta que tenían todas las piezas posibles por triplicado.

Después de cincuenta años, cuando el fabricante discontinuó el patrón, Grace compró tantas piezas como pudo. Más tarde se convirtió en un hobby suyo el visitar las tiendas de antigüedades, subastas y mercados de pulgas. De vez en cuando, ella encontraba un tesoro para agregar a la colección. Su plan era proporcionar una docena de piezas a cada uno de sus niños tras sus bodas. Michelle, la hermana gemela casada de Mike ya tenía la suya.

"¿A qué hora crees que Kelly regrese de la universidad?" preguntó Mick.

Grace cubrió su ensalada con envoltura de plástico en preparación para el refrigerador. "Pensé que ya estaría aquí," dijo Grace con un tono preocupado en su voz. Grace sacó algunas cosas de la nevera para hacer espacio para la ensalada. Michael no pudo resistir darle una ligera palmada en su trasero. Grace siguió como si nada hubiera pasado, "Ten, Mick, ¿te llevarías estas cosas a la nevera del sótano, por favor?" Grace ahora tenía espacio para su ensalada.

Mientras Mick cumplía, pensó, *«Uno de estos días, debo comprarle una nevera más grande para la cocina, uno de esas de dos funciones con una puerta que tenga dispensador de hielo y agua en la puerta. Aunque claro, esto me mantiene en forma, subiendo y bajando escaleras"*

El timbre sonó. "Están aquí," cantó Grace. Dos auts habían subido y estacionado en la calle. Suzanne y Sam Mulholland y Mike McBride y Juliette cruzaron el césped y se saludaron. Mick casi batió a Grace en la puerta, no era una hazaña fácil cuando tenían compañía. Grace tendría compañía cada noche de la semana si él la dejaba. Abrazos y besos de aire, apretones de manos y palmadas en la espalda iban y venían por todas partes. Antes de que terminaran, el Padre O'Malley llegó de la iglesia, seguido por Dean y Brenda Lewis y su hija Tracey.

"Oh, Dios mío, mira quién está aquí," gritó Gracie mientras se arrodillaba frente a Tracey. "¡Qué gran niña eres! ¿Le darías un abrazo a Gracie, cariño?" Tracey puso sus brazos alrededor del cuello de Gracie. "Ohh, eso es bueno." Tracey asintió con la cabeza. Gracie se levantó sosteniendo a Tracey. "Yo fui tu niñera por un tiempo, ¿no?" Tracey asintió con la cabeza. "Nos divertimos mucho, ¿no? Jugamos con muñecas y horneamos galletas" Tracey asintió. "Quizás puedas volver a mi casa algún día y volveremos a hacer galletas. ¿Te gustaría jugar con muñecas, ahora?"

Tracey dijo, "Sí, por favor, Gracie."

"¿Recuerdas dónde guardo las muñecas?" Tracey asintió. Grace la dejó en el suelo y Tracey se fue a buscar una muñeca.

"Tenemos algunas noticias maravillosas," dijo Dean.

Todos se detuvieron y miraron a la sonriente pareja. "Diles, Brenda," dijo Dean.

"La adopción fue aprobada. Tracey será nuestra hija."

"Permanentemente," dijo Dean mientras ponía su brazo alrededor de Brenda. Se sonrieron el uno al otro. Todo el mundo rompió en aplausos y una ronda de calurosas felicitaciones. En ese momento, se abrió la puerta y Michelle y los niños entraron. "Hola, hermanita," dijo Mike. "Acabas de perderte el gran anuncio Brenda y de Dean. La adopción de la hija que han criado fue aprobada. Ellos van a quedársela."

"Me preguntaba de qué se trataba el alboroto se trataba," dijo Michelle. "¡Eso es genial! ¡Felicitaciones!"

Gracia se movió hasta su hija para darle un beso. "¿Jake pudo venir?"

"Sí, claro. Jake está estacionando su nuevo auto. Hola, a todos."

El murmullo de voces siguió. Mike habló con su madre en voz baja, "¿Leroy va a venir?"

"Sí, lo invité a él y los niños y a Doreen."

"Si Doreen no viene con él, no lo menciones, ¿de acuerdo?"

"¿Ah, sí, pasó algo malo?"

Mike agitó una mano y levantó una ceja.

"No voy a mencionarlo," dijo Gracie. "Creo que vi su coche pasar." Ella se acercó a la ventana. "Aquí viene Leroy con sus hijos, Ángel y Bud. Leroy recogió al abuelo McBride. Eso es bueno de su parte."

Gracie se quedó cerca de la puerta para recibir un flujo constante de invitados y el resto de la multitud se dispersó por toda la casa y el patio. Poco después de los Bratowski, llegaron los amigos de Grace -los Carolle, Harold y Nan, y el Dr. Lucas Magee.

El Capitán Baker y Mary Beth fueron últimos en llegar. "¿Evelyn no pudo venir, Allen?"

"No, ella está de guardia. Ella manda sus mejores deseos y dice que le habría gustado venir."

"Bueno, lo siento. La echaremos de menos," dijo Grace. "Escuché que tú y ella van a atar el nudo."

"Sí, pensé que era demasiado viejo para estar nervioso que de nuevo, como cuando lo propuse por primera vez," rió Allen.

"Bien por ti, Allen. Estoy feliz por los dos. Espero que nos inviten a la boda."

"No se puede tener una boda sin ti y Michael, Grace. De ninguna manera. Así que, ¿quiénes son estos extraños que vienen por el camino?"

"No creo que los conozca," dijo Grace. "Deben ser algunos amigos de Michael."

El Capitán se quedó a su lado cuando sonó el timbre, por costumbre y un exceso de precaución. Gracie abrió la puerta y dijo, "¿Hola?"

"¿Es esta la residencia de Michael McBride, Sr.?" preguntó un guapo hombre de unos cuarenta años, llevando a una dama un poco más joven y sonriente, sujeta del brazo.

"Sí, lo es," dijo el Capitán Baker. "¿Y usted es?"

"¿Cómo está usted? Mi nombre es Caruthers y esta es mi amiga, Nola Kingston."

"¡Oh, Lars! ¡Y Nola! ¡Vamos adentro! ¡Vamos adentro!" dijo Grace. "¡Qué maravilla que hayan podido venir! ¡Mike se sorprenderá mucho! En primer lugar, permítanme presentarles al comandante de la estación de Mike, el Capitán Allen Baker. Capitán Baker ella es Nola Kingston, jefe de la DEA de San Diego, y el Teniente Lars Caruthers, del Departamento de Policía de San Francisco, División de Narcóticos."

"Señorita Kingston, bienvenida a la Ciudad de Carson," dijo Allen.

"Encantada de estar aquí," dijo Nola.

"Lars, hijo-de-un-arma, ¡finalmente nos conocemos!"

"Lo mismo digo, Capitán." Se dieron un firme apretón de manos y se pusieron a hablar de sus negocios.

Gracie se unió a Mick, que estaba en la cocina preparando bebidas para todos. "Estoy preocupado por Kelly," confió. "Tendría que haber estado aquí mucho antes de esto."

"¿Puedo darte una bebida, cariño? Sé que estás preocupada, pero eso no va a cambiar nada, ¿verdad?"

"No puedo evitarlo," dijo Grace. "Sí, lo de siempre."

Mick sirvió una copa de vino medio llena de vino tinto barato y la completó con Coca-Cola - esa era su bebida habitual una vez a la semana. "Vamos a darle diez minutos más y luego nos sentaremos en la mesa para cenar, antes de que la gente empiece a pedir otra ronda de bebidas."

"Parece un buen plan," Gracie estuvo de acuerdo. Dio un recorrido por, saludando a sus invitados, una vez más, y diciendo a los padres, "Vamos a servir en unos diez minutos, si quieren ir reuniendo a los niños, podemos repartir sus platos primero."

Algunas de las mujeres se ofrecieron para ayudar y Grace aceptó. Pronto ella estaba en la cocina, supervisando como un jefe de cocina al mando de su restaurante de cinco estrellas.

Los cinco niños estaban sentados en la mesa de la cocina. Tracey tenía una silla alta. Su nueva madre le preparó su comida y le colocó un babero. Las ayudantes mujeres arreglaron la comida, llenando los vasos de agua, vasos de vino medio llenos, llevando platos y sirviéndolos platos, y llevándolo todo a la mesa, según las indicaciones de Gracie. Mick fue enviado para anunciar la cena. Gracie estaba ocupada ordenando los asientos cuando Kelly llegó campante por la puerta de atrás arrastrando consigo a Tom Turbulo. "Hola mamá, hola papá," besó a Gracie en la mejilla. "Siento llegar tarde."

Gracie frunció el ceño. Mick habló desde el extremo de la mesa, "Estamos contentos de que hayas llegado de forma segura. Ven a darle a tu padre un beso." Se movió para darle un beso a su padre en la mejilla. Él la abrazó y le dijo al oído, "Tu madre estaba preocupada."

"Lo siento, papá. Tom y yo... bueno... no nos hemos visto en todo un mes."

Mick frunció el ceño, "Lo sé, pero la próxima vez, se más considerada. Creo que tienes nuestro número de teléfono."

Mick volvió para mirar a los invitados. "Damas y caballeros, antes de pedir al Padre O'Malley que guíe nuestra oración, hay algunas cosas muy especiales para celebrar hoy. Brenda Davis y Dean, como algunos de ustedes saben, huyeron y se fugaron sin llevarme." Todo el mundo se rió. "Tienen una noticia maravillosa. Acabamos de saber que hoy han recibido la aprobación de su solicitud de adopción. Su hija adoptiva pronto será su hija legalmente."

Todo el mundo aplaudió.

Mick continuó, "Dije, hay algunas cosas. Creo que el Capitán Baker tiene algunas noticias."

"Bueno, sí, me gustaría poder mostrarles a mi maravillosa futura esposa. Sin embargo, mi enfermera, mi nueva novia favorita, Evelyn, está de guardia hoy."

Todo el mundo aplaudió y lo felicitó.

"Muchas gracias. Espero que esas sean todas tus sorpresas, Mick. Tengo hambre."

Hubo más risas.

Mick comenzó a tomar a la copa de vino, cuando Suzanne interrumpió. "Gente, Sam y yo tenemos un anuncio más."

Todos los ojos se volvieron hacia ella. Miró a su mamá y papá, Hal y Nan Carolle. "Mamá y papá, quiero que sepan que en siete meses, si todo sale bien, van a convertirse en abuelos." En ese momento, hubo una gran cantidad de chillidos, aplausos, y saltos de emoción.

"Bueno, en ese caso", dijo Mick, todos están invitados excepto a Suzanne a unirse a mí en un brindis a su salud y felicidad. ¡Felicidades a todos!"

"¡Chin, chin!" Las copas se chocaron y se tomaron los tragos.

"Padre O'Malley, ¿haría el favor de guiarnos en la bendición?"

"¿Vamos a orar? Nuestro bondadoso Padre Celestial, te damos gracias por todo esto, tus bendiciones más bondadosas.............."

El Fin

Sigue leyendo para un adelante de la siguiente emocionante aventura de Mike McBride. **"La Guerra de los Carteles"** La Serie McBride, Libro Cuatro, Por favor desplácese por tres páginas.
Si disfrutó esta maravillosa historia,

Por favor decir a los demás. Para escribir una breve reseña,

vaya aquí: http://amzn.to/2a9uOdy

Muchas gracias!

## Bibliografía

Hay muchos artículos y sitios web. Aquí están solo algunos.

http://wiki.ask.com/Mexican_Drug_War

http://projects.latimes.com/mexico-drug-war/#/its-a-war

http://www.chron.com/disp/story.mpl/topstory/7607122.html

"Después de cruzar el desierto a través de México, deben evadir las emergentes medidas de seguridad, la valla de seguridad de alta tecnología, la vigilancia y la Guardia Nacional de Estados Unidos. El viaje parece insalvable; Los sueños tontos; El esfuerzo es un desperdicio; El viaje - un círculo, y aún así vienen. "Es una cuestión de matemáticas", dicen, "podrían construir el gran muro de China y aún así nosotros habríamos venido."

Del artículo: México - Tren Hacia El Norte de Jacqueline Martin

## Apéndice

Everyday Health.com (artículo) Reproducido con permiso.

De Jennifer Acosta Scott

Médicamente revisado por Christine Wilmsen Craig, MD

Si usted fuma marihuana, bebe alcohol, o inhala cocaína, hay riesgos involucrados con el uso de drogas que pueden ir desde la adicción hasta la muerte. Conocer los riesgos puede ayudarle a tomar mejores decisiones que afecten positivamente su salud.

Las respuestas emocionales y físicas a las drogas recreativas varían, dependiendo de la persona y la sustancia de la que se está abusando, dice Gregory B. Collins, MD, jefe de sección del Alcohol and Drug Recovery Center en la Cleveland Clinic Foundation.

Comprender los efectos de estas drogas en su cuerpo y la grave amenaza de adicción que plantean es el primer paso para protegerse. Comience su educación sobre drogas comúnmente abusadas aquí:

**Marihuana.** Este alucinógeno leve, derivado de la planta de Cannabis sativa, es la droga ilegal de la que se abusa más comúnmente en los Estados Unidos, según el Instituto Nacional sobre el Abuso de Drogas. Cuando se usa, generalmente a través del tabaquismo, la marihuana actúa como estimulante del sistema nervioso central. "Acelera la frecuencia cardíaca y aumenta la presión arterial," dice el Dr. Collins. "Puede estimular el sistema nervioso lo suficiente como para que algunas personas se vuelvan paranoicas mientras la toman." Al mismo tiempo, la marihuana puede entorpecer la memoria, haciendo más difícil concentrarse o recordar cosas.

La muerte por fumar demasiada marihuana es rara, pero al igual que fumar cigarrillos, el consumo habitual de marihuana puede conducir a **enfermedades del corazón** y otros problemas cardiovasculares. "Hay un montón de sustancias en una articulación de marihuana," dice Collins. "Usted está introduciendo una sustancia sucia en sus pulmones." Y al igual que los fumadores de tabaco, los fumadores de marihuana están en riesgo de problemas respiratorios como la tos crónica y las infecciones pulmonares frecuentes. El humo de la marihuana también contiene muchos carcinógenos, aunque el vínculo con el cáncer no está claro en este momento.

En una reciente encuesta realizada por la Administración de Servicios de Salud Mental y Abuso de Sustancias, más de 2,6 millones de personas de 12 años o más dijeron que eran dependientes de marihuana y / o hachís, una forma concentrada de marihuana; esto representa una ligera disminución en el número del año anterior.

**Cocaína.** Un potente estimulante adictivo, la cocaína da a los usuarios una sensación de euforia cuando se ingiere, que, dependiendo de la persona, puede o no sentirse realmente bien. "Algunas personas experimentan esa agitación como algo muy placentero, pero a otros no les gusta," dice Collins. El sentimiento eufórico es de corta duración, durando entre 30 y 45 minutos.

La cocaína se suele inhalar como un polvo, pero también se puede modificar en forma de roca - conocida como crack - y ser fumada. La cocaína aprieta los vasos sanguíneos y acelera el corazón. Estos efectos cardiovasculares son la razón principal de la mayoría de las muertes relacionadas con la cocaína. "Incluso en pequeñas dosis, puede matarte," dice Collins. "La muerte súbita no es infrecuente."

Aproximadamente el 14 por ciento de los estadounidenses de 12 años o más han usado cocaína al menos una vez en su vida, según la Oficina de Política Nacional de Control de Drogas. En la encuesta de la Administración de Servicios de Abuso de Sustancias y Servicios de Salud Mental, aproximadamente 1,2 millones de personas de 12 años o más dijeron que eran dependientes de la cocaína, 100,000 más que el año anterior.

**Opiáceos.** Estas drogas, que incluyen tanto drogas de la calle como la heroína y analgésicos farmacéuticos como la morfina y la codeína, actúan sobre el sistema nervioso central del cuerpo al estimular el "centro de recompensas" del cerebro, que controla los sentimientos placenteros. Los opiáceos imitan los efectos de actividades saludables que hacen sentirse bien, como tener relaciones sexuales o comer. Sin embargo, en dosis altas, los opiáceos pueden causar que algunas de las funciones críticas del cerebro, como la respiración, disminuyan su velocidad o dejen de funcionar. En una sobredosis "el cerebro apaga el 'termostato' que impulsa la respiración," dice Collins. La persona entra en coma y muere.

Dado que la heroína es comúnmente inyectada, los usuarios también están en riesgo de contraer el **VIH y la hepatitis**, que pueden transmitirse a través de agujas compartidas.

En una reciente encuesta estadounidense, casi 297.000 estadounidenses de 12 años o más se consideraban dependientes de la heroína, casi un 50 por ciento más que el año anterior.

**Metanfetamina.** Por lo general, un polvo blanco que se fuma, se inhala o se inyecta, este potente estimulante es altamente adictivo. Al igual que la cocaína, la metanfetamina (a menudo conocida simplemente como "met") puede acelerar el corazón, así como causar **hipertermia**, una temperatura corporal extremadamente alta. Cuando se utiliza durante un largo período de tiempo, la metanfetamina puede causar ansiedad, insomnio e incluso síntomas psicóticos, como alucinaciones. También pueden presentarse problemas dentales graves; la droga es ácida y puede desgastar los dientes con el tiempo. Los usuarios a menudo la muelen con los dientes, causando así, más daños.

Al igual que con los usuarios de heroína, las personas que inyectan metanfetamina están en riesgo de contraer el VIH y la hepatitis.

Según la encuesta nacional sobre consumo de drogas y salud, alrededor de 13 millones de estadounidenses de 12 años o más han usado metanfetamina al menos una vez en su vida. Alrededor de 277.000 personas mayores de 12 años se consideran dependientes de los medicamentos estimulantes, un ligero aumento con respecto al año anterior.

**Alcohol.** El consumo moderado de alcohol es seguro para la mayoría de las personas, pero el uso más intenso puede causar problemas. A largo plazo, tomar más de una bebida alcohólica al día para las mujeres o cualquier persona de más de 65 o dos bebidas al día para los hombres menores de 65 años puede aumentar el riesgo de una persona de desarrollar enfermedades como la pancreatitis y enfermedades del hígado y del corazón.

El alcohol también tiene efectos a corto plazo en la salud. Dado que el alcohol es un depresor, puede disminuir las habilidades motoras y perjudicar la capacidad del usuario para hacer juicios claros. Además, una mujer que usa alcohol durante el embarazo pone a su hijo en riesgo de síndrome de alcoholismo fetal, una condición que puede causar retraso mental, problemas de visión y otros problemas de por vida.

Alrededor de 8 millones de personas mayores de 12 años en los Estados Unidos se consideran dependientes del alcohol, 100.000 más que el año anterior.

Extracto - La Serie McBride, Libro Cuatro,

## La Guerra de los Carteles—Adelanto
Prólogo

## Un Topo en la Casa Blanca

Estaba apenas rompiendo al amanecer sobre el jardín de rosas de la Casa Blanca. Los rociadores del césped seguían funcionando. El presidente Gerard Bigelow ya estaba en el trabajo, conversando con sus asesores. Fue una noche corta para la mayoría de ellos. Estuvieron despiertos hasta las primeras horas del día con la última crisis en el extranjero, algunos de ellos ni se molestaron en volver a casa, solo para tomar dos horas de sueño antes de dar la vuelta para volver a la ciudad.

La secretaria personal dedicada, leal y de confianza del presidente, la señora Terry estaba de pie al lado de su escritorio, entregándole pacientemente papeles para firmar, uno a la vez. La señora Terry había estado con Bigelow más tiempo que cualquier otro empleado. Comenzó a trabajar para él cuando era un legislador menor en la Casa Estatal. Ella se mudó con él cuando llegó a Washington y lo siguió mientras seguía ascendiendo. Bigelow a menudo bromeaba: "No podría hacerlo sin la señora Terry."

Bigelow era un hombre intenso, inteligente y capaz, un graduado de Harvard, conocido por su capacidad para llevar a cabo conversaciones múltiples sin perder los hilos. Se entrenó para funcionar a la máxima capacidad con cuatro o cinco horas de sueño. Anoche, según sus órdenes, los ayudantes lo despertaban cada hora con actualizaciones sobre las condiciones en varias partes del mundo.

El público, cansado de un Congreso estancado y de disputas partidistas, había elegido a Bigelow por un cambio. La suyo era una campaña de torbellino. Durante quince meses, hizo campaña incansablemente, permitiéndose siestecillas entre paradas. Comenzaba cada mañana en Oriente y seguía las zonas horarias hasta que cerraba los días a la medianoche en el Oeste, 22 horas después. Dormía dos horas en el avión volando hacia el Este. Luego, él levantaba, preparándose para el día siguiente. Su eslogan de campaña era simple: "El mundo nunca duerme y yo tampoco."

Bigelow veía a los Estados Unidos como la última gran esperanza de miles de millones de masas oprimidas, que morían de deseos de libertad, seguridad y prosperidad. Bigelow estaba decidido a resolver todos los problemas del mundo, incluyendo los de los Estados Unidos. Así, gobernaba por orden ejecutiva, demasiado impaciente para esperar que el Congreso actuara. "Si el Congreso hace algo, está bien, déjenlo ir," dijo. Sin embargo, Bigelow no se molestaba con el Congreso, en su mayor parte. Estaba muy adelantado en cada asunto; se contentaba con dejarlos ir a su ritmo mientras él iba por el suyo. Ambas cámaras estaban formadas por miembros leales de su propio partido. Nadie cuestionaba sus métodos ni pronunciaba una palabra contra él. La popularidad de Bigelow se mantuvo cerca de un setenta por ciento sin precedentes.

A las pocas semanas de su elección, Bigelow había reunido a su equipo, escogidos entre los mejores y más brillantes que pensaban como él; personas que compartían su visión para cambiar el mundo. Algunos recibieron posiciones de gabinete, pero la mayoría fueron nombrados simplemente en puestos recién creado como asistente presidencial a cargo de lo que sea. Eran bien remunerados y recibían todos los beneficios posibles, muchos de los cuales no tuvieron tiempo para disfrutar porque el presidente exigía que trabajaran tan duro como él.

Así, todas las mañanas, la señora Terry tenía una nueva lista de órdenes ejecutivas para la firma del presidente, preparada y presentada por su ejército de ayudantes. El presidente Bigelow tenía sus dedos en cientos de tartas con un asistente a cargo de cada uno. Insistía en que escribieran sus propias órdenes, como medida de seguridad, antes de llevarlas a la señora Terry.

Esta mañana, mientras la señora Terry colocaba papel tras papel exactamente en el centro de su escritorio, Bigelow los escaneaba en pocos segundos mientras continuaba sus conversaciones de alto nivel con la gente en la habitación. Con frecuencia, escribía correcciones y adiciones a las órdenes antes de añadir su firma de aprobación. Entre sus asistentes, su capacidad de multitarea era legendaria. Ocasionalmente, trataban de acosarlo haciendo tonterías, o haciendo alguna broma irónica. Hasta ahora, nunca había fallado en captarlos. De hecho, se convirtió en una mordaza al acusar al ofensor y pedirle una donación de veinte dólares para la caridad del día.

Por lo tanto, lo que la señora Terry estaba a punto de hacer era muy peligroso; su vida dependía de ella, al igual que la de su hija. No tenía elección. El cártel logró atraparla en sus tenazas.

A sugerencia del Servicio Secreto, la Sra. Terry envió a su niña a una escuela privada exclusiva, conocida por ser de vanguardia en la seguridad. Muchos de los hijos de altos funcionarios y ejecutivos ricos asistían a esta escuela por esa misma razón. La matrícula tomó una gran parte del sueldo de la Sra. Terry, pero valía la pena saber que su hija estaba a salvo. A pesar de sus elaboradas precauciones, el cartel había llegado a su hija, Annabelle. De alguna manera, se habían infiltrado en la seguridad de la escuela y le habían arrebatado a Annabelle.

"No le haremos ningún daño," le prometieron, "ya sea física o emocionalmente. Annabelle cree que está en un viaje de campo extendido con nuestro agente," aseguraron. "Nunca sabrá que algo anda mal, siempre que cooperes. Todo lo que necesitas hacer es obtener la firma del presidente en este solo pedazo de papel. Nosotros manejaremos el resto. Nadie lo sabrá."

Beth Terry era una viuda, criando a su hija sola. Annabelle era todo lo que tenía, la razón de su existencia. *Debo obtener la firma sea como sea, pero, ¿cómo?* se preocupó. *¿Cómo voy a hacerla pasar por el ojo agudo del presidente?* Había permanecido despierta, temerosa, la mayor parte de la noche incapaz de llegar a un plan.

La mano de Beth temblaba ligeramente mientras se aferraba a la página ofensiva. Incapaz de pensar y apenas capaz de moverse se quedó congelada en el lugar al lado del presidente. Bigelow miró las páginas en su mano mientras seguía hablando con su personal. Tomó el último papel, tomándolo de su mano. Beth estaba lista para desmayarse, esperando que gritara por guardias y que la arrestaran en cualquier momento. Justo en ese momento, el jefe de personal de Bigelow entró en la sala llevando un gran dossier. La pluma de Bigelow vaciló sobre el papel de Beth mientras levantaba la vista. El jefe arrojó el expediente en el escritorio del presidente y comenzó a hablar y agitar las manos de una manera excitada. Beth no oyó nada de eso. Todo su ser se centró en la pluma del presidente mientras él apresuradamente garabateaba su firma, le entregaba el papel y le indicaba que se alejara.

Beth miró el papel con incredulidad. *¿Qué acaba de ocurrir?* Volvió a revisar el papel. *¿La firma está allí?* Su corazón estaba latiendo salvajemente.

"Eso será todo por ahora, señora Terry; Gracias," dijo el presidente, con una sonrisa.

"S-sí, señor," Beth se las arregló para retroceder y salir de la habitación aturdida. Dentro de su puerta, se detuvo por unos segundos para reorientarse. *No funcionará si maestro demasiada emoción a las cámaras de seguridad.* Dejó caer un lápiz al suelo para darse un poco de tiempo para recogerlo. Se inclinó para recoger el lápiz, provocando así que la sangre volviera a su cerebro y su visión despejara. Se dirigió a su escritorio y colocó los papeles en un archivo. *Veré que las órdenes sean despachadas más tarde.*

* * *

Capítulo 1

<u>Casa</u>

"Adelante Mike," cantó Grace McBride desde su posición en el mostrador de la cocina.

"Vaya, trajiste a la perra Lady contigo. Ven aquí, Lady." Grace extendió su mano invitándola.

Lady trotó hasta Grace y le tocó la mano con la nariz húmeda. Grace se agachó para rascar a Lady detrás de las orejas. "¡Qué buena perra eres! ¿Tienes hambre?" Lady se movió y meneó la cola.

"Hola, mamá, también estoy aquí." Mike se rió. "¿Te acuerdas de mí, tu hijo?"

"Hola, querido," sonrió Grace, ofreciéndole la mejilla para un beso. Se acercó y abrió la nevera. "Sírvete una taza de café, ¿quieres, por favor? Quiero cortar un poco de carne para Lady." Sacó un plato de carne sobrante que había guardado para Lady, cortó una pieza y la sostuvo. "Habla, Lady," ordenó.

"Yip," dijo Lady con una mirada expectante en su cara de perrito.

"Siéntate," dijo Grace.

Lady se sentó sobre sus caderas y extendió una pata.

"¡Ya lo sabe!" gruñó Grace mientras se agachaba para estrecharle una pata. "Dame la pata," dijo Grace, aunque tardíamente.

Por último, Grace hizo un movimiento circular con el pedazo de carne, "Rueda, Lady," dijo.

Lady se dio la vuelta. Grace sacudió el trozo de carne y Lady lo agarró del aire.

"Por el amor de Pete, mamá. ¿Qué le estás enseñando a mi perra?" Mike agitó el azúcar en su café.

"Nada, realmente," dijo Grace a la defensiva. "Ya lo sabe. Eres una perra muy inteligente, ¿verdad, Lady?" Terminó de cortar la carne mientras Lady babeaba y meneaba su cola en aprobación.

"Mamá, mi perra es un perro de rastreo entrenado, perro de narcótico y perro de detección de bombas. Ella no necesita hacer trucos ridículos." Mike sonrió. "Lady y yo acabamos de regresar de una misión en la frontera. Ella ha estado rastreando narcotraficantes durante seis semanas. Creo que eres tú quien está siendo entrenada, mamá," Mike se rió.

Lady miró a Grace, meneó la cola y lanzó un ladrido.

"Bueno, en ese caso, aquí tienes, Lady. Te has ganado esto." Grace dejó los trozos de carne restantes en un plato en el suelo. Se lavó las manos, colocó un plato de rollos de canela en el microondas, y puso el temporizador en recalentar. "¿Quieres más café, Mike?"

"Sí, por favor," Mike sostuvo su taza.

Grace llenó el café de Mike y se sirvió uno. El microondas sonó.

Grace puso los rollos de canela delante de Mike y agregó una servilleta, mantequilla y cuchillo.

"Gracias, mamá, esto se ve y huele maravillosamente. ¿Te gustaría uno?"

"No, gracias, Mike, ya superé mi límite hoy." Ella alisó su traje y frunció el ceño en su estómago.

"¿Dónde está Pop?" preguntó Mike.

"Él fue a la tienda. Debería estar de vuelta en cualquier momento, ahora. Entonces, ¿qué hay de nuevo contigo, cariño?"

"Bueno, como ya sabes, Lady y yo hemos sido prestados a la Patrulla Fronteriza durante seis semanas seguidas. Las cosas se han calentado, pero, por ahora, tengo un par de días libres. Planeo tomarme un buen descanso. Gracias por cuidar mi casa, por cierto."

La puerta se abrió y el Jefe de Bomberos, el Capitán Michael McBride, Sr. entró.

"Hola, Pop." Mike se levantó y alivió a su papá de una bolsa de comestibles. "¿Hay algo más que cargar?"

"No, gracias, Mike. Eso es todo."

Mike puso los víveres en el mostrador y se volvió para darle a su padre un abrazo. Mientras tanto, Grace servía otra taza de café, preparaba platos para su marido y empezaba a guardar los víveres. Pop se lavó las manos en el fregadero, sacó una silla y se sentó a la mesa de la cocina. "¿Puedes sentarte un momento, Mike?" preguntó.

"Claro, Pop, estaba devorando uno de los rollos de canela de mamá", dijo Mike, mientras ayudaba a su mamá a guardar los víveres.

"Sí, son geniales, Gracie," dijo Pop, dando un bocado a un rollo. Lo tragó con un sorbo de café. "Entonces, ¿cómo va todo, hijo? Veo por el periódico que alguien "hizo" a tu amigo John Jacobs."

"Nada de amigo, papá. Sí, también atrapamos al asesino en flagrancia. Aquí, mamá, toma asiento," dijo, sosteniendo una silla para Grace.

"No es un asesino muy inteligente," dijo Grace, sentándose.

"Es cierto," dijo Mike, mientras volvía a sentarse. "Parece una doble cruz."

"Así que comprendo," dijo Pop

"Vive por la espada, muere por la espada," dijo Grace.

"¿No era John Jacobs el mismo tipo que Hal Carolle persiguió con una pistola descargada?" preguntó Pop.

"Sí, es el que vino detrás de Juliette. También la habría tomado si Hal no lo hubiera detenido."

"Ese hombre horrible," dijo Grace. "Me alegro de que esté muerto."

"Ya, Gracie, no lo dices en serio," le advirtió Pop.

"Sí, lo hago," admitió con timidez.

"Entonces, ¿qué significa esto para la Ciudad de Carson?" preguntó Pop. "¿El periódico lo llamó el jefe del Cártel de la Costa Oeste?"

"Eso es cierto," dijo Mike. "Así que, ahora, no sabemos qué pasará dentro del cártel. Parece ser una lucha para ver quién se convertirá en el próximo jefe. Estamos escuchando rumores."

"¿Y el presunto asesino?" preguntó Grace. "¿El periódico dijo que era un jefe de pandillas de cartel en México?"

Mike comió el último bocado de canela y se lo tragó. "Sí, el supuesto asesino es de Ciudad Juárez, Chihuahua, México. Las autoridades especulan que él es el jefe de la infame pandilla Zorro que es responsable de cientos de asesinatos, tal vez miles."

"¿Esto significa que se está ramificando hacia los Estados Unidos?" preguntó Pop.

"Tenemos miedo de que ese pueda ser el caso. El cártel del Zorro y los Cerlitos han estado librando una feroz guerra por el control de las rutas de contrabando desde el norte de México hacia Estados Unidos. Podría ser que vieron una oportunidad de moverse a través de la frontera, y la tomaron."

"Algo así como 3400 asesinatos en Ciudad, solo el año pasado," dijo Pop. "Cuarenta y ocho mil muertes desde la Guerra de las Drogas comenzó en México."

"¿Y qué pasará, ahora?" preguntó Grace. "¿Podría haber otra pelea sobre quién toma el control de los Zorros?"

"Bueno, no sé de los Zorros. Solo porque tengamos al jefe en la cárcel no los detendrá por completo, pero debería ralentizarlos. Depende de lo ajustado que sea su control. Se le negó la fianza, por supuesto, y el alguacil lo tiene en aislamiento, pero tiene derecho a un abogado y a ciertos visitantes. Solo tendremos que ver, esperar y ver."

"Bueno, ¿cuál es el peor escenario?" preguntó Grace.

Mike sacudió la cabeza y tomó un sorbo de café.

"Definitivamente habrá algún tipo de disgusto, ahora que John Jacobs está muerto. El peor de los casos," dijo Pop," es una guerra total de cárteles en los Estados Unidos, así como en México. Luchando entre los tenientes y otros, tratando de hacerse cargo del cártel de la droga de la costa oeste. Nuevas bandas surgiendo, invadiendo su territorio. Los cárteles mexicanos tratando de conseguir un pedazo de la acción en los Estados Unidos. Podríamos estar en medio de tremenda pelea. Solo tenemos que aprovechar la situación, si es posible."

"Oh, querido," Grace frunció el ceño. "Deseo..."

"Ya, mamá," interrumpió Mike-, "no te preocupes por mí. Seré cuidadoso. En su mayoría, son los tipos malos matándose unos a otros."

Grace frunció el ceño a su hijo.

"Hey, tengo mi chaleco antibalas y el mejor perro de todo el negocio. ¿Verdad, Lady?"

Lady levantó la cabeza de sus patas y miró a Mike. Cuando no dijo nada más, acomodó la cabeza en su alfombra favorita y cerró los ojos.

*   *   *   *

Continúa leyendo esta emocionante aventura de McBride en ediciones de eBook o Print, disponible en

MercerPublications.com o en Amazon.com.
Próximamente.